JN178111

集英社オレンジ文庫

探偵貴族は亡霊と踊る

奥乃桜子

本書は書き下ろしです。

Contents

イラスト／宵　マチ

探偵貴族は亡霊と踊る
Detektiv-Aristokrat

古城の書斎を照らすのは、机上《きじょう》に置かれた蠟燭《ろうそく》の火、ただひとつだけだった。

その灯火が暗い影を作っている。椅子《いす》に両腕を固く縛《しば》りつけられた彼の姿を、瀟洒《しょうしゃ》な小花模様の描かれた壁にくっきりと染めつけている。

命乞《いのちご》いの懇願《こんがん》が響いている。

「こんな真似《まね》をせずとも、他に道があるはずだ、だからやめてくれ、どうか」

声は掠《かす》れて揺れていて、さきほどまでとは別人のようだった。つい数分前まで彼は、自由を奪った張本人《ちょうほんにん》である男を毅然《きぜん》と見つめていたのだ。なのにこうして拳銃を構えられたとたん、椅子を軋《きし》ませ身を乗りだし、なりふり構わず助命嘆願《たんがん》を始めた。

その変わりようには銃を構えた男も驚いたものの、呆《あき》れはしなかった。むしろ悲壮《ひそう》に顔を歪ませた彼の様子はあまりに憐《あわ》れを誘うもので、立派な成人男性をこんなふうに形容するのもおかしいのだが――頑是《がんぜ》なくすら思われて、固い決意はたまゆら揺らぐ。

男自身、これから自らの起こすあまりに馬鹿げた悲劇を、心から望んでいるわけではない。彼の訴えるとおり、こんな真似をせずとも他の道があるかもしれない。

誰もが幸せを得る未来が、どこかに。

だが男は短く息を吸いこんで、使命を貫徹すべく引き金に指をかけた。

これでよいのだ。国家と我らが王のために。なにより、彼と私のために。

声を嗄《か》らす彼に構わず、こめかみに銃口を突きつける。そして微笑《ほほえ》みを浮かべた。

「さようなら。あなたに幸《さち》あらんことを」

直後、雷鳴のごとき銃声が闇を裂いた。

一七五十年。冷たい雨の降る夜だった。

1 若き男爵の秘密

一七五二年。短い夏も終わりに近づいた頃である。

郊外の山々のあわいから顔を出したばかりの月が、夜のヴィーン市街を照らしていた。その白銀の光の中を一台の馬車の影が横切った――と思った次の瞬間には、びっしりと並んだ家々の影に呑《の》まれて見えなくなった。都市を囲む星形の城壁は、内部に二十万近い人間を押しこめるにはあまりにも狭く、ゆえに邸宅の隙間《すきま》を縫《ぬ》うように走る細い路地《ガッセ》に光はなかなか届かない。それで入りこんだ馬車が、闇に溶けていってしまったように錯覚《さっかく》されたのだ。

しかし石畳《いしだたみ》を叩く蹄《ひづめ》と車輪の音は確かに続いていて、やがて古びた邸宅の前で止まったようだった。扉が静かにひらいて、水色のベルベットで仕立てた膝まである長い上着《ジュストコール》に身を包んだうら若い貴族が降り立つ。

彼はほっそりとした体軀《たいく》に、長い手足を持っていた。それは、ことさら整っているというわけではないが引き締まった精緻《せいち》な目鼻立ちと相まって、彼をいまだ少年と少女の狭間《はざま》をたゆたっているかのように瑞々《みずみず》しく見せている。一方で横顔には、まるで曇り硝子《ガラス》の破片のごとく、どこか物憂《ものう》げで、張りつめた表情が浮かんでいた。

しかしながら彼——若きシュテファン・L・フォン・ザイラー男爵は、軽やかに石畳に足をつくやいなやその憂《うれ》いを掻《か》き消して、貴族然とした笑みを同乗の女性に向けた。

「心より感謝しております、シラー夫人。わざわざ遠回りしてまで送ってくださるとは、あなたは女神のようにおやさしい方だ」

あら、と馬車の中から笑い声がする。

「そんなに恐縮せずともよいのよザイラー卿《きょう》、ほんのついでだもの。ねえ、待って」

ふくよかな夫人の手が、離れつつあった水色の細腕を引き留める。歩を止めたシュテファンに、シラー夫人は含みのある微笑を広げた。

「明日、お暇はあります？　夫は宮廷に出かけて、一日中おりませんの」

——やっぱりそうきたか。

シュテファンは苦虫《にがむし》を嚙《か》みつぶしたような顔をした。むろん実際に顔に出せるわけもないから、心の中でそういう顔をしたつもりになっただけである。家へ送ると声をかけられたときから、こんな爛《ただ》れた誘いを受ける羽目になる気がしていたのだ。

それでもすぐに、なんとかなると気を取り直した。大丈夫、女性なるものが心の底でなにを望むのかは、どんな男よりよく知っている。

「喜んでお伺《うかが》いしますよ」

　と夫人の甲に唇を寄せて、上目遣いで微笑んだ。夫人が頬《ほお》を赤らめた隙に、するりと踵《きびす》を返す。

「あなたの夫であるシラー卿がいらっしゃるときなら、いつだって。送っていただきありがとうございました。明日、家の者に花を届けさせます。それでお寂しい気持ちが紛《まぎ》れればよいのですが。それではまた」

　再び優雅に一礼。そのまま重々しい扉の向こうへ逃げるように滑りこんだ。

　悪いことをしたかもしれない。でも仕方ない。シュテファンは誰かの愛人になるわけにはいかないし、そもそも、なれもしないのだ。

　待ち構えていた老従僕に外套《がいとう》と小剣を預け、シラー夫人へ立派な花束を手配するよう言いつけてから、重い足どりで石の階段をのぼる。深い緑の壁布で飾った、邸宅中で一番立派な部屋――居間の扉をくぐった。深紅のベルベットを張った、どこもかしこも曲線を描くソファに深く腰を下ろすと、どっと疲れが襲ってくる。頭の奥がしびれるように重い。

　夜会から帰るといつもこうだ。一瞬たりとも気が抜けないから、芯まで疲れてしまう。

　目元を両手で覆《おお》って深いため息をついていると、帰ったと聞いたのだろう、妹のエレオノーレ・バーバラが急いで部屋に入ってきた。

「お兄さま、おかえりなさい！　遅いから心配して――」背を丸めたシュテファンを見るなり、心配したように声をひそめる。「大丈夫？　すごくお疲れじゃない」

「まさか」

とシュテファンははじかれたように背筋を伸ばし、妹に笑みを振りまいた。

「充実の戦果だったなって思い返していただけだよ。聞いてくれ、ラウアー卿はうちの羊毛を買うと約束してくれたし、リンツ卿とも顔を繫《つな》げられたんだ」

マントルピースの左右で煌々《こうこう》と輝く燭台《しょくだい》の光を浴び、血気溢《あふ》れる少年のごとく語ってみせる。けれどエレオノーレは、すこし怒ったように両腕を腰に当てるばかりだった。

「あのねお兄さま、私の前でまで、無理をなさらないでくださる？」

「なに言ってるんだ、無理なんてすこしも」

「とってもお疲れなのはわかっているの。社交の場なんて、ただでさえ気疲れするでしょうし、しかもお兄さまは、ご正体を――」

すべてを言わせず、シュテファンはひらりと立ちあがった。

「そうだ！　例の手紙は届いているか？　そろそろ来るはずなんだけど」

「……届きましたけれど」

「見せてくれ」

エレオノーレはしぶしぶ、数通の手紙を載せた盆を差しだした。シュテファンは次々封を切り、書面に並ぶ飾り文字に目を走らせる。心臓が期待と不安で強く縮む。

『お問い合わせの件に関わった犯人は捕まっておりません』

『今月新たに二名賊《ぞく》を捕縛《ほばく》したものの、残念ながら閣下《かっか》がお探しの者ではないようです』

『貴殿の求める遺品を売買したもののはなし』

「……掠《かす》りもしないか」

手紙の束を握りしめたままうなだれた。望むものは今日も得られなかった。失望で顔をあげられない。

「お兄さま、どうかがっかりなさらないで。いつかは必ず捕まるわ」

「あれから二年が経つけれど、いまだなんの手がかりもないのにか」

「ですけれど……そうだ！　ほら、嬉しい知らせも来ているのよ」

これさえあれば兄の失望を掻き消せるとでもいうように、エレオノーレは別の封筒を突きだした。そこには見覚えのある筆跡でこうあった。


『誰より大切な我が友へ』


「……ハインリヒからか？」

兄の瞳にたちまち輝きが宿ったのを見て、「そうよ」とエレオノーレは笑みを漏《も》らす。

「手紙を届けに来た従者が言うに、伯爵さまは暇で暇で仕方がないんですって。だからもしお兄さまも暇を持て余しているのならば、食事を一緒にどうかとのことよ」

「ほんと、優雅なご身分だな」

と笑いつつシュテファンは、躍る心を抑えきれなかった。暇があろうとなかろうと、ハインリヒの誘いとあらば万難排《ばんなんはい》してゆくに決まっている。


かくして二日後の昼前には多角星型の城壁に囲まれた市街をさっそうと抜けて、城壁の東に広がる緑豊かな郊外の一角、ハインリヒがひとり気ままに暮らす小邸宅を約束どおりに訪れた。そして居間に置かれたシュテファン専用の椅子《いす》に腰掛けて、主たるハインリヒ・フランツ・ルードヴィヒ・フォン・エッペンシュタイナー伯爵を待ち構えていたのだが。

「おかえりアウグステ。ハインリヒは起きていたか？」

侍女《じじょ》のアウグステが戻ってきたので、シュテファンはマントルピースの上に据えられた美しい金細工の時計を確認しつつ尋ねた。

しかしシュテファンと同い年、十八歳のアウグステは、ヴィーン人らしいつるりとした頬を赤く染めて、申し訳なさそうに頭を下げるばかりである。

「それが……何度か扉の前でお呼びしたのですが、その、ハインリヒさま、昨晩は遅くまで机に向かっていらっしゃったようで」

「もしかして約束をすっかり忘れて夜更かししたせいで、起きられないってわけか？　自分で誘っておいて……」

思わずこめかみを押さえてしまう。これではまるで、シュテファンだけが楽しみにしていたようではないか。

「彼にとって、私はその程度なのかな」

ちらとこぼしてみれば、「いいえ、まさか！」とアウグステはあたふたと取り繕《つくろ》った。

「ハインリヒさまは、男爵さまに特別気を許されているだけなのです。なんというか、甘えていらっしゃるというか」

「そういうのはどこぞの貴婦人とやってほしいよ。私は彼の恋人じゃないぞ」

シュテファンはわざとらしく嘆息《たんそく》しながら、壁にかけられた優美な楕円鏡《だえんきょう》へひっそりと目を移した。自分自身が映っている。スミレ色のキュロットにジレ、長い上着《ジュストコール》ですらりと細い身体《からだ》を包んだ姿。立派な体格の貴族男性の中では少々見劣りするが、これはこれで魅力ある男の類《たぐ》いではあるはずだ。すくなくともハインリヒが恋の対象にしているような、煌《きら》びやかなドレスに身を包んだ貴婦人でもなければ、無邪気な町娘ですらない。

「……というか彼、今よい御方はいないのか？　諸邦《しょほう》を巡って見聞を広めていた頃は、だいぶ浮き名を流してたそうじゃないか」

「本当ですか？　そのような浮いたお話は、耳にしたことがございませんが」

とアウグステは、まったくもってぴんとこない顔をしている。「そもそもシュテファンさまがご存じないのなら、すくなくとも現在ハインリヒさまに恋人はいらっしゃらないのでは？　ハインリヒさま、シュテファンさまを誰より信頼なさって、なんでもお話しされておりますから」

信頼、か。

鏡の中の自分を眺めていたシュテファンは小さく息をついた。それから肩をすくめて立ちあがる。

「よし。私が直接、起こしにいってみるよ」

なんだか今すぐ、彼の顔が見たくなってしまった。

アウグステの案内で階段をのぼり、まずは寝室の手前、広々とした書斎の扉をくぐった。この立派な部屋までは勝手知ったるものだ。

とはいえ一歩足を踏みいれるや、つい苦笑が漏れた。

「相変わらず、めちゃくちゃだな」

足の踏み場もないほどに、ありとあらゆる物が積み重なっている。種々の楽器、紙差しに入ったままのスケッチ、木箱に眠る謎の標本。けっして雑然と置かれているわけではないのだが、あまりに多種多様だから、初めての客は目を回してしまうに違いない。

そんな折り重なる物の隙間《すきま》をなんとか通り抜けていくと、奥の壁一面は書棚《しよだな》になっていて、さまざまな言語の本がみっちりと詰まっていた。傍《かたわ》らの大きな樫《かし》の机には立派な装丁《そうてい》の本がひらきっぱなしで、周りに紙やら羽ペンやらが散乱している。いかにも夜更けまで、読みふけっていましたという風情《ふぜい》である。

「なるほど、これが寝坊の原因か」

「かもしれません」と恐縮しながら、アウグステは書棚の脇にある扉の脇で立ちどまった。そうして扉を指しながら、小さく膝を曲げた。

「ご存じとは思いますが、こちらの扉の奥が、ハインリヒさまのご寝室です。あとはお任せしてもよろしいでしょうか?」

もちろん、とまるで慣れているかのように答えると、アウグステはさがっていった。

いよいよひとり扉の前に立つ。ノックしようと右手をあげたところで、今さらながらためらいに襲われた。訪れてはみたものの、さすがにこの扉の奥に入ったことも、寝起きのハインリヒと顔を合わせたこともない。寝室とは究極のプライベート。シュテファン自身、寝室の中でだけはザイラー男爵ではない『私』として過ごしているわけで、ハインリヒにもそういう、誰にも見せない自分はあるはずだ。突然訪れてしまってよいのだろうか。

いや、気にしすぎだ。声をかけて起こすだけだ。友人なんだから構わないはずだ。

決意して、大きく息を吸った。

「ハインリヒ! 起きろ!」

しん、と静まりかえった――のは一瞬で、すぐに扉の向こうから慌てた足音が近づいてくる。扉が大きくひらき、背の高い、いたく見目のよい男が顔を出した。

「……しまった。寝坊したか」

とその男、つまりは館の主たるハインリヒは口元を押さえている。

しかしながら真にうろたえていたのは、シュテファンのほうだった。

友人はまったく起き抜けだった。乱れた黄銅色《おうどう》の髪、寝間着の白シャツの首元はぱっくりとひらき、銀の鎖が鎖骨《さこつ》の上をまたぐのが見えている。目を逸《そ》らしそうになったが、辛《かろ》うじて耐えた。落ち着け、『友人』はこんなときに狼狽《ろうばい》などしない。

咳払《せきばら》いして息を吸い、友人らしく、いたって冷静に、眉間《みけん》に皺《しわ》を寄せて問いかける。

「どうなっているんだ、ハインリヒ。いつもはきっちりしている君が、まさか私との約束を忘れてたってわけじゃないだろう？」

「もちろん指折り数えて楽しみにしてたよ」ハインリヒは銀鎖が隠れる程度に胸元を合わせ、ばつが悪そうに言い訳を始めた。「だからこそ、君が来る前にどうしても終わらせたいことがあって、つい朝まで粘ってしまったんだ、ごめん」

「終わらせたいことってこれか？」

シュテファンは呆《あき》れ顔で、書き物机に散らかった本と紙束を指差した。プロイセン科学アカデミーの論文集に、計算式が書き散らかされたメモ。どうやら遅くまで幾何《きか》の問題に没頭していたらしい。もちろん彼は数学者ではないから、ただの趣味だ。

「私は、君と会うのを楽しみにしてたんだけどな」

大げさに嘆息してみせると、「僕だってすごく楽しみにしてたよ」とハインリヒは負けじと言った。

「ほんとか？」

「他でもない親友が会いに来てくれるんだ、楽しみに決まってる」

彫りの深い、いかにも怜悧《れいり》な顔つきがふと崩れ、誰もが魅了されずにはいられない明るい笑みが現れる。それをまっすぐ向けて力説されれば、勝敗は決まったようなものだった。

「わかったよ」とシュテファンは嘆息交じりの笑みを浮かべた。降参だ。「とりあえず着替えてきたらいい。待ってるから」

ハインリヒは笑みを大きく広げて礼を言うと、寝室へ戻っていった。見送るシュテファンの口からは、まったく、とつぶやきが落ちる。

「親友って言えば私が許すと思って……」

その声音《こわね》は明るく、やわらかなものだった。

ハインリヒ・フランツ・ルードヴィヒ。

下エスターライヒに広大な領地を持つ新進気鋭《しんしんきえい》の伯爵家、その当主たるこの年上の友人は、少々変わり者と思われている。というのも二十歳《はたち》を過ぎた頃までは、偉大な政治家だった父と同じ道を進んでいたのに、なぜか二年ほど前、栄光に続く道いっさいを投げだしてしまったのだ。

数多《あまた》の諸邦、数多の人種の寄せ集めであるこの金と黒の一族が統治する君主国には、貴族階級も星の数ほどいる。だから宮廷での栄達《えいたつ》や出世に興味を示さず、好きなように生きる貴族なんて珍しくもないのだが、ハインリヒの突然の変心は周りの人々を大いに失望させたらしい。彼の母など何度も思い直すよう懇願《こんがん》したというが、ハインリヒは頑として聞きいれなかった。そのうちに父が亡くなり伯爵位を継いだのだが、今度は父が遺《のこ》した王宮近くの立派な邸宅を、息苦しいと飛びだした。そして城壁の外にこの小さな館を購入して自らの気の赴《おもむ》くままに暮らすようになってしまい、またも周囲を落胆《らくたん》させた。それが変わり者扱いの理由である。

しかしシュテファンは、別にいいではないかと思っていた。

この友人は博識で頭の切れる男だ。確かに政治家の道を捨てたかもしれないが、貴族として守るべき矜持《きょうじ》や義務を放棄しているわけでもない。いまだ領主に裁量の余地があり、治める主の方針により豊かさも、領民の生活状況もまったく異なる君主国の諸領にあって、ハインリヒの領地支配が真摯《しんし》で誠実なのは、箱庭のごとき領地の経営にすら苦戦しているシュテファンには一目でわかる。ならば充分ではないか。

そもそもシュテファンにとって、ハインリヒは大恩人だ。孤立無援だったところを救ってくれたのである。

多くの国を巻きこんだエスターライヒ継承戦争がようやく終わったのは、四年前のことだった。この継承戦争は、マリア・テレジアの大公位継承の正統性に端を発して起こった争いである。前大公であるカールには男子がいなかったため、娘であるマリア・テレジアに大公位を継承させるべく生前から準備してきたのだが、カールの死後、女であることを理由に継承を認めず権利を主張する諸邦が続出し、やがて各国の思惑が入り乱れ、ヨーロッパ中を二分した戦いとなった。そして九年にもわたって続いた戦争がようやく終結したとき、金と黒の君主国は国家解体という最悪の結末は免れたものの、奪われたシュレジエン地方はついぞ取り戻せなかった。屈辱《くつじょく》の記憶は人々――こと君主国の女王であるマリア・テレジアその人の脳裏《のうり》に深く刻みこまれ、今も火種となってくすぶり続けている。

もっともシュテファンにとっては、戦争など二の次もいいところだった。講和《こうわ》が果たされたおおよそ二年後の十一月はじめ、ザイラー男爵だった叔父《おじ》コンラードが、上エスターライヒの領地で急死したのだ。

コンラードは、早くに両親を失ったシュテファンと妹エレオノーレにとって親代わりであり、唯一の心ひらける親戚《しんせき》だった。ゆえにその突然の死は、シュテファンを心の底まで打ちのめした。

しかし突然叔父の遺した称号を継ぐことになった十六歳のシュテファンに、悲しんでいる暇などなかった。親戚たちはシュテファンを軽んじてあわよくば領地を乗っ取ろうとしたし、信頼していた家宰《かさい》は、男爵家のわずかな資産ごと新大陸へ逃げ去った。

ハインリヒに出会ったのはそんなときだ。ちょうど宮廷で盛大に轜遊《そりあそ》びが行われた日、すべてのものが凍りついているように錯覚《さっかく》される夜のこと。親戚に対抗しうる後ろ盾を得るために有力貴族の集《つど》う夜会の場に入りこまねばならない、であればまずは夜会に捻《ね》じこんでくれる知り合いを得なければと、シュテファンは勇気を奮《ふる》い起こして貴族が多く集うカフェ・ハウスに足を運んでいた。そして話の輪に加わる努力を幾度もくり返した挙げ句、得るものなどなにひとつなく、それどころか傷つくばかりで、うなだれて席を立った。

そのとき、ひとりくつろいでいた立派な身なりの年若い貴族が、ミルクの入ったコーヒーをさしだしこう言ったのだ。

——なあ君、もしよければ暇で暇で死んでしまいそうな僕に構ってくれないか？

それがハインリヒとの友情の始まりだった。

すでに宮廷を辞していた彼は、女王が知ったら分不相応と眉《まゆ》をひそめるほどに自由で、暇を持て余していて、そして親切だった。苦境を知るや親身になってくれたハインリヒをはじめは警戒していたシュテファンも、古いばかりが取り柄の弱小貴族であるザイラー家など、エッペンシュタイナー伯爵ハインリヒにとってはよくも悪くも眼中にないと気がつくや、素直に厚意を受け取れるようになった。そして深く感謝を抱くようになった。

親戚に奪われそうになっていたヴィーンの館と、一族の故地であるティロールの小さな領地だけでも手元に残せたのは、有力政治家であった父を持つ彼が後ろ盾になってくれたおかげだ。ハインリヒは、彼が所領に所有している毛織物工場の共同経営者にならないかとも持ちかけてくれた。おかげで生活にもすこしずつ余裕ができてきている。

なによりハインリヒといるのは楽しかった。彼は賢く、朗《ほが》らかだった。知性の鋭い輝きを宿した瞳と秀でた額を持ち、一見鋭い刃を思わせるほど隙《すき》のない顔つきをしているのに、誰もがつられてしまう明るい笑みを浮かべることができて、ユーモアに溢《あふ》れて鷹揚《おうよう》だった。道を失っていたシュテファンを励《はげ》まし、つらい日々の支えとなり、楽しみを見いだせるよう手を貸し、進む力を与えてくれた。

そんな大恩人が、まるで対等な関係であるかのように『親友』と呼んでくれる。

――それ以上に幸福な瞬間なんて、ないだろう？

鏡の中の自分へ問いかける。見慣れた若き貴族が微笑《ほほえ》みを浮かべている。その頰《ほお》はわずかに緊張し、なにか言いたげにも見えたが、シュテファンは気がつかないふりをした。

ハインリヒは思いもよらずきちんとした服に着替えてきた。銀の刺繡《ししゅう》がふんだんに入ったジレに、上等なシルク地の、地味だが洗練された灰色の上着を纏《まと》った彼は、見違えるように立派に見える。十八世紀の大都市で生きる、優雅な男性貴族の余裕が身から溢れるようだった。

「改めて、よく来てくれたねシュテファン。久しぶりだな。一週間ぶりか？」

「確かにきっかり一週間ぶりだな」

夏の間は、ハインリヒが兄妹ともども領地に招いてくれたこともあってほとんど毎日顔を合わせていたが、秋になってそうもいかなくなってしまった。

「君、毎夜のようにどこかの集まりに顔を出しているんだろう？　つれない友人だよ。僕がひとりで寂しい思いをしているっていうのに」

「君と違って、私は働かないと生きていけないんだ」

拗《す》ねてみせる年上の友人に、あっさりと笑って答える。会うたび繰り返されるいつものやりとりだ。

「だいたい寂しいならハインリヒ、君も一緒に来たらいいじゃないか。君は魅力的で独身、ご婦人たちが放っておかない」

「放っておいてくれて結構だよ。社交の場は嫌いなんだ。華やかに見えたって、実際は肩の凝《こ》る馬鹿げた付き合いばかりじゃないか」

「でもさ」

「そういう君こそ、本当は僕がいなくて寂しいんじゃないか？」ハインリヒがからかい顔で身を乗りだす。「だったら言ってくれればいいのに。君の頼みとあらばどこへだって喜んで同行するよ」

「お気遣いなく」

とシュテファンは首に巻いたクラバットに手をやった。図星だからこそ即答した。

「帝国男爵位を持つ男性貴族たる私が、小娘のように弱々しく君の導きと庇護《ひご》を求めるものか」

「いかめしいな。僕はただ、寂しいかと尋ねただけだ」ハインリヒは大げさに驚いてみせる。「それに君の言い方じゃあまるで、少女なるものは、誰かの導きと庇護を求めねば生きていけない存在かのようじゃないか」

「事実だろう。そもそもアダムとエバの時代から――」

「僕はそうは思ってない。強き決意と意志を抱き、立派に自らの道を切り拓いている少女だって、この広い君主国のどこかには必ずいると思うけど」

シュテファンは打たれたように、クラバットを調える手を止めた。ハインリヒの言わんとしているところが見えない。彼はどういう意図でこんな、世の常識に逆らうような考えを口にしているのだ。

「……女王陛下の話をしているのか?」

エスターライヒ継承戦争を戦い抜き、君主国に君臨するかつての『少女』を頭に思い浮かべている?

それとも、まさか――。

「誰の話でもない、単なる僕の願望だよ」

とハインリヒは軽い調子で身を翻《ひるがえ》した。「食事の用意を言いつけてくる。そのあたりの本を好きに読んでいてくれ。君の大好きな解析学の論文もあるから」

言いおいて、のんびりと扉の向こうに去っていく。大きくひらいた白い扉があるべき場所に戻り、ドア枠《わく》へ嵌《は》まって音を響かせる。

とたん、シュテファンは息をとめて大鏡に駆け寄った。

鏡の向こうの自分は硬く頰を強《こわ》ばらせている。その不安の滲《にじ》む瞳から目を逸《そ》らし、前からうしろから、立ち姿を検分する。胸を張り顎《あご》を引いた貴族男性の姿勢。胸板は、厚くはないが膨《ふく》らんでも見えない。上着を脱ぐと肩の線が露わになった。直線を組み合わせたようにかっちりとしている。当たり前だ。ジレの肩布には余計に綿を入れているし、なにより、子どもの頃からひたすら練習してきたのだから。

そう、疑惑を抱かれる隙などなにひとつない。頰がほんのりと赤いのも目が少々大きいのも、引き結んだ唇や締まった目元で充分釣りがくるはず。

つまり、とシュテファンは早鐘を打つ心臓と、自分自身に言い聞かせた。

――大丈夫、秘密に気づかれているわけじゃない。

何度も何度も心の中でくり返してから、ようやくぐったりとソファに身を沈める。引きつった頬を手のひらで押し伸ばす。長く息を吐くとすこし気分は落ち着いてきて、代わりに後ろめたさがさざ波のように押し寄せた。

ハインリヒに対して、いや世のすべてに対して、シュテファンは大嘘をついている。

シュテファン・L・フォン・ザイラーは、男ではない。

少女なのだ。


ザイラー男爵家は、三百年以上も前から続く古い貴族の家柄だった。貧しく力もない一貴族にはすぎないが、代々帝国に仕え、誇りを持ってちっぽけな所領を守ってきた。

それゆえか、それとも爵位とそれに付随《ふずい》する財産を狙う心ない遠縁から自分の娘を守るためなのか、はたまたシュテファンの知らないのっぴきならない事情でもあったのか。とにかく前代の男爵コンラードは、シュテファンの従兄弟《いとこ》であり唯一の直系男子だった本物のシュテファン・レオポルトが病を得て余命幾ばくもなくなったとき、信じがたいことを実行に移した。

娘である七歳のルイーゼを男と偽り、シュテファン・レオポルトに成り代わらせたのだ。従兄弟が病に命を奪われた十一年前の夜、男爵令嬢として暮らしていた幼いルイーゼは、自分の名も、女としての未来も捨てた。それが今この場にいる偽物の男爵、本来は従姉妹《いとこ》である『妹』エレオノーレ以外に秘密を隠し続ける、シュテファン・ルイーゼ《L》なのだった。

深呼吸をしながら、シュテファンは深い青の壁布を巡らせた居間の壁を見あげた。金の額縁を添えた婦人の絵が掲《かか》げられている。服装や髪型を見るに、ハインリヒの母の若き頃なのだろう。幾重にも重なる天鵞絨《ビロード》の緞帳《どんちょう》を背に微笑む彼女は、たっぷりと布を用いた美しいドレスを身につけている。これぞ女なるもののあるべき姿。シュテファンが失った未来。

女に戻りたい。

そう願った瞬間は何度もあった。なぜ『叔父《おじ》』、つまり実の父コンラードがシュテファンを従兄弟に成り代わらせたのか、はじめはまったく納得できなかった。父は「何者にも阻《はば》まれず、真に望む幸せを自ら選びとってほしい」としか言わなかったし、男として生きることのなにが真なる幸せに繋《つな》がるのかと縋《すが》りついて問いかけても、悲しい顔をするばかりだった。

もしかしたら父は当時、女がエスターライヒの大公位を継ぐしかないという君主国の現状を強く憂《うれ》い、拒絶していたのかもしれない。『夫に服従し、楽しませ、貞淑《ていしゅく》であり続けるべき女なるものは、子を産むことでのみ救われる』とか、『女なるものは、上に立つべきではない』とか、今を生きるほとんどすべての人間が——あの女王自身ですら——信奉する考えを、頑《かたく》なに支持していたのかもしれない。だから父は、自らの血族が繋いできた称号がたとえ一時的にでも女性だけのものとなり、やがては消えゆく運命に抗《あらが》いたかったのかもしれない。

もっとも、普段のコンラードはそのような思想に支配された男には見えなかった。むしろ彼は、多くの貴族とはいささか異なる、変わった考え方をする人物だった。少女とはどのような夫にも諾々《だくだく》と従えるように頭を押さえつけ、自由を奪って育てるべきという世間の風潮など目もくれず、ルイーゼであったときのシュテファンにもエレオノーレにも、死んだレオポルトと同じ教育を与えたし、領地の森ではお転婆娘《てんばむすめ》のルイーゼのせがむままに馬を走らせ、自らの足で駆け回った。いつでも穏やかで思慮《しりょ》深く、人を見た目や地位で判断せず、誰かにへつらうこともなかった。

だからこそシュテファンは父の真意がわからなくて、結局自ら見いだした檻《おり》に自分を閉じこめねばならなかった。すなわち父は、ルイーゼが女として生まれたことに深く落胆《らくたん》している。女王の父であったカール前帝のように。または、自由を行使する権利を持たない娘の行く末を案じている。

だからこそシュテファンに、男にのみ許される莫大《ばくだい》な自由を与えたのだ。

実際シュテファンと同じ教育を受けた才気煥発《さいきかんぱつ》なエレオノーレが長じたところで、なにかになれるかといえば絶望的だった。政治には当然関われず、芸術の才能が花ひらいたところでせいぜい、絶対に地位を脅《おびや》かされないと安心しきった男たちに女神だなんだとサロンで大げさに称揚《しょうよう》されるくらい。いつかは身分相応の相手と結婚せねばならず、結婚したらしたで常に夫を喜ばせ、夫と婚家の役に立つように、それだけを考えて慎《つつ》ましく生きていかねばならない。

この世界では女なるものを、男だけでなく当の女自身も軽んじている。蔑《さげす》んで、見くだしている。そういう現実をわかっているからこそ父は、ルイーゼに『真に望む幸せを自ら選び』とらせようとしたのかもしれない。

事実シュテファンは男としてふるまううちに、男であるからこそ行使できる自由は女性に戻ったらすべて失われるのだと理解して、おのずと女性に戻りたいと強く願う瞬間も減っていった。世の男たちが身近な女を檻に入れておこうとするのとまったく同じに、ルイーゼを檻のうちに閉じこめることに成功してしまったのだった。

それでも檻の中のルイーゼは、長らく望みを捨ててはいなかった。

この世界のどこかには、きっと存在するはずなのだ。シュテファンではなくルイーゼでもなく、それでいてどちらでもあるこの私が、私として生きられる場所が。

しかしコンラードが恐ろしい死を迎えたとき、シュテファンは願望のいっさいを捨てた。父の死の謎を追求するためには男であるほうが圧倒的に都合がよかったし、男として生きたこの十一年の経験が、女としての自分を否定するもっともらしい壁となってシュテファンを守っていた。そもそも父の魂のために為《な》せることはもはや、男爵として立派に生きる以外にないのだ。

だからシュテファンは、一生男として生きていく。誰より大切な友にさえ、けっして真実を明かしはしないだろう。美しい友情に、常に偽りの影が一筋落ちることになろうとも。

――本当に、それでいいの？

鏡の向こうから問いかけるもうひとりの自分がどんな表情をしているのか見たくなくて、シュテファンは書物に没頭した。

2　死と暇を持て余した伯爵

ハインリヒが昼まで微睡《まどろ》みを享受《きょうじゅ》していたこともあり、食事の用意が調うまではしばし時間がかかるとの話だった。待つあいだ、シュテファンとハインリヒは音楽のひとときを楽しんだ。ふたりで合奏するときは、たいがいハインリヒがヴァイオリンを弾いて、シュテファンがチェンバロを奏でる。ふたりは十八世紀初頭の作曲家、コレルリの明るい響きをとくに好んでいて、今日もコレルリのヴァイオリンソナタが選ばれた。

シュテファンはこのいっときを愛していた。ハインリヒの響かせる深くやわらかな音色が好きだったし、なにより彼の鮮やかな弾きぶりにときに寄り添い、ときに率先《そっせん》して引っ張っていく、その丁々発止《ちょうちょうはっし》のやりとりがたまらなかった。

真なる友情で結ばれた男同士の関係とは、このような感じなのだろうか。絶えず対等に影響し合い、ぶつかり、広がり、託し合って高まってゆくものなのだろうか。なめらかに動く弓の動きを目で追いながら、シュテファンは頭の隅で考えていた。

華やかなへ長調のアレグロを何度か合わせたところで、食事の用意ができたというので部屋を移った。食卓を充実させることばかりに情熱を燃やすと揶揄《やゆ》されがちなヴィーン人の例に漏《も》れず、ハインリヒもかなりのこだわりを持っていて、午餐《ごさん》はまったく素晴らしかった。黄鹿の背肉のステーキ、つぐみのパイに川かます。皿からはみ出すほどに並んだ色とりどりの焼き菓子に、種々の産地から運ばれてきた葡萄酒《ぶどうしゅ》。

なにより銀の皿に載せられて現れた華やかなトルテは出色だった。さまざまな模様に絞《しぼ》りだされたスペイン風《スペイン》メレンゲがびっしりと、しかし調和をもってトルテ全体を飾っている。宮殿のファサードを飾る神々《こうごう》しい彫刻のごとく一面の白に複雑な影を落とし、ほのかな菫《すみれ》の砂糖漬けの紫がその複雑さをいっそう引き立てている。

「素晴らしいできばえだな」シュテファンはいたく感激してしまった。「これ、いただいてしまってもいいのか？」

「もちろん」とハインリヒは嬉しそうに促した。「君のために用意したんだ。心ゆくまでどうぞ」

アウグステの兄で、同じくハインリヒに仕えるエルンストが切り分けてくれる。露わになったトルテの中身に、シュテファンはさらに感嘆《かんたん》した。薄紅《うすべに》色をしたラズベリークリームがいっぱいに詰まっていたのだ。

嬉しいことに、見た目に負けないくらい味のほうも絶品だった。焼いたメレンゲは舌にのせるやほろほろと崩れて、幸福そのもののような甘さを残す。そこにクリームの甘酸《あまず》っぱさが優れた通奏低音の弾き手のごとく、絶妙な深みをもたらしていく。

シュテファンは頬《ほお》が緩《ゆる》むのをとめられなかった。

「こんなに美しくて、しかも美味《おい》しいトルテははじめてだ。素晴らしいよ」

絶賛すると、「お褒《ほ》めの言葉は、腕のよい我が料理人にどうぞ」とハインリヒはおどけた。「僕はなにもしてないからな」

「なにもしていない、というわけでもないんじゃないですか」

給仕していたエルンストが、普段からの信頼の証《あかし》のごとく気安い調子で口を挟む。「昨夜も遅くまで、あれだけ悩んでいらっしゃったじゃないですか」

「おいエルンスト、その話は――」

「悩んでいた？　なにをだ」

とシュテファンが食いつくと、エルンストは待ち構えていたように笑みを浮かべて、主人の抗議などどこ吹く風とばかりに言いきった。

「よくぞ訊いてくださいましたシュテファンさま。実は我が主はあなたを喜ばせるために、トルテを最高に美しく飾るにはどのような西班牙風《スペイン風》メレンゲのデザインがよいか、実に明け方まで悩まれていたんですよ」

「……そうだったのか？　てっきり趣味に没頭していたのかと」

シュテファンが目を丸くすると、ハインリヒはばつの悪そうな顔をした。

「君を喜ばせようと夜更かししたせいで寝坊したなんて、恥ずかしくて言えないだろう」

「なに言ってるんだ、教えてくれればいいのに」

「笑わないでくれ。ますます恥ずかしい」

まあでも、とハインリヒは眉尻《まゆじり》をさげた。「トルテへ向けられる素晴らしい笑顔を拝めたから大満足だよ。いつもそうして笑っていればいいのに」

「始終これほど美味しい物を食べていればできるかもな」

とシュテファンは笑って答えた。「とにかくありがとう、素晴らしい午餐だったよ。なあエルンスト、ハナにも伝えておいてくれないか。トルテは人生最高の一品だったし、他の料理も絶品だったって。うちの料理人にもレシピを伝授してもらおうかな」

ハインリヒの雇うボヘミア人料理人ジョアンナ、通称ハナの腕はすこぶるよくて、シュテファンはこれまでも何度も絶賛していた。

君主国はドイツ語を話すエスターライヒとその周辺の諸邦《しょほう》だけでなく、ボヘミア、モラヴィア、ハンガリー、南オランダ、イタリアの一部といった広範な領土を抱えている。首都たるヴィーンにもさまざまな出自の人間が集《つど》っていた。シュテファンの家のコックもハンガリー人だし、時おり小言《こごと》を言いに出入りしているハインリヒの実家の老家宰《ろうかさい》は、もともとプロテスタントを信仰する北方諸邦の出身だ。

当然シュテファンたちの事業相手にも、さまざまな人種がいる。食後に別の部屋へ移ると早速、シュテファンは共同経営している毛織物工場の、先月の売り上げの話などをした。

「見てくれ、クロイザー商会には買いたたかれるから、ミモザ商会に織物の卸先《おろしさき》を変えたんだが、覿面《てきめん》に売上があがった」

計算をまとめた書面を渡すと、ハインリヒは形のよい眉を大げさに持ちあげた。

「イザークのやつ、本当にこれほどの高値で買い取ってくれたのか？　大口を叩いてるだけかと思ったが、なかなかやるな」

「君にけったいな美術品を売りつけて元を取るつもりだったけどな。それに売上の一部は、ハンガリーで我らが女王に迫害された彼の同胞《どうほう》の援助に回してもらうつもりだよ」

「構わないよ。イザークが持ってくる美術品はどれもすこぶるよい品だし、僕らの『過干渉な母親』の尻ぬぐいは、僕らがしなきゃいけないからな」

嘆息してから、ハインリヒは思いなおしたように笑顔を見せる。

「にしても君はとんでもなく数字に強いな。頼もしいよ」

「君だって本気を出せばこれくらい簡単なくせに」シュテファンは唇を尖らせる。「なんせ君は完璧《かんぺき》だ。できないことなんてなにひとつない」

「買いかぶりすぎじゃないか？」

「事実を言ってるだけだ」

「褒めてもなにも出ないよ、シュテファン。そんなことより」とハインリヒは強い食後酒を手に取り、にこにこと向き直った。「そろそろ本題に入ったらどうだ?」

「え」

「君、さっきからそわそわしてるからな。わかってるよ、僕に頼みがあるんだろう? どうせ君がこっそり熱を入れてる、お節介《せっかい》活動に関するものだ」

ずばり指摘され、負けずに食後酒を取ろうとした手が止まる。

「……なんで気づいたんだ」

「そりゃあ二年も付き合えばね」

当然と言いたげな笑みに、もともと言いにくいのがさらに言いだしづらくなる。

確かに今日シュテファンは、ある頼みも携《たずさ》えていた。貴族社会には、表沙汰《おもてざた》にはしたくないが放っておくわけにはいかない問題がままある。不倫《ふりん》の証拠の手紙を知られないうちに処分したいだとか、使用人が街で悪さをしでかしたのを、大事になる前に丸く収めたいだとか、大概貴族仲間の尽力によって密かに解決される。いいか悪いかは別として。

今日相談したいのも、この類《たぐ》いの話だった。とある筋から、どうにか尽力してくれないかと依頼があったのだ。

「きっと、また必要もないお節介を焼いているって言われてしまうんだろうけど」

「そりゃ何度だって言うよ。僕にとっては、人の厄介《やっかい》ごとに首を突っ込むなんて余計なお節介以外のなにものでもないからな。こと貴族のそれなんて、積極的に関わるものじゃない。君が危険に巻きこまれないか、心配で眠れなくなってしまうよ」

「……君は私を、なにもできない女子どもかなにかと思ってやしないか？」

そのやさしさが、嬉しくも歯がゆい。ハインリヒにとってシュテファンは、庇護《ひご》すべき対象なのだろうか。対等の存在にはなり得ないのか？

年下の友人の複雑な心境はお見通しとばかり、ハインリヒは陽気に促した。

「まさか。君は立派な男で、僕の背中を預ける親友だ。さ、誰かに助けが必要なんだろ。お節介活動には反対だが、お節介をせずにはいられない君は大好きだよ」

その一言で、シュテファンはようやく話しだす気になった。

「実は私が懇意《こんい》にしているある方が、不可解な怪文を受け取ったそうなんだ」

「君と懇意？　誰だろうな、その腹だたしい人物は」

「女王陛下の顧問官《こもんかん》として働いていらっしゃる、グンドラッハ・フォン・ウーリヒ伯爵閣《かっ》下《か》だよ。お名前は耳にしたことがあるだろう？　君は王宮に参じていたし、年も十は変わらないし。実は結構親しかったりするのかな」

グンドラッハ・カール・フォン・ウーリヒ伯爵は、女王に気に入られ、重用される顧問官のひとりだ。現在女王が、君主国の諸身分の反対や懸念《けねん》を押し切って進めている行政改革を裏から支えているという。

女王はかねてから、自らの君主国の貴族に怒りを抱いていたそうだ。この国の貴族はずっと、領地への大きな裁量を認められていた。税の取り立ても、軍事におけるさまざまな権限も、司法までもがそれぞれの領土で独自に為《な》され、いわば自治が許されていたのだ。女王はそれこそが、君主国の衰退の原因だと考えていた。己の利益にしか興味のない貴族が専横を極めたせいで、シュレジエンを失ったのだと。

それで女王と女王を支える新進の政治家たちは、貴族から権利をとりあげ、財政も、行政も、司法もすべてを中央政府が管理する体制を築こうとしている。当然貴族は驚き、反発した。会議の席でも、とあるボヘミアの大貴族にして重臣が、公然と反論したという。もし女王が富国強兵《ふこくきょうへい》を望むのなら、諸身分に権限を与えるべきである。地方にある程度の裁量を与え、それぞれの最善の発展を促すことこそ国家を強くする道なのだと。

しかし女王の結論は最初から決まっていた。聞き分けのない子どものわがままに辟易《へきえき》した母親のように異論を退けて、ほとんどの貴族や官僚になにひとつ知らせないまま、中央政府が地方を一括《いっかつ》して掌握《しょうあく》するための監理庁なる官庁設立を強行したのだった。

誰も止められなかった。件《くだん》のボヘミア貴族すら、わずか一ヶ月後に急死してしまった。

そしてその後も女王は、次々と中央集権的な政策を性急に打ちだしている。自然、貴族たちも女王に従う者と、旧来のしきたりや利権を守ろうとする者に分裂し、それぞれ影では革新派、守旧派などと呼ばれることさえあった。

グンドラッハは名の知られた貴族の出ではあったが、突然兄が病死して相続権者になったのもあり、政治家として無名で、宮廷内の地位もけっして高くはなかった。だが女王の主張をそれとなく根回しし、反対勢力を懐柔《かいじゅう》することに長《た》けていて、それで急進的な改革がかえって君主国の屋台骨を揺らがすのではと危機感を抱いた旧来の重鎮《じゅうちん》たちに目を留められ、革新派の一角として重用の機会に恵まれたのだ。

もっともシュテファンは、そういった彼の政治的立場はどうでもよかった。私人としてのグンドラッハを慕《した》っているのである。

彼と知り合ったのは、父の死から半年あまりが経とうとするころだった。グンドラッハは長く地方に赴任《ふにん》していたが、ヴィーンに戻るや父コンラードの死を知り、弔問《ちょうもん》に駆けつけてくれたのである。近頃は疎遠《そえん》になっていたものの、父の親友だったのだという。彼は残された兄妹に親身になってくれたし、なにより語られる父の思い出話は、凍えたシュテファンの心をハインリヒとはまた別の方法で温めてくれた。それから交流は続き、今では数少ない、信頼のおける知り合いのひとりとなっている。

しかしハインリヒは、その名を聞いてよい顔をしなかった。

「よりによってあの道化《どうけ》閣下か。へらへらと、まるで本物の道化のようにあちらこちらに笑顔を振りまいているが、腹の中ではなにを考えているのやら」

「そんな、ちょっと風変わりなところがないわけじゃないけど、やさしい御方だよ」

「君がそう思っているならいいよ、ただ僕とは気が合わないってだけだ。それより、ショックだな。君、閣下といつ親しくなったんだ？　このごろつれないと思ったら、僕より大切な友人ができていたわけか」

「友人なんて恐れ多い。閣下は死んだ叔父《おじ》の旧友だ。その縁で私を気にかけてくださっているだけだよ」

シュテファンは、ハインリヒが覗《のぞ》かせた友人の座へのこだわりのようなものにひそかな喜びを感じつつ、表向きには呆《あき》れ顔をしてみせた。

「なるほどな、その可愛《かわい》がってくださる閣下が困っている、だから助けになりたいと。それで？　閣下が受けとった怪文とやらは、いったいどんなものなんだ」

「これが写しだよ。見知らぬ男に渡されたと聞いたけれど」

とシュテファンは、メモをひらいた。


『今こそ怒りをもって　悪《あ》しき魂を地獄に引きずり込まん』


「……どういう意味だ？」

走り書きされた一文に、ハインリヒは困惑したようだった。

「閣下にもはっきりとはわからないそうだ。でもいたく不穏だし、なにかの犯行予告だったり、脅迫《きょうはく》に読めないこともないだろう？」

『悪しき魂』が指ししめすものは判然としないが、怒りを滾《たぎ》らせた誰かが、誰かを地獄に落とす、つまりは殺そうとしているというようにも取れる。

「閣下は、自身や近しい人々への殺害予告かもしれないと考えられたんだな」

「うん、だからこそ、なんとしても渡してきた男の正体を突きとめたいと」

「それが君の頼まれた仕事ってわけか。でもそんなの、自分の家人に頼んだほうがよくないか？　市民に聞き取りするにしても、貴族相手じゃ正直に話してくれないかもしれない」

「実は閣下、怪文をもらったことは家族どころか家人にも明かしていないらしくて。ひどく心配させてしまうからだろうと思うけれど」

「それで僕らにこっそりと調べてほしいと」

「そうなんだ。もしよければ手伝ってくれないか？　閣下に君との友情についてお話ししたら、頭が切れる君にも是非《ぜひ》助けてもらえれば嬉しいと仰《おっしゃ》っていたんだ」

「あの閣下が？　へえ」

とハインリヒは面白くなさそうに、背もたれに身体《からだ》を預けて足を組んだ。「正直なところ、積極的に関わるべきではないという思いが強まるばかりだよ。僕はともかく、君に関わってほしくないって意味だけど」

「私に？」

「言っておくけどこれは、女王陛下が我々にくださりがちな、愛を騙《かた》った冷ややかなる過干渉ではないよ。ごくまっとうな忠告だ。下手《へた》に関わったら、こちらにだってなにが起こるかわかったものじゃない。そうだろう？」

「でも頼まれたんだ、力にならなきゃ。大人の男として責任を果たさなければならない」

「そんな責任捨てればいい」

「困っている人を助けたいんだよ。君が私を助けてくれたように」

「……わかったよ」

とうとうハインリヒは深く息を吐きだした。「気高い君に免じて、今回に限っては閣下に助力しよう。なんだかんだ言って僕は、親友の頼みには弱いんだ」

「ほんとか！　よかった、ありが――」

「ただその代わり、このくらいは頂戴《ちょうだい》する」

言うやおもむろに身をかがめた友人のふるまいに、シュテファンは雷に打たれたように固まった。彼はシュテファンの右手を取り、貴婦人や君主へするかのごとく甲に唇を寄せたのである。

たちまち頭の中は真っ白に、頰《ほお》は熱した鉄のように赤くなった。それは驚きと、ある種の怒りと、切ない喜びがない交ぜとなったものだったが、すぐにシュテファンは最後のひとつを檻《おり》の底に押しこめて、ばねのように腕を自分の身体へ引き寄せる。

「なにを考えてるんだ君は！　私は女性でも、君の主でもないぞ」

「どちらでもなくたって構わないだろう」

とハインリヒは視線をまっすぐに向けたまま、肘掛けに頬杖をついて目をすがめる。

「親友のお節介《せっかい》に巻き込まれる対価としては安い」

かすかな微笑《ほほえ》みとともにあまりにも当然のように告げるから、シュテファンはどうしていいかわからなくなった。

こういうときのハインリヒは、なにを考えているのか読みとれない。シュテファンに不満があるのか、それともからかっているだけなのか。微笑んでいるのは口元だけで、空色の瞳の奥には得体の知れないものが潜んでいる気さえする。怒りのような、苦しみのようななにかが。

しかしそれも一瞬で、すぐに彼は切り替えたように、明るく、人なつこい口ぶりで身を乗りだす。

「ごめんごめん、君はいつも四角張って威厳ある男爵を演じているからな。つい立派な仮面の下に隠れている、伸びやかで明るい本当の君を引きだしたくなってしまうんだよ」

「……私はなにも演じていない」

「じゃあ言いなおそう。僕の一挙一動に律儀《りちぎ》に驚いて腹を立ててくれる真面目《まじめ》な君が可愛らしいから、ついからかいたくなってしまう」

「おい、だから私は女こどもじゃ――」

「心配するなよシュテファン、男が可愛らしいなんて言ってもらえるのは、髭《ひげ》の剃《そ》り痕の青さがどうやったって隠せなくなるまでだ。君だって、あとわずかだよ」

笑うハインリヒにまったく他意はなさそうで、結局シュテファンも笑って息をついた。

「ほんと悪趣味だな、君は」

「暇人とは得てして悪趣味に走るものだよ。それはそうとしてシュテファン、対価とは言わないまでも、ひとつこの機会に僕からも真面目な頼みがあるんだが」

「まだ私をからかって遊ぶつもりか？」

いや、とハインリヒは改まって、真剣な、どこか慎重にさえ思える表情で切りだした。

「君、今月も一族の墓へ参るんだろう？　もしよければ供をさせてくれないか」

思いも寄らない申し出に、シュテファンは瞬いた。

「いいけど、またどうして」

確かにシュテファン兄妹は、ザイラー一族を葬《ほうむ》った教会の霊廟《れいびょう》を足繁《あししげ》く訪れているが、この友人に供をしたいと言われたのははじめてだ。

「霊廟に眠る君の大切なご家族に、君の親友ですと挨拶《あいさつ》してもそろそろ許されるんじゃないかと思っていたんだ。馬車は僕が出すから……だめかな」

「もちろん大歓迎だよ」とシュテファンは喜びを滲《にじ》ませた。「私も君をみんなに紹介できれば嬉しい。でも、馬車までは申し訳ないな」

「無理を言ってついていくんだから馬車くらい出すよ。僕の車のほうが新しくて大きいし、妹君も同行するんだろう？　三人で乗っていきたいしね」

確かにそのとおりではある。シュテファンは我が家の、少々時代遅れの小さな馬車を思い浮かべて、友人の申し出をありがたく受けることにした。


一時を知らせる教会の鐘が一斉に鳴り響いたとき、ハインリヒは約束どおりにベッカー通《シュトラーセ》りのシュテファン家の前に降り立った。

「ご機嫌よう、エレオノーレ嬢」

胸に手を当て腰を折る美しい挨拶を贈られて、シュテファンとともに出迎えたエレオノーレは頰を染めた。気持ちはわかるな、とシュテファンはさりげなく目を逸《そ》らす。こういうときのハインリヒは、素晴らしく洗練されている。目の毒だ。

「お久しぶりです、エッペンシュタイナー卿《きょう》。馬車を出していただいて感謝しております。お兄さまが無理を申し上げたのではないかと心配していたのですけれど」

「ひどいなエレオノーレ。私は無理なんて言わないよ」

「そう、僕が勝手についていきたいと言ったんだ。大事な日に邪魔をして申し訳ない」

「いいえ、ご一緒できて嬉しいです。ねえお兄さま」

墓に捧げる花束を両手いっぱいに抱えたまま、思わせぶりに片目をつむった妹に、シュテファンは苦笑いを返した。

エレオノーレはいつの間にかずいぶんと大人びた。無理もない、もう十五なのだ。この妹にあとどれだけのことをしてあげられるのだろうと考えて、シュテファンは苦しく、寂しい気分になった。

ハインリヒがエレオノーレを馬車へエスコートし、シュテファンも続いた。扉が閉まり、馬車は通りの合間から垣間見《かいまみ》える、抜けるような青空の下を走りだす。

道中、エレオノーレはハインリヒ相手に読んだ本の話や、最近取り組んでいる詩作を次々と披露した。この妹はこと文学に希有《けう》な才能があるらしく、嬉々として語る話の内容にすでに結構まえからシュテファンはついていけなくなっていたのだが、さすがはハインリヒ、しっかりと理解しているばかりか鋭い質問を飛ばしたりして、妹は大はしゃぎだった。ころころと表情を変える彼女を見るハインリヒの表情も、こころなしか満足げだ。

——どうだろう。

シュテファンは、窓の外を流れていく景色に目を向けながら思った。ハインリヒが、聡明なエレオノーレを心底気に入っているのは間違いない。彼ならば、エレオノーレの才能を真に愛し、認めてくれるかもしれない。貞淑《ていしゅく》なる妻という檻に、愛する妹を押しこめることさえしないかもしれない。エレオノーレだって、社交を嫌い政治の場を離れた他はなにひとつ欠けていない美しいハインリヒを、憎からず思うはずだ。

一緒になってくれればいいのに。そうすればシュテファンは、愛するふたりを知らない誰かに取られてしまうこともない。ずっとそばにいられる……。

そこまで考えて、小さく自嘲《じちょう》した。ありえない。身分が釣りあわないし、そもそも。

あまりに身勝手な願望だ。

馬の蹄《ひづめ》は軽快に石畳《いしだたみ》を蹴《け》り続け、やがて町中にひっそりと佇《たたず》む教会の敷地の前でとまった。挨拶などを済ませてから、聖堂の一角にあるザイラー一族のための地下霊廟に続く入り口の傍《かたわ》ら、壁に埋めこまれた家族の墓碑銘《ぼひめい》の前にエレオノーレとふたり立つ。ハインリヒは離れたところで、静かに見守っているようだった。

「ここはよいところです。静かで、安らかで」

エレオノーレはひざまずき、愛情の籠《こ》もった手つきで花を捧げた。聖堂の裏手には小さな中庭があり、清涼な風が流れこんでくる。よく晴れた空から注いだ光がステンドグラスを通じ、光芒《こうぼう》のように墓碑銘へと降り注ぐ。

「確かにな」とシュテファンもつぶやいた。「私たちの父母は、こういう静かな場所が好きだった」

ことあの父は。

耳が痛くなるほどの静寂のなかに、父の穏やかな声がかすかに響いている気さえする。

――シュテファン、ドイツ語をきちんと学びなさい。

ルイーゼとして死んだ従兄弟《いとこ》の葬儀の日、父はこの墓碑銘の前でそう言った。

お前も知っているように、昨今の貴族はフランス語で話すことを好む。フランスという君主国の宿敵であり、魅力ある国への憧れが理由──と言えば聞こえがいいが、実際滲んでいるのは傲慢《ごうまん》ではないかと私は思っている。その証拠に我らが君主国には、祖国の言葉をまったく喋《しゃべ》れない貴族も珍しくないし、わざと下手《へた》に話す者さえいる。自分が貴族であり、下々《しもじも》の者とは違うのだと示すために。

それではいけないよ。

何度も父は言い聞かせた。凍える冬の朝、暖炉《だんろ》の火に当たる幼いシュテファンの頭を撫《な》でながら。明るい夏の日差しに包まれた、美しい山々を望む領地の緑を眺めながら。私たちの生活がなんの上に成り立っているのか、私たちを支える者たちがいったいなにを思っているのか、常に考え続けなければならない。

──それが、真の貴族というものだ。

この、見た目ばかりは豪華に飾り立てた張りぼての君主国の中で、父はそういう正論を、どんなに馬鹿にされようと淡々と説《と》ける人だった。

そういう意味では、とシュテファンは思う。もしかしたら、父は女王のよき右腕になれたのかもしれなかった。自分以外はみな愚かで、だからこそ神に選ばれし自分がすべてを導かねばならないと信じている女王も、元を辿《たど》ればこの張りぼてが行き着くところを憂《うれ》い

ている に違いないのだから。

「それにしても、もはや墓地の方が賑《にぎ》やかになってしまいました」

　エレオノーレが、ぽつりとつぶやいた。

「そうだな……」

　一家は、シュテファンたちを除いた全員が死亡している。コンラードは一年前に急死、その妻は十四年前、お産で生まれてくるはずだった息子と共に命を落とした。長女のルイーゼは病死したとされていて、墓には本物のシュテファンである従兄弟が代わりに眠っている。

　コンラードの墓の隣には、エレオノーレの実父でありコンラードの兄である、前々男爵ロベルト夫妻の墓もあった。エレオノーレの母は物心がつくまえに病気で、ロベルトは狩りの途中、手負いの鹿と間違われ撃たれて死んだ。

　十八世紀のヨーロッパ、若くして人が死ぬのは珍しくもない。とはいえ二年前にコンラードが死んだときにはさすがに、『死に魅入《みい》られた一家』と陰口を叩く者さえいた。歯が抜けていくように様々な理由で去っていくから、そんなふうに言われてしまうのかもしれなかった。

　急にエレオノーレが、ハンカチで口元を押さえて座りこんだ。慌てて助け起こそうとすると、「大丈夫、心配なさらないで」と気丈に答えるものの、顔面は蒼白で、目には涙が滲んでいる。

シュテファンは、この明るい妹が、いまだ叔父《おじ》の不幸な死から抜けだしきれていないと悟った。当然だろう、二年前のコンラードの急死は、エレオノーレの心を深く抉《えぐ》った。あのとき、憐《あわ》れなエレオノーレは憔悴《しょうすい》してしまって、葬儀にも出られなかったのだ。コンラードは彼女の父代わりでも母代わりでもあったし――それに、普通の死に方をしなかった。

やさしかった父は、頭を撃たれて殺されたのだ。


エレオノーレは、しばらく聖堂裏手の小部屋で休ませてもらえることになった。本人はもう大丈夫というものの、あんな顔色をしたまま馬車に揺られさせるわけにはいかない。

妹をシスターに任せて、シュテファンは霊廟《れいびょう》のある聖堂まで戻った。ハインリヒに報告せねば。彼は青ざめたエレオノーレを部屋まで運んでくれたが、それ以上は結婚前の少女に失礼と場を辞していた。

ハインリヒは、ザイラー一族の墓碑銘の前に立ちつくしていた。

刻まれたコンラードの名を瞬きもせずに見つめ、厳しい顔をしてみぞおちの上あたりを強く握りしめている。それは心臓が悪かった父がかつて時々見せた動作に似ていて、シュテファンは血の気がさっと引くのを感じた。

「どうした。まさか心臓が痛むのか？」

慌てて駆け寄ると、

「え？　ああ、いや違う。心配しないでくれ」

と、なんでもないように両手を広げられる。痛みの気配もない顔つきに、シュテファンはなんだ、と力を抜いた。勘違いか、よかった。

と同時に、新たな花束が、墓碑銘の前へ捧げられているのに気がついた。

「君が捧げてくれたのか。ありがとう、みんな喜ぶだろう」

「だといいが」

ハインリヒは墓碑銘に目を落としたまま、小さくつぶやいた。

「それで、エレオノーレ嬢は念のため、シスターが見てくださっている」

「うん、今は大丈夫そうか？」

「だったら安心した。……叔父上の死のショックが抜けていないのか？」

「そうみたいだ。もう二年が経つのに、かわいそうに」

シュテファンは、父の名とともに刻まれた没年に目を落とした。

一七五〇年。

今日とは正反対の、冬の気配が濃い夜だった。

ヴィーンから遠く離れた上エスターライヒにある、ブナと白樺《しらかば》の森に囲まれた古城。その小花模様が描かれた書斎の中央で、父はこめかみを撃たれて殺されていた。物盗《ものと》りの犯行だと思われた。部屋は荒らされ、椅子《いす》には父を縄で縛《しば》ったような形跡があったし、なにより父がずっと大切に持っていた、亡き妻の形見がなくなっていたから。

「報を受けて駆けつけた瞬間を、今でも夢に見るんだ」

荒れ果てた書斎、飛び散る赤に、流れる赤。両足を投げだして、仰向《あおむ》けに倒れた父。

ショックで直視できなかった。

「でも、なによりつらかったのは」

シュテファンは墓石を見つめたまま、ぽつりと言った。「死んだ父の腕が、まるで棺《ひつぎ》に安置された死者みたいに、胸の前で組まされていたことだった」

銃弾はこめかみを貫いていたから即死だったはず。つまり犯人が、事切れた父の手を組ませたのだ。わざわざ、自ら殺した者の手を。

許せなかった。かえって冒瀆《ぼうとく》されたような気がした。

「さっさと逃げればいいのに、殺してから後悔《こうかい》でもしたのか？　後悔するなら、最初から殺さなければよかったのに！」

つい語気を強めたとき、痛ましげなハインリヒの瞳と視線がかち合った。同時に、聖堂にまるでふさわしくない自分の声が響き渡っているのに気がついて、はっと口をつぐむ。

「ごめん」

なにを怒っているのだろう。空《むな》しいだけではないか。

うつむいていると、ハインリヒがややしてひそやかに尋ねてきた。

「君は、犯人に復讐《ふくしゅう》したいのか」

「……いや」

そうではない。復讐なんて望んではいない。ただ、『悔《く》いている』の一言を聞きたいだけ。胸ぐらを摑《つか》んで揺さぶってでも言わせたいだけ。

それだけ。

なにより亡き父は、シュテファンが復讐に身を捧げることなど望まないはずだ。

――そうでしょう、父さん。

両手を握りしめ、自分に言い聞かせていると、友人がそっと寄り添ってくれた。

「僕が言ってもなんの意味もないかもしれないが、それでも言わせてくれ。コンラード卿《きょう》はきっと、ただ、君の幸せだけを祈っている」

「……そうかもしれないな」

いたわりの滲《にじ》む声に、泣けるだろうか、そう思ったけれど涙は出てこなかった。シュテファンは、父が殺されたあの夜から泣いていない。悲しみは押しつぶされてしまった。今では妙に冷ややかな自分が、ひたすら黒い怒りに火をくべている。煮立てられたそれは毒々しい色に染まり、粘りつき、シュテファン自身にまとわりついて、煽《あお》りたてている。

シュテファンは、犯人を捜す手紙を各地へ執拗《しつよう》に送り続けていることを、やさしい友人に打ち明けられなかった。

3　道化閣下と死神風の男

空はどんよりと霧がかっていた。シュテファンは、ヴィーンの中心にそびえるシュテファン大聖堂の尖塔《せんとう》を見あげて時間を確かめると、三角帽を小脇に抱え、ハインリヒとの待ち合わせ場所であるなじみのカフェ、『薔薇《ばら》とコーヒー』へひとり入っていった。

『薔薇とコーヒー』は、コーヒーと菓子の両方に重点を置いたカフェ・コンディトライだ。こぎれいで落ち着いた内装と色とりどりの菓子はまったく素晴らしいにもかかわらず、残念ながら肝心《かんじん》のコーヒーの味はいまいちで、そのせいでいつ来ても人はまばら。惜しいと思いつつ、そこがかえって気に入ってもいた。

ゆっくり歩いたのだが、それでも約束の時間より早くついてしまった。シュテファンはけっして美味とはいえないコーヒーを手にしばし、いつもと同じ、暖炉《だんろ》の前の天鵞絨《ビロード》張りのソファに身体《からだ》をうずめた。

暇を持て余すと、余計な想像で頭がいっぱいになる。最期のとき、父はどれほど恐ろしかっただろうとか、どうにか助けることはできなかったかとか、考えても詮《せん》ないことが溢《あふ》れだしてくる。だから片隅に置かれた、パンフレットと呼ばれる通俗雑誌を手に取った。宮廷や教会の醜聞《しゅうぶん》を載せたもので、潔癖《けっぺき》な女王に目の敵《かたき》にされつつもヴィーン市民、そして貴族にすらひそかに人気がある。今日の紙面も派手な話ばかりが躍っていた。フランスのスパイに宮廷の機密文書が持ち出されただの、イエズス会の僧侶《そうりょ》の隠し子疑惑だの、嘘か本当かわからない噂《うわさ》は確かに、シュテファンの頭から余計な悩みを押しだしていく。

しかし読み進めるうちに別種の苦しさ――ややもすると自分自身が最大のゴシップになるかもしれないという恐怖に囚われて、シュテファンは結局、一通り見出しに目を通したところで放りだしてしまった。

――こういうパンフレットもハインリヒが一緒なら、彼の少々行き過ぎた過激な意見込みで楽しめるんだけどな。

ハインリヒはいつも、パンフレットの記述が霞むくらいに宮廷事情に辛辣《しんらつ》だった。彼が宮廷や中央政府でのしあがる将来を放棄したのも、きっと美辞麗句《びじれいく》の裏に渦巻《うずま》く打算や侮蔑《ぶべつ》、酷薄《こくはく》さと無関心、不正や矛盾《むじゅん》に心底嫌気が差したからだろう。ハインリヒは本来、そういう曲がったことが許せない、真面目《まじめ》で気高い男なのだ。

であれば――彼にもまた、王宮と決別するに至った苦悩の過去があるに違いない。今はおくびにも出さないが、いつかは打ち明けてくれるのだろうか。シュテファンが彼に支えられ、救われたように、シュテファンの存在に救いを見いだしてくれるのか。

そういうハインリヒの姿が欠片《かけら》も想像できなくて苦しい気分になったとき、明るい友人の声が響いた。

「待たせたね」

はっと目をあげれば、ハインリヒはにこやかにこちらへ歩いてくるところだった。瞳の色に合わせた灰青色の上着に、銀糸の細かな模様が織りこまれた揃えのジレを合わせていて、いたく似合っている。シュテファンがこの間仕立てたばかりの紺地に金糸を散らした揃えだって悪くないはずだが、比べるべくもない。

あまりに美しくて、シュテファンはつい見とれてしまった。

「……どうした？」

「いやなんでもない！」

慌てて目を逸《そ》らし、コーヒーを呷《あお》る。「君は本当に優雅だなって思っただけだ。女性の気持ちになってみたというか……私が女性なら、つい見とれてしまうと考えていた。君は内面もいい男だし、恋してしまうかもしれないな。もし私が女性だったら、だけど」

しまった、口が滑りすぎたと思ったときには、ハインリヒは胸に手を当て、大きく目を見開いていた。

あまりにそのまま固まっているので、それどころか顔を強《こわ》ばらせ、胸に当てた手が衣を握りしめはじめたので、シュテファンは怖くなってきた。そういえばハインリヒは先日、霊廟《れいびょう》の前でも同じように胸を握りしめていなかったか。

「……ハインリヒ、どうした？　まさか心臓が痛むのか？」

うろたえ立ちあがったシュテファンにかえって驚いたのか、ハインリヒはますます胸を握りしめつつ、困惑の声をあげた。

「心臓？　なぜそうなる」

「なぜって君、このあいだも胸を押さえてただろう。大丈夫なのか？　もし気になることがあるなら早く医者に診《み》てもらってくれ」

躍起《やっき》になって言い募《つの》ると、ああ、とハインリヒはようやく合点《がてん》がいったようで、気まずそうに胸から手を放した。

「違うよシュテファン。ただ驚いただけだ。そうか、君は僕の内面をいい男だと思ってくれていたんだな、僕が一方的に君にまとわりついているわけじゃないんだなって」

「そんな……そんなことで？　でも君、胸を――」

「ご心配なく。首からさげてるものを握っただけだよ」

「さげてるもの？」

偶然見てしまった寝起きの首元に、銀の鎖がかかっていたのを思い出した。あれか。

「十字架か？」

「だいたいそんな感じだよ。心配かけて悪かったね」

「いや、病気じゃないならいいんだ。だけど、意外だな。君は君主とか神とか、国家とか教会とか、そういうのをこう……大きな声では言えないけど、ちょっと冷めた目で見ていると思っていた。というか、今まで散々とんでもない話をしてただろ？」

教会の教育は最悪だの、宮廷の機密管理は杜撰《ずさん》だの、もっと過激な話も聞かされてきた。なのに実は、肌身離さず十字架をさげているなんて。

「別にことさら信心深いわけじゃない」とハインリヒは笑った。「まあ、この首飾りは肌身離さず持ち歩かなければならないほど、大事なものではあるんだ」

「父上の形見か？」

「僕が父の形見なんて大切に持ち歩く孝行息子に見えるか？」

苦笑しつつシュテファンは首を傾《かし》げる。形見でないならなんなのだ。

「……もしかしてイザークから買いあげた珍しい美術品の類《たぐ》いか？　なくしたくないから肌身離さず持っているとか」

ハインリヒが思わせぶりに口角を持ちあげる。図星なのだと受けとって、シュテファンはさすがに呆《あき》れた。

「ほんと、人騒がせな……」

「怒らないでくれよ。心配させたおわびに、トルテを好きなだけご馳走《ちそう》するから」

「別にいらないよ」

「むくれるなって。君が甘い物に目がないのは知ってるんだ。なあ、許してくれ」

「わかったよ。じゃあ、厚意に甘えてひとつだけ。どうしようかな、ショコラーデ？　それとも木苺《きいちご》かな。木苺のほうがいいか、でも……」

「両方頼めばいい」

「そんなわけにはいかないよ、これから閣下《かっか》と食事をご一緒するのに、ふたつも食べたら満腹になってしまう。待ってくれ、今決めるから。えっと木苺、いやショコラーデ。やっぱり木苺？　……なに笑ってるんだ」

「いや、君はこういうとき、本当に可愛《かわい》らしいなって」

シュテファンは数度瞬いてから、真っ赤になった。

「ハインリヒ！　だから私は」

「わかってるわかってる。君は立派な男爵だ。すぐに髭《ひげ》も生えてくる」

「いやわかってない。そうだ、やっぱりトルテは遠慮《えんりょ》しておこう。立派な大人の男のくせして、菓子ごときに騒ぎすぎた」

シュテファンは肩をいからせ、意識して低い声を出した。

「そう怒るなって。トルテ好きな大人の男だって、数え切れないほどいる」

「君にからかわれるのはまっぴらなんだ」

「じゃあこれはどうだ。僕がショコラーデ、君が木苺を頼む。半分ずつ交換しよう。悪くない案じゃないか？」

友人は、お見通しとばかりに笑っている。シュテファンは少々葛藤《かっとう》したものの、結局小さく咳払《せきばら》いをして受けいれた。

「わかった、せっかくの君の提案だからな。そうさせていただくよ」

「光栄だよ」

とハインリヒは楽しそうに青の瞳を細めて給仕を呼んだ。

ショコラーデトルテも木苺トルテも絶品だった。コーヒーが微妙なのが返す返すも惜しいなどと話しながら、シュテファンたちは『薔薇とコーヒー』をあとにした。楽しい時間は終わり、いよいよ依頼のために、グンドラッハの邸宅へと向かうのだ。

グンドラッハの壮麗《そうれい》な邸宅はドロテーア小路《ガッセ》に面している。さしかかると、ちょうど遠目に、若い男がグンドラッハ邸に近寄っていくのが目に入った。

ハインリヒよりひとつふたつ上だろうか。ひょろりとした背格好に、地味だが仕立てのよい服をまとっている。いかにも生真面目《きまじめ》そうといえば聞こえがいいが、どことなく神経質に見えるのは頬《ほお》が青白いせいか、口元に力が入りすぎているせいか、はたまた黒い丸縁《まるぶち》の眼鏡《めがね》がそう見せるのか。とにかく彼はグンドラッハの家に仕える者で、買い物帰りのようだった。紋章風の薔薇の書店印が背に入った立派な装丁《そうてい》の本を数冊重ねて抱え、さらにその上に、グラーベン通りの有名な菓子店『クライスラー』製の、薔薇の砂糖漬けの小箱を十箱近く積みあげている。ひどく危なっかしい。

「不審者……ではなさそうだな」

「あれ、ウーリヒ閣下の家宰《かさい》のブルートだよ。職人の家の出なんだけど、閣下の信頼を得て、あの年で家宰まで上りつめた、有能な男だと聞いた」

「本当に有能なのか？　あれだけの荷物をひとりで運ぼうとして」

「真面目な男なんだよ。閣下はほら、道化《どうけ》を自称しておられるだろう？　そういうご自分には、ブルートくらい生真面目な家宰が必要なんだそうだ」

なるほど、とハインリヒは、ちっともなるほどと思っていなそうな顔でつぶやいた。

「にしてもあの小箱、全部薔薇の砂糖漬けか？　どれだけ買っているんだ。領民にでも配るつもりか」

「閣下の好物なんだ」

薔薇の花びらに砂糖をふって固めた薔薇の砂糖漬けを、グンドラッハはしょっちゅう舐《な》めている。

「話によれば、女王の御前でもこっそり口に含んでいることすらあるとか。きっと閣下のお気に入りがなくなって、買いに行かされた帰りなんだよ」

「とすると閣下のあの甘ったるい顔つきは、砂糖漬けの過剰摂取《かじょうせっしゅ》のせいか」

「おいハインリヒ、よりによって閣下の家の前でそんな――」

とハインリヒの放言を諫《いさ》めようとした視界の端に、石畳の縁に足をとられたブルートがバランスを崩したのが映った。積みあげた砂糖漬けの小箱が上から順にゆっくりと滑り、ピサの斜塔《しゃとう》のように傾いていく。

とっさにシュテファンは走り寄って、今にも落ちそうな箱を支える。そのうちに、さいわいブルートはバランスを取りもどしたらしい。小箱の塔はなんとか崩壊を免れた。

胸を撫《な》でおろしたシュテファンに、ブルートは羞恥《しゅうち》に頰を染めて頭《こうべ》を垂れる。

「お助けいただき感謝いたします、ザイラー卿《きょう》。みっともないところをお見せしてしまい、恥じ入るばかりです」

「気にしないでくれ」

シュテファンは笑って、侍女《じじょ》たちが薔薇の砂糖漬けと本をそれぞれグンドラッハとその母の部屋へ運んでいくのを見守った。ブルートは再び恐縮したように礼をして、ふたりを堅苦しく応接室へ案内する。

「さっそく閣下をお呼びして参ります、しばしお待ちを」

そうして足早に姿を消した。

シュテファンとハインリヒは、しばらく部屋の威容を眺めつつ待った。天井や柱には壮麗な彫刻が刻まれ、金の燭台《しょくだい》がきらめいている。さすがは女王の信任も厚い顧問官《こもんかん》の家だと感心していると、ハインリヒがささやいた。

「君、あのブルートとかいう家宰とずいぶん親しそうだな。ここにもよく来るのか？」

「数度だけ。人脈を広げたいという話をしたら、カードの会に呼んでいただいたんだ」

「人脈か。……前から思っていたが、なぜ無理して知り合いを増やそうとするんだ」

「無理なんてしてないよ」

「してる。気づいていないと思ってるのか？　君はいつも限界まで気を張って、疲れ果てているじゃないか」

「私は君とは違うんだって言ってるだろ。財政的に厳しい家を守らなければいけない」

シュテファンは苦笑して、お決まりになっている台詞《せりふ》を言った。しかしハインリヒは、今日は引かなかった。

「もう充分守れているはずだ。僕と共同の事業も、君の独自の事業もうまくいってる。なんの不自由もないのに、なぜまだそうしてひとりで頑張る」

シュテファンは黙りこんだ。なんと言えばいいのだろう。

「……確かに私はすこし無理をしているかもしれなくて、君といるときだけが気負いを忘れられる、何物にも代えがたい時間なのは間違いない。だから経済的にも、精神的にも支えてくれる君には心から感謝しているよ。でもそうして助けてもらっている現状に甘んじたらいけないとも思っているんだ。君を好きだからこそ、頼りきったらだめだって」

「頼ってくれ、親友だろう」

「私は君と、真なる友情を築きたい。自立したひとりの男として、君の隣に立てるようになりたい」

『妻なるものは、夫を楽しませ、夫の意見と感情すべてを諾々《だくだく》と受けいれ、依存し、従順でなければならない』

『女性とは男性よりも劣った存在で、いつでも過ちを犯す。だから出しゃばらず、分相応でなければならない』。

そう信じられているこの世界において、男女は真なる友情を築きえない。だが男同士ならば違う。ときに身分も立場も超えた絆《きずな》が結ばれる。依存せず、服従せず、互いに意見し、信頼し、楽しませられる、真の愛を抱くことができる。

その愛こそがほしかった。男として生きる意味とは、父が言った『真に望む幸せ』とは、女のルイーゼではけっして届かない真なる友情を手に入れる、それに尽きると信じている。なにが得られなくても、得られないからこそ、この願いだけは譲《ゆず》れないのだ。

「僕らは今だって真の親友じゃないか」

とハインリヒは困惑を隠さなかった。「そうじゃないか？　とにかく、身動きがとれなくなるまえに頼ってくれ。僕は君を守りたいんだ。守らなくちゃならない」

シュテファンはあいまいに微笑《ほほえ》んで、喉元《のどもと》から出かかった言葉を呑《の》みこんだ。

賢いハインリヒが、『真なる友情』という一言に込められたシュテファンの願いに気づかなかったとは思えない。

――なのに君は、あえて『守りたい』と言うんだな。

まだ足りない、まだお前は真なる友情に値しない、そう宣告されているような気がした。

足音がして、華やかなる深紅の揃えに身を包んだ青年貴族が現れた。きりりとした黒い眉《まゆ》に垂れた甘い瞳、三日月のように吊りあがった口の端は、満面の笑みに縁取られている。

この邸宅の主、グンドラッハ・フォン・ウーリヒ伯爵だ。

「ああ、よく来てくれたね！　私の可愛《かわい》いシュテファン」

グンドラッハは大仰《おおぎょう》に両手を掲《かか》げ、早足で部屋に入ってきた。その勢いのまま駆け寄られ、すらりと長い腕で熱く抱擁《ほうよう》されたので、シュテファンはすっかり慌ててしまった。

グンドラッハは、ハインリヒとはまた違った方向に風変わりなところがある。しかし普段はこんな、仔犬を抱きしめるかのごとき過剰な愛情表現はしないのだが。

彫像のように動かない友の姿が、視界の端を掠《かす》めていく。かっと頬が熱くなり、シュテファンはとっさにグンドラッハの腕を防いでしまった。

グンドラッハは大げさに驚いたような顔をする。

「どうしたシュテッフル、まさか私の愛を拒《こば》むのか？　この国で君を誰より愛し、案じている私の」

「拒むわけはありません」とシュテファンは懸命に言い訳を考えた。「ただおわかりいただきたい。私はもう十八、いたいけな少年ではない。それに、エッペンシュタイナー卿も一緒なのです」

「おっと、そうだったな。ようこそ、エッペンシュタイナー卿」

グンドラッハは、まるで今気がついたかのようにハインリヒへ歓迎の意を示した。ハインリヒも胸に手を当てて貴族の礼を返すものの、声音《こわね》はやけに刺々《とげとげ》しい。

「今宵《こよい》はお招きに与《あずか》り大変光栄です、閣下《かっか》。ずいぶんとご無沙汰《ぶさた》しておりましたが、相変わらずご健勝《けんしょう》なようで安心いたしました。その希有《けう》なる道化ぶりにも、ますます磨《みが》きをかけられたようで」

完全に喧嘩腰《けんかごし》である。青くなるシュテファンをよそに、グンドラッハは余裕たっぷりに小首を傾《かし》げた。

「至極《しごく》の褒《ほ》め言葉をありがとう、卿。いつの世も、最上の道化こそが世を変え、人を動かすのだからね。しかしあれだけ自信と余裕に溢《あふ》れて王宮に出入りをはじめたというのに、一年足らずで尻尾《しっぽ》を巻いて逃げていった君が、いまだヴィーンに留まっているとは驚いたな。領地の片隅で、膝を抱えて震えているかと」

ハインリヒの眉間《みけん》の皺《しわ》がいっそう深まる。しかしなめらかなるグンドラッハの舌は留まるところを知らなかった。

「しかも我が天使、シュテファンの友人を称しているなんてね。君のような小鼠《こねずみ》が、どのように我が天使に取り入ったのだろう。不思議でしょうがない」

「彼は、困っていた私を助けてくれたのです、閣下」

たまらずシュテファンは口を挟んだ。「彼が友人として側にいてくれたからこそ、私はこの二年、自分の足で立っていられたようなものです」

「ほう」とグンドラッハは、卵のように目を丸くした。「では彼は確かに、君が心を許した友人というわけか。天使を汚して悦《えつ》に入《い》る鼠、許しを求める身勝手な罪人ではなく」

「え？　ええ。そうだよな、ハインリヒ」

同意を求めると、もちろんだよ、とハインリヒはどこか硬い笑みでうなずいた。

「ならばふたりの友情が長く続くようお祈りしているよ。気をつけたまえ、恋と友情は移ろいやすいものだからな」

とグンドラッハはにこやかに告げながら、ふたりを促した。居間に至ると、ブルートから受けとったばかりの小箱から薔薇の砂糖漬けを一かけ口に放り込み、鼻唄交じりで背を向ける。

「さ、すこし待っていてくれないか。私は書斎から件《くだん》の手紙を持ってくる。ブルート、ワインをお出ししなさい」

深紅の壁布が美しい居間の片隅で、シュテファンはおずおずとハインリヒに声をかけた。

「ごめん。その、君たちがこんなに仲が悪いとは知らなくて」

今さら軽はずみを悔《く》やんでいる。この件に友人を半ば無理やり引きこんだのは失敗だったかもしれない。

しかしハインリヒは、意にも介していないような口ぶりだった。

「気に病む必要はないよ。王宮なんて、毎日あんな応酬《おうしゅう》ばかりだから」

「でも君、傷ついたんじゃないか」シュテファンは指先を見つめた。「ただ……信じてほしいんだけど、閣下はたぶん、私を案じてくれていて、それでちょっと試すような口ぶりになっているところもあるんだと思うんだ」

「大丈夫、わかっているよ」とハインリヒは苦笑した。「閣下は亡くなった友人の親戚《しんせき》である君を気にかけていて、かつ僕に思うところがある。だからこそ、君を傷つけるなと僕に釘を刺したんだ。甘んじて受けとめるよ」

「ありがとう」

ハインリヒがいたく気分を害しているのではと恐れていたシュテファンは、少々胸を撫《な》でおろした。それにしても、王宮があんな応酬ばかりなんて本当だろうか。あの程度にはすこしも動じないハインリヒがきっぱりと政治家を辞めるなんて、いったいどれほどの苦しみがあったのか。

尋ねようかと迷っているうち、扉がひらいてグンドラッハが戻ってきた。

「さあ、これが実際渡されたものだ」

人払いするや早速見せられたのは、なんの変哲もない白い封筒に入った一枚の紙切れだった。文面は先日見たとおり、『今こそ怒りをもって　悪《あ》しき魂を地獄に引きずり込まん』。封筒には宛名《あてな》が書いていない。封もされていなかったようだ。

「一週間前だったか、久しぶりに天気がよかったので王宮からひとり歩いて戻る途中、急に走り寄ってきた男に渡されたんだ」

「その男を、捜せばよいのですよね」

「そう、黒い外套《がいとう》に高い背をすっぽりと包みこみ、黒い三角帽を目深《まぶか》に被《かぶ》った男だった」

「顔に見覚えはありましたか？」

シュテファンの問いに、グンドラッハはかぶりを振る。

「いや。帽子で顔を隠していたからね。細身で背が高く、振る舞いは貴族然として、どこか死神を思わせるような冷たさをまとってはいたが……そう、まさに君のような感じだろうか。エッペンシュタイナー卿《きょう》」

「私ですか？」

名指しされ、ハインリヒの眉がひそまった。

「いや、気を悪くしないでくれ」とグンドラッハは陽気に指を広げる。「ただの喩《たと》えだよ。どことなくぞっとする雰囲気《ふんいき》があったから、好男子たる君とは似ても似つかない」

ならばなぜハインリヒに喩えたのだろう。ハインリヒが決定的にへそを曲げないか、シュテファンは心配になってしまった。

「相手の素性《すじょう》すらわからない、それでは尚更ご不安でしょう」

「そうでもないな。あれだけ目立つ男だ、きっと誰かが目撃しているだろうからすぐに正体も知れるだろうし、正直、この類《たぐ》いの意味のわからない脅迫文《きょうはくぶん》なんて茶飯事《さはんじ》なんだ。だから普段は気にしないし、今回も別段なにかされるとは思っていないんだが、大事な夜会が控えていてね。それで念のため、協力を依頼したというわけだ。力になってくれるだろうか？」

「喜んで。なあハインリヒ」

友の機嫌を伺《うかが》うと、ハインリヒは苦い微笑を浮かべた。

「我が親友の頼みですから。喜んで力をお貸ししますが……いくつか質問はさせていただきたい」

むろんだ、とグンドラッハは垂れ目の縁を細める。

「懐かしいな。君のお父上の厳しい尋問を思い出すよ。『氷の刃』なんて呼ばれていたな。君もそんな美しい顔をして、趣味人のように生きていると見せかけて、心はやはり氷のように冷たいのだろうかね」

「渡してきた男が、実際怪文を書いた者とは限りません。頼まれただけの可能性もある。

差出人に心当たりはありますか？」

　思い出話なのか嫌みなのか判然としない一言など聞こえなかったかのように、ハインリヒは質問に移った。

「どうだろうね。恨みなど数え切れないほど買っている」

「犯人に目星がつくまで、王宮への出仕を控えていただくことはできますか？　一、二週間でよいのですが」

「それは可能だが……来週我が家でひらく夜会だけは、予定通り執《と》り行うつもりだよ」

「夜会？」

「そう。大広間にたくさんの人々をお招きするのだよ。もう招待状も送っている」

　ハインリヒは信じがたいように口の端を歪めた。

「多くの人々を、無防備に招き入れるというのですか？　危険すぎる」

「夜会の招待客の中に怪文の送り主はいないと思うから問題ない。みな、私が生きている方が利益のある人々だ。知らないところでひどく恨まれていなければね」

「とはいっても、夜会は閣下《かっか》に近づくまたとない機会だ。そもそも怪文は、閣下以外を狙う犯行予告の可能性すらあります」

「なにが言いたい？」

「率直《そっちょく》に申しあげます。夜会は今からでも中止、すくなくとも延期するべきかと」

大胆《だいたん》な提案ではあったが、シュテファンも同じ意見だった。あまりにも意に介さないグンドラッハの態度は不安を抱かせる。

しかし、グンドラッハはまったく動じなかった。ワインを手に、ゆったりとソファへ身体《からだ》を沈める。

「君たちが夜会の日までに犯人を捕まえてくれればいいだけだろう」

「では、もし万が一見つからなかったら、取りやめてくださいますか」

「あんな怪文ひとつのためにか？　『悪しき魂を地獄に引きずり込まん』か。なにを言いたいのかわからない。引きずりこむというのだから、死者が地獄から腕を伸ばすのか？　もし私に恨みを抱いている者がいたとして、言いたいことがあるのなら、はっきりと指摘すればいい。それができずに非現実的な書きぶりで誤魔化《ごまか》しているのだから、嫌がらせと考えるのが妥当《だとう》だろうに」

「なにを訴えたいのかわからないからこそ、閣下は慎重に動かれるべきではないですか。不特定多数を招き入れるのは拙速《せっそく》にすぎます。せめて、まずは死神風の男を確実に見つけだしませんか？　夜会の予定を立てるのはその後でも」

「できないよ、エッペンシュタイナー卿」

「……なぜです」

「知ってのとおり、私は陛下の行政改革に賛同し、旧来の慣習を打破せんとしている。

巷《ちまた》では革新派などと呼ばれることもある派閥《はばつ》の一員だ。貴族たちにはこの急進な改革に眉《まゆ》をひそめ、恨んでいる者すらいるのは当然理解している。だからこそ、私はなんとしてでも夜会をひらかねばならないのだ。戦争が終わって四年、いつまたプロイセンやフランスと対立するやもしれないのに、国内でいがみあってどうする」

なあ、と微笑《ほほえ》むグンドラッハの瞳は、いつしか鋭い光を放っている。

「守旧派と呼ばれている人々は、女王の取り巻きを悪魔かなにかと思っているきらいがある。そうではないと身を以《もっ》て示し、理解を得る。それこそが道化《どうけ》としての私に課せられた使命だ。この夜会には、守旧派の勢いを左右する面々もお招きしている。ここまでたどり着くのに多大な労力を要したんだ、今更怪文ひとつで取りやめるなんてできない。私はただの貴族ではない、政治家だ。偉大な父を持った君ならばわかってくれるだろう？」

その言葉には、有無を言わせぬ迫力があった。

ハインリヒは一瞬なにか言い返そうとしたようだが、結局頭を下げてグンドラッハの意向を受け入れた。

「閣下はどうかしているな」

帰り道、ハインリヒは気に食わないと言わんばかりに顔をしかめた。

「なんだかはっきりしない怪文ひとつが相手とはいえ、危険に晒《さら》されるかもしれないのにあの余裕とは」

「確かに。でも先日話を受けたときも、あんな感じだったよ。いたずらか、嫌がらせにすぎないと信じていらっしゃるようだ」

「気楽にすぎるだろう」

「まあ、私たちが夜会の日までに送り主を見つけだせばいいだけなんだ。そうだろう?」

それはそうだが、とハインリヒは眉間《みけん》に皺《しわ》を刻む。

「まずはうちのエルンストとアウグステにでも、それとなく聞きこみをしてもらおうか。どれほど聞きこんだところで、簡単に見つかる気はしないけど」

4 夜会は地獄の入り口

ハインリヒの懸念《けねん》どおり、それから数日、シュテファンたちは家人の力も借りて『死神風の男』を捜しだそうと努力したが、なんの手がかりも得られなかった。黒い外套《がいとう》に黒い三角帽の男など、通りを見渡すだけでも数人見つかるから、どれがグンドラッハに接触した男なのかまるでわからないし、運の悪いことに、グンドラッハが男と遭遇《そうぐう》した瞬間を目撃したという人間も見つからない。『死神風の男』は、風のように現れ去っていったのだ。

そうして成果があがらないあいだにも夜会の日は刻一刻と近づいてきて、とうとうふたりはなんの進展もないこと、この期に及んでは夜会の延期は不可避であることを、グンドラッハに伝えに向かった。

だが薄々察していたとおり、グンドラッハはふたりの提案をあっさりと退けた。

「それでハインリヒさまとお兄さまは、せめて夜会にご自身でも乗りこんで、不審な者がいないか見張ることにしたわけね」

「そうなんだ」

夜会の夜、エレオノーレは帯剣《たいけん》して出かけようとするシュテファンの身支度《みじたく》を手伝ってくれた。「なんにも起こらないといいのだけど」と言いながら、思わせぶりに付け加える。

「それにしても、ハインリヒさまとご一緒する夜会、久しぶりでしょう？　気を抜けなくて大変だけど、すこしでも楽しんできて、『お姉さま』」

「こら、ちゃんと兄と呼んでくれ」

とシュテファンが苦い顔をしても、どこ吹く風である。

「あら、じゃあお尋ねするけれど、お兄さまはハインリヒさまのこと、素敵だと思う瞬間はすこしもないっていうの？」

「……ないよ」

息を吐きだし、シュテファンは上着を羽織《はお》った。「だいたい遊びに行くんじゃないんだ。いろいろ心配で気が重いよ」

「わかるわ。ハインリヒさま、絶対女性に囲まれてしまうものね」

「あのなエレオノーレ」

いくらなんでもからかいが過ぎる。少々諌《いさ》めるつもりでシュテファンは振り返った。

「心配しているのは別のことだ。それに言っておくけど、ハインリヒが女性に囲まれたって私はなんとも思わない。むしろ彼は早くよい御方を見つけるべきだよ」

「お姉さまといるときのハインリヒさま、あんなに嬉しそうにされているのに？　このあいだの馬車でだって、まるで慈《いつく》しむような目を――」

「エレオノーレ、君に向けていたんだろ？　わかってるよ、彼は君を気に入ってるんだ。うちが伯爵家ならよかったのに。そうしたら君をハインリヒに安心して任せられた」

これで終わりと背を向けようとしたシュテファンを、エレオノーレは眉を寄せて引き留める。

「なにを言ってるの？　ハインリヒさまは私を通してお姉さまを見ているのに」

「……どういう意味だ」

「夏にお招きにあずかったときに仰《おつしや》っていたの。のびのびと育っている私を見ると、それだけお姉さまが頑張って、努力して私を守ってきたんだとわかって胸がいっぱいになるんですって。お姉さまの苦労を思って苦しくもなるんですって。だからすこしでもお姉さまの力になりたいって。お姉さまがお姉さまらしく笑えるよう、守ってあげたいって。これを愛と呼ばずして、なんだというのかしら」

シュテファンは唇を引き結んで妹を見つめた。胸が揺さぶられて、熱い喜びが迸《ほとばし》りそうになる。そのすべてを檻《おり》の中に押しこんで、鍵《かぎ》をかけた。

「それはありがたいな。彼に同じくらいの愛を返せる男に早くなりたいものだ」

「お姉さまはそれでいいの？」

「当たり前だ。私は男なんだから」

エレオノーレはもの言いたげな顔をした。シュテファンも負けじと見つめかえす。それでも妹の口をつぐませることはできなかった。

「いいえ。お姉さまのお顔は、口とは反対のことを仰っているわ。『つらい、本当は女性として愛されたい』って」

シュテファンは短く息を吸いこんだ。ぎごちなく笑って三角帽と外套を取り、妹の脇を抜けていった。

「とにかく行ってくる。留守番頼んだよ」


グンドラッハ邸には夜会の開始時刻より早めに伺《うかが》うことにしていたから、まずハインリヒと待ち合わせをした。灰青色の揃えを身にまとったハインリヒはさすがに少々構えているようでもあったが、それでもいつもどおり、眩《まぶ》しいくらいに魅力的だった。

だからこそ、エレオノーレと話したときからわだかまっている形容しがたい焦燥《しょうそう》が、いっそうシュテファンの胸をざわめかせる。こんな素晴らしい男が、いつまでシュテファンに構ってくれるだろう。一刻も早くなにかを返せるようにならなければ、支えとしてもらえるようにならなければ、ある日友情の炎はふっと消えてしまう。

そうしたら、どうすればいいのだろう。

グンドラッハは、相変わらず陽気にふたりを出迎えた。なにひとつ恐れていないようだった。道化《どうけ》に徹するためだろう、いたく洗練されていた先日と違って、完全に時代遅れの鬘《かつら》と揃えを身につけていたから、よけいに能天気に見えたのかもしれない。

「ふたりが見張ってくれるのならば、安心して私は道化に励《はげ》めるというものだ」

と薔薇《ばら》の砂糖漬けを舐《な》めながら、グンドラッハは満足そうな顔をした。

「お任せください」

シュテファンは不安を追い払い、心から誓った。父の親友までもが悲劇を迎えるようなことは、絶対にあってはならない。ここまで来た以上、必ず守り通すのだ。

グンドラッハに招かれて午餐《ごさん》を過ごしたのち、シュテファンたちは出席者リストや、夜会の行われる大広間の確認に追われた。どうやらグンドラッハはこの期に及んでも、シュテファンとハインリヒにしか怪文の存在を告げていないらしい。下手《へた》な動揺《どうよう》を与えたくないというのが理由で、シュテファンたちも内密に動くよう要求された。

「それだけこの夜会は重要なのかな」

大広間の壁際に寄せられた椅子《いす》に腰掛け、一足先にグンドラッハに会いに来たまま居座っている迷惑な客を装《よそお》いながらシュテファンはつぶやいた。白い壁を飾る金の縁取りに、二つの大きなシャンデリアの光が落ちて、ふんわりとした夜の空気を醸《かも》しだしている。

「だろうな。招待客リストを見ただろう？　ブラウシュニッツ伯爵に、ブレンナー男爵。それにアイネン伯爵なんていう、陛下の急進的な政策に異議を公言して憚《はばか》らなかった大貴族まで招待されている。彼らが、特にアイネン卿《きょう》が、いくら影に徹しているとはいえ革新派に属するウーリヒ閣下《かっか》の夜会へ足を運ぶとはね。閣下はまさにしてやったりだろう。おかげで僕らは面倒に巻きこまれたけど」

「ごめん」

「謝らないでくれ。思わぬところで興味深い夜会に縁ができて、僕は楽しんでるよ」

「誤魔化《ごまか》さなくていい。君、ほんとは怒っているだろう？」

「まあ、閣下が夜会を強行するっていうんでね。あれだけ忠告したのに」

とハインリヒはしかめ面《づら》をした。「怪文の動機も送り主も見当がつかないのに、誰かが危険に晒《さら》されたらどうするんだ。死んでしまったら、今までの苦労とやらも水の泡《あわ》だ」

「でも君には、国の役に立ちたい閣下の気持ちも理解できるんだろう？」

わずかなあいだであっても、政治家を志《こころざ》していたからこそ。

「できるよ。だからこそ腹立たしくて耐えられない。国家に押しつぶされる憐《あわ》れな人々を見るのはもうたくさんだ」

吐きだすような口調に、シュテファンは内心驚いた。権威に批判的なのはハインリヒの常だが、今の言葉には深い実感と、怒りが籠《こ》もっていた。

もしかしたら、と胸が痛くなる。

「押しつぶされる憐れな人々とはハインリヒ、君のことか？」

過去、彼がまだ望まれた栄光の道を歩んでいたころ、なにかがあったのか。

「心配してくれてありがとう。でも僕じゃない」

「じゃあ君の父上が」

「それも違う。あの人は幸せに生きたよ。晩年、息子がなにもかもを投げだして頭を抱えた他はね。それに父はどちらかといえば、押しつぶすほうだった。僕は父を尊敬しているが、絶対に許せない気持ちも同じくらいある。それが父の使命だったと頭ではわかっていても、心は到底納得できない」

ハインリヒの口の端がかすかに怒りに震える。だが彼はすぐに、すべてを搔《か》き消すように自嘲《じちょう》した。

「いや、僕に父を責める権利はないな。僕だって同類だ。己の罪の報いを受けて、一生苦しむべきなんだ」

「……そんなに自分を責めないでくれ」

胸を摑《つか》まれ、揺さぶられたようになって、シュテファンは思わず身を乗りだした。支えになりたかった。傷ついたシュテファンを、彼が支えてくれたように。

「君がなにに苦しんでいるのかはわからない、私ごときには到底癒《い》やせない傷を抱えているのかもしれない。でもこれだけは言わせてくれ。私はなにがあろうと君の味方だよ。君を愛して、信じている」

とたん、シュテファンを見つめるハインリヒの瞳が見開いて、ぐらりと揺れた。懺悔《ざんげ》しようとする罪人のように、唇に力が入っている。喉《のど》のさきまで言葉がせりあがっているのがわかる。シュテファンには、友人が今にも泣きだすようにすら思われた。

だがハインリヒは短く息を吐きだすと、再びすべてを呑《の》みこんだ。なにもかもを明るい笑みの裏に収めて立ちあがった。

「ありがとう。君にそう言ってもらえただけで救われたような気がする。さ、行こう。そろそろ客が訪れる頃合いだ。見張らないと」

うん、とシュテファンは小さく答えた。どこか、突き放されたような気がした。

ちらほらと招待客を乗せた馬車が到着しはじめていた。ほどなく美しく着飾った貴族たちが、ふたり一組で列をなし、手を取り合って入場してくるだろう。シュテファンたちはとりあえず、大広間の階段側の入り口脇へ陣取ることにした。大広間に出入りできる扉はこの入り口と、隣の『鏡の間』へ続くふたつのみ。鏡の間は本日倉庫として使われているし、そもそも行き止まりだから、階段側の入り口を張っていればすべての客の出入りがわかる。さほど大きくない広間も充分に見渡せる。そういう算段だ。

「貞操《ていそう》委員会の派遣した軍人が邸宅の入り口で見張っているから、そもそも招待されていない者はこの屋敷に入ってこられない。怪しい者が紛《まぎ》れ込んでいるとすれば、家人と招待客のどちらかだろうな」

「でも閣下の家人はみな閣下を深く慕《した》っているし、招待者も身元がはっきりしている立派な方々ばかりだ。疑うのはどうかと思うけど」

「身元がはっきりしている立派な方々だって、悪事には簡単に手を染めるよ」

そうつぶやいてから、ハインリヒは口元を引き締めた。

「とにかく、不審なふるまいをする人間がいないか目を光らせていよう。残念ながら僕らは夜会を楽しむことはできないが」

「構わないよ。もともと楽しみに来たわけじゃない」


数えきれないほどの蠟燭《ろうそく》の光がやわらかな光を放つ大広間へ、着飾った招待客が次々と現れた。リストで把握《はあく》してはいたが、そうそうたる顔ぶれである。ほとんどは日頃からグンドラッハと親しく付きあう人々のようだったが、グンドラッハが招待にことさら力を入れていた、ブラウシュニッツ伯爵夫妻とブレンナー男爵夫妻の姿もあった。

優男《やさおとこ》で知られるブラウシュニッツ伯爵は色とりどりの花を散らし、最先端の形に仕立てられた若草色の上着とジレをさっそうと着こなして、夜会の盟主として名を轟《とどろ》かしているのもさもありなんという洗練ぶり。対してブレンナー男爵はごく落ち着いた、古めかしいともいえる装いだが、すこしも気にかけないような堂々とした振る舞いがかえってみなの耳目《じもく》を集めている。

もっとも、最大の賓客《ひんかく》ともいえるアイネン伯爵夫妻の姿はまだ見えなかった。用事で遅れるという話である。長らく君主国の外交官を務めてきたアイネン卿は、さきの行政改革における意見の相違により一線を退いたものの、上エスターライヒに広大な領地を有する大貴族であることは変わりなく、今でも陰に日向《ひなた》に守旧派の動向へ影響を与えているという。つまりこのアイネン卿を懐柔《かいじゅう》できれば、すくなくともエスターライヒ大公領に領土を持つ貴族の多くは改革を受けいれざるを得ないだろう。それがグンドラッハたちの見立てで、なんとしても友好関係を結んでおきたいようだった。

ダンスが始まってからも、シュテファンとハインリヒは広間の入り口で監視を続けた。しかしながら守旧派の面々以外はグンドラッハの夜会の常連、つまりは宮廷に出入りする人ばかりで、宮廷の重鎮《じゅうちん》だった父を持ち、突如政治家としての経歴を投げだして姿を消したハインリヒを興味の的《まと》とするのも当然の成り行きだった。はっとする容姿も相まって、途中からハインリヒは、人々を監視するどころではなくなってしまった。

半ば引きずられるように人の輪に入らされていった彼がようやくシュテファンの隣に戻ってきたのは、実にダンスも一区切り、ビュッフェの時間がはじまるというころだった。

「すまない、大変だっただろう」

と肩をすぼめるハインリヒに、シュテファンは笑顔で返した。

「大丈夫だよ、気にするな。君の穴を埋めるなんて友として当然だ」

本当は、若い令嬢に囲まれているハインリヒを眺めるのは心中穏やかではなかったが、おくびにも出さなかった。

「それに、今のところとくに問題は起こっていないしな。夜会は順調に進んでいるよ」

「アイネン卿《きょう》も無事いらっしゃったか？」

「うん、さきほどご夫妻で到着された。卿はほら、そちらに」

シュテファンはシャンデリアの下に作られた人の輪を示した。どっしりとした体格の老齢の男が椅子《いす》に腰掛け、腰の低いグンドラッハと話をしている。若いときは豪胆《ごうたん》で鳴らしたというアイネン伯爵からは、今も生々しい生気が漏《も》れだしていた。グンドラッハの軽い冗談にも胸を反らせて笑ってみせて、かと思えば、私を籠絡《ろうらく》してみろとでも言うような挑戦的な視線を向ける。もちろんグンドラッハも待ち構えていたように、大きな身振りで惹《ひ》きつけにかかっていた。

「……なるほど、ウーリヒ閣下《かっか》のこの夜会に懸《か》けた思いも、報われてはいるようだな」

ハインリヒが苦笑するので、「たぶんな」とシュテファンも笑った。

実際、人となりに慣れ親しんでもらうことで、『敵』であるという意識を薄れさせるというグンドラッハの思惑はうまく戦果をあげているようだった。優男のブラウシュニッツ伯爵はすぐに貴婦人の人気者になったし、グンドラッハ自らがブレンナー男爵の夫人と踊ったときには、拍手さえ湧いた。

「このまま終わってくれればいいな」

シュテファンは踊る人々を見つめながら、ブルートが銀盆に載せて運んできたワインが注がれたグラスの中から、一脚選んで手にとった。飲んだふりをするだけだが、それでもすこしは、はしゃぐ人々の輪に加われたような心持ちになる。

「いますぐ終わってくれればいい」

ハインリヒは辟易《へきえき》したように視線を天井に向けている。

「ずいぶん疲れているな」とシュテファンはつい小さく噴きだした。「でも当然か、君は大人気だったものな。ちょっとうらやましいよ」

「僕は嬉しくもなんともないよ。父の思い出話をされるのはうんざりだ」

「気持ちはわかるけど……でも君、思い出話がしたい人々以外にも人気だったじゃないか。特にご令嬢方。今だって、君と踊りたそうな女性が何人こちらを見ているか」

「君を見ているかもしれないだろう。なかなかいない美少年なんだから」

「まさか。弱小男爵になんて興味があるのは、自分の崇拝者《すうはいしゃ》に仕立てたがる年のいったご婦人ばかりだ。みんなのお目当ては君だよ。お相手してさしあげたらどうだ」

「興味ないな」

「よい人が見つかるかもしれないだろう」

「僕はあいにく暇つぶしで手一杯でね」

「君を心配しているんだ。いつまでもこうしていられるわけじゃない」

ハインリヒが小さく息を吐いた。非難するような視線が飛んでくる。そのくらいでやめてくれと言っている。それでもとめられなかった。勝手に口が動いていく。檻《おり》の中のルイーゼを、打ちのめさねばいられなくなっていく。

「政治家にならないのなら、せめて子孫を残す。それがエッペンシュタイナー伯爵家の当主たる君の、男としての責務だろう」

「シュテファン」

ハインリヒは身体《からだ》ごとシュテファンに向き直った。「やめてくれ、君の口からそんな妄《もう》言《げん》は聞きたくない。いいか、何度も言っているけど、僕は一生結婚するつもりはない」

「なぜだ、恋のひとつくらい探したって——」

「恋ならもう見つけている」

シュテファンは目をみはり、言葉を失った。

「……本当に?」

青天《せいてん》の霹靂《へきれき》だった。そんな話、今まで一度たりとも打ち明けてくれなかったではないか。

しかしハインリヒの目は据わっていた。睨《にら》むようにシュテファンを見つめ続けていた。

「本当だ。とある女性に捧げた、けっして叶わぬ、一生の恋だ。叶ってはならない恋だ。成《じょう》就《じゅ》は望んでいない。だからこの話は二度とするな」

ぴしゃりと告げて踵《きびす》を返す友人に、シュテファンはなにも返せなかった。返せないうちに、ハインリヒはひとりブルートのもとへ歩み寄り、盆上のグラスを取りあげる。兵士のように荒々しく飲み干して、すぐに別のグラスへ指をかけた、そのときだった。

同時にグラスに伸びた、長い指先があった。

メレンゲで飾り立てられたトルテのように華麗《かれい》な薄緑のドレスをまとった、美しい女性のものだった。高く結いあげられた髪の下から覗《のぞ》くほっそりとした首と、ふくよかな胸元。魅惑的な長い睫《まつげ》に彩られた大きな瞳。なにより愛らしい口元には、どこか力ない、諦めたような笑みが浮かんでいる。

その貴婦人は、「失礼」と手を引こうとしたハインリヒに、流暢《りゅうちょう》なフランス語を繰り微笑《ほほえ》みかけた。

「久しぶりね、ハインリヒ」

ハインリヒの動きがぴたりととまった。女性に向けられた探るような、思い出そうとするような瞳は、すぐに信じがたいと言わんばかりに見開かれる。

「……エリザベトか？　来ていたのか、まったく気づかなかった」

「やだ悲しい。あなたならすぐ見つけてくれると思ったのに」

女性は自分の胸にふわりと手を添える。ハインリヒは思わずといったようにその手の動きを目で追って、すぐに視線を逸《そ》らした。

――誰だ？

シュテファンの口の端に力が入る。ハインリヒ、エリザベトと名前で呼びあうのだから、相当親しい間柄なのは間違いない。

「でもこんなところで会えるなんて夢みたいよ、ハインリヒ。五年ぶりくらい？　あなたは相変わらず素敵ね、見とれそう。そちらはご友人？」

「……ザイラー男爵シュテファンだ」

ハインリヒは、彼にしてはひどく慎重な口ぶりで答えた。どんなふうに口を動かせばいいのかわからないかのようだった。フランス語だからだろうか。そんなわけはない。普段ドイツ語で会話しているシュテファンたちが特殊なだけで、いつだって貴族同士は気取ってフランス語で言葉を交わしているではないか。

「シュテファン、こちらはエリザベト嬢。オルテンベルク伯爵のご令嬢だ」

「はじめまして」とシュテファンは、可憐《かれん》なエリザベトの手の甲に挨拶《あいさつ》を落とした。きりきりと胸が痛い。

挨拶を交わすあいだ、ハインリヒの注意は、ほとんどシュテファンには向けられてはいなかった。彼はずっとエリザベトを気にしていて、逡巡《しゅんじゅん》のあげく問いかける。

「……今も描いているのか？　お父上と外国に行っていると聞いていたが」

「もうやめたの。ヴィーンに戻ってきたのは二年くらい前かしら。縁があって」

「縁？」

ええ、とエリザベトはいたずらっぽく微笑んだ。

「私ね、もう令嬢じゃないの。伯爵夫人よ。アイネン卿と結婚したの。あの人、外交官だったでしょう？　同じく外交官だった父の縁で」

「君が、アイネン卿と結婚？」

ハインリヒは顔を強《こわ》ばらせた。まさかと信じられないようにも、ショックを受けているようにも見える。

しかし瞬時に貴族の笑みを取り戻して改まった。

「それは失礼をいたしました」

アイネン卿は今日の賓客だ。その夫人ともなれば、気安く話しかけてよいはずもない。けれどエリザベトは、少女のようにかぶりを振る。

「やめてハインリヒ。私とあなたの仲じゃない。私、今夜この場にいられてよかった。思いがけずあなたと会えたんだもの」

微笑む口元には可憐な色気が漂っている。女のシュテファンでさえ吸い寄せられてしまいそうだ。男のハインリヒならば当然……。

──なにを考えてるんだ、私は。

シュテファンは必死に気を逸らした。ハインリヒに女性を紹介された経験はなにも一度二度ではないし、そもそもシュテファンは『女』ではない。血の海に臥《ふ》した父を思い起こせ。立派な男爵になって、父の思いに応えなければ。

なのにうまくいかない。なぜだろう。『けっして叶わぬ一生の恋』をしていると突然告白されたばかりだからか。それとも、これほど女性のまえで動揺《どうよう》しているハインリヒをはじめて見たからか？

そうに違いなかった。ハインリヒは明らかに動じている。まるで――。

脳裏《のうり》によぎった推論に愕然《がくぜん》とした。叶わぬ恋、秘めた一生の恋。ハインリヒが抱えるそれは、この美しいエリザベトに捧げられたものなのか？

やがてエリザベトは、今にも咲かんとする薔薇《ばら》の蕾《つぼみ》のように唇をほころばせた。

「ねえハインリヒ、久しぶりに踊ってくださらない？」

「しかし」

「お誘いしたらいい、ハインリヒ」

シュテファンは笑みを振り絞《しぼ》って友人の背を押した。微笑むことのできた自分に安堵《あんど》する。大丈夫、いつもの私だ。私はザイラー男爵シュテファン。ハインリヒがどんな女性に焦がれようと、真なる友情さえ手に入れられればそれでいい。

楽団が優雅なアルマンドを奏ではじめる。ふたりが踊りの輪に入っていく。息を吸って顔をあげ、余計な考えを頭から叩きだす。檻の中のルイーゼを、暗がりへと追いたてる。

しっかりしなければ。

ハインリヒを視界から追いだして、アイネン伯爵らと歓談するグンドラッハへ目を向ける。

グンドラッハは、ちょうどブルートの持つ銀盆からワイングラスを取りあげたところだった。隣に立っているブレンナー男爵にも勧めつつ、グラスを口元に運んでいる。そこへブラウシュニッツ伯爵までもが笑顔で近寄ってきた。グンドラッハはおどけた仕草でグラスを持ちあげ、アイネン伯爵と乾杯したようだ。一口、二口飲みまた談笑。口元をハンカチで拭き、三口目を口にしようとグラスに唇を寄せる。

グンドラッハの手からグラスが滑り落ち、激しい音とともに床に砕《くだ》け散った。

一瞬広間は水を打ったように静かになった。なにごとかと人々は、身を強ばらせて振り返る。その視線の中を、口元を押さえ、真っ青な顔をしたグンドラッハが崩れ落ちていく。

悲鳴が響き渡った。

「閣下《かっか》！」

シュテファンは叫んで、倒れこんだグンドラッハへ誰より早く駆け寄った。

「閣下、閣下！　大丈夫ですか！」

無我夢中で強ばる背中をさすっていると、有無を言わさず押しのけられる。ハインリヒだった。

「落ち着けシュテファン。誰か大量の水を！　それから医者の手配を！」

ブルートが鏡の間へ駆けていく。あたりは騒然としていた。みな動転してしまって、どうしていいかわからない。シュテファンも同じだった。呆然《ぼうぜん》と見ていることしかできない。

「まだ鏡の間には水の用意があります、足りなくなったら取ってきてください。私は医者を呼んできます！」

水差しをハインリヒに渡したブルートは、外へ駆けていった。

「これじゃ足りない。シュテファン、水をもっと持ってきてくれ」

友人の声にシュテファンは我に返り、急いで立ちあがった。大広間の奥にある鏡の間に、惨劇《さんげき》に気を失ったご婦人方をかきわけ駆けこんで、テーブルに並んだ水差しを両手で掴《つか》みとる。そのまま戻ろうとしたところで、なぜだか背筋がぞっとした。

視界の隅に映る大きな鏡に違和感がある。つい目を向けて――ひっと息を呑《の》んだ。水差しが手から滑り落ち、派手に音を立てる。

「どうしたのだ君！　大丈夫か」

音を聞きつけて幾人かが飛びこんできた。肩を揺さぶられたが、なにも答えられない。ただマントルピースの上にかかる古く大きな鏡を、わなわなと見つめることしかできない。

シュテファンの視線につられたように鏡に目をやった人々が悲鳴をあげる。

古めかしくも磨《みが》き抜かれた鏡面は赤く染まっている。まるで血のようなものが塗りたくられている。
その同じ血の色で、文章が記されていた。
『幕は上がった　裏切り者の喜劇は続く　憤怒《ふんぬ》の亡霊』
今際《いまわ》の際《きわ》の絶叫のようにのたうつ血文字は、そう告げていた。

5　亡霊の影が差す

「シュテファン、元気を出してくれ」

数日後、『薔薇《ばら》とコーヒー』のソファに埋もれ、シュテファンはうなだれていた。

「落ちこむ暇があったら『死神風の男』を捜してほしい。そう閣下《かっか》も仰《おっしゃ》っていただろう?」

あの日、幸運にもグンドラッハは一命を取り留めた。摂取《せっしゅ》した毒がそもそもすくなかったらしいうえ、ハインリヒの処置が的確だったおかげだ。でも。

「私はなにもできなかった。おろおろするばかりで」

「未然に防げなかったのは僕も同じだ。いや、僕の方が罪が重い。君はしっかり現場を見ていたのに、僕は目を離してしまった」

「君のせいじゃない。それは……」

エリザベトを前に動揺《どうよう》した友人を思い出して胸が軋《きし》んだ。ハインリヒの叶わぬ恋の相手。やはり、あの美しいアイネン伯爵夫人なのだろうか。

「とにかく私は、なんの役にも立っていない」

グンドラッハは『私の見立てが甘かったにすぎないのだよ』とむしろ謝罪してくれた。とはいえシュテファン自身の気持ちは収まらない。グンドラッハに申し訳が立たないのは当然として、これではいつまでも父を安心させられないし、ハインリヒに頼ってもらえる親友になるなんて夢のまた夢だ。不甲斐《ふがい》ない自分に腹が立って仕方ない。

それで毎日のように、グンドラッハに怪文を渡したという死神風の男を捜しているのだが、あいも変わらずひとつの手がかりすら摑《つか》めていなかった。

やけになってコーヒーを呷《あお》り、シュテファンはあまりの苦さに顔をしかめた。

「……今日は一段とまずいな」

「辛気《しんき》くさい顔をしているからだ。甘いものでも口に入れて元気を出せ。ほら、特別に少しあげるよ」

ハインリヒはおどけた仕草で自分が頼んだ洋梨のトルテを切り分け、皿ごと差しだした。少し、なんて言ったくせに、とても一口で食べられない大きさだ。思いやりが染みて、シュテファンは懸命に口の端に力を込めた。

「君は本当にいい男だな」

「誰に対してもってわけじゃない。君にいつでも幸せでいてほしいだけだよ」

ハインリヒは笑っている。シュテファンもつられてわずかに眉《まゆ》をひらいた。

「……それにしても、ずいぶん噂《うわさ》になっているな」

ハインリヒのやさしさとトルテの甘さが身体《からだ》中に行き渡ると、気になる声が耳に届くようになった。

――知ってるか？　ウーリヒ伯爵が……。

――おお、聞いたよ！　亡霊に呪い殺されそうになったとか。

窓際に座った商人たちが噂話をしているようだ。

グンドラッハが倒れたあの夜のことは、すでにヴィーン中で噂になっている。鏡の間に突如現れた血文字の謎、それが『憤怒の亡霊』を名乗る何者かが犯行を宣言したかのような文面だったこと、なによりその『亡霊』にグンドラッハが毒殺されかけたことが、ゴシップ好きのヴィーンっ子の心をたちまち捉えてしまったらしい。シュテファンもハインリヒも、この『憤怒の亡霊事件』に関するゴシップパンフレットを数種は目にしていた。

事件後、グンドラッハの邸宅には宮廷の派遣した軍人や貴族が調査に入ったというが、詳細は闇に包まれている。貴族が集まる夜会での殺人未遂《みすい》だから、市井《しせい》に情報が降りてこないのは当然なのだが、それがさらに人の興味を煽《あお》った。

ライバル貴族の犯行か。それとも本当に、地獄より蘇《よみがえ》った亡霊の仕業《しわざ》なのか？

「パンフレットでは、亡霊の仕業説が多いみたいだな」

ハインリヒは、手にしたおどろおどろしいパンフレットの文言に目をやった。

『ウーリヒ伯爵は、とある男を死に追いやった。その男は地獄から復讐《ふくしゅう》のために蘇り、煌《きら》びやかな夜会の最中に、堂々と伯爵のワインに毒を盛ったのだ。場の貴族たちはひとりとして気づかなかった。なぜなら亡者の身体は誰にも見えないからである。気を抜いてはならない、亡霊はそこにいる。今も復讐の隙《すき》を狙っている。恐ろしいことである……』

「この十八世紀に、亡霊の仕業と真面目《まじめ》に論じるなんてな。ゴシップだから、そういうほうが面白いんだろうけど」

呆《あき》れたように肩をすくめる友人に、シュテファンは迷いつつ言った。

「でも私は、一理ある気がする」

「……まさか亡霊なんて信じてるのか？」

「違うんだ、私だってもちろん、犯人は人間だと思っている。怖がらせるために亡霊だなんて名乗ったんだ。だけど、君だって疑問に思ってるだろう」

パンフレットは面白おかしく書いているだけ。しかしその場にいて、事件後もグンドラッハに捜査の進展状況を聞いているシュテファンにはどうしても引っかかることがあった。

「毒の混入経路のことか」

「うん。あのとき閣下は、ブルートが運んできたいくつかのグラスの中から自分でワインを選んだ。だったらワインにあらかじめ毒が盛られていたわけはないんだ。閣下がどのグラスを取るのかわからないんだから」

シュテファンもハインリヒも、同じ銀盆の上からグラスを取ったひとりである。グラスの形はみな同じ。細工されていた形跡もなかったという。

「閣下がグラスを選んだあとに、誰かが毒を入れたかもしれないだろう」

「私は見ていたから知ってるけど、そんな動きは誰もしなかった。とすると、毒はどこから入ったんだ」

「それで、誰にも見えない亡者が、グラスに毒を混ぜたかもしれないって考えたのか？気持ちは理解できる。でもシュテファン」

「わかってるよ、ありえないのは。ただ、なんていうんだろう。心のどこかで、亡霊の存在を感じてしまっている自分がいるんだ」

突然倒れたグンドラッハの青い顔。真っ赤に染まった大鏡。怒りを叩きつけたようにのたうった、『憤怒《ふんぬ》の亡霊』の犯行文。

手を組んで横たわる、父の青白い顔。

もし。

もし万が一だ。

復讐のためならば蘇れるとすれば、父はどうするだろう。やさしい父のことだ、今まで信じようとしてきたとおり、自ら手を下すことなど望むわけがないだろうか。

それとも本当は父も悔《くや》しくて、はらわたが煮えくり返って仕方ないのだろうか。亡霊として蘇り、いまだ捕まらない犯人へ復讐を果たさんとするのだろうか。

「シュテファン、しっかりしなきゃだめだ」

ハインリヒに強く肩を揺さぶられた。

「死者は語らない、求めない。見えているのはいつだって、生者の心の影なんだ。ありもしない声に耳を傾けたら、それこそ死者を冒瀆《ぼうとく》することになる」

「……そうだな」

シュテファンは瞼《まぶた》をとじて、自分に言い聞かせた。ハインリヒの言うとおりだ。

心に潜む、暗い怒りに囚われてはならない……。


ふたりは『薔薇とコーヒー』を出てグンドラッハの邸宅に向かった。応対に現れたブルートは今日も憐《あわ》れに打ちひしがれていて、元から青白い顔がさらに白くなっている。家宰《かさい》である自分の目の前でグンドラッハが倒れたので、責任を感じているのだ。彼はこの世の誰より強く、激しく、主人を敬愛しているから、ショックは尚のこと甚大《じんだい》らしい。

しかし当のグンドラッハは陽気なものだった。

「おやおはよう、シュテッフル。今日も私の顔を見たくてたまらず、駆けつけてくれたのかね？」

昨日までと同じくベッド上でふたりを出迎えたものの、すでに仕事を再開しているのか書類が散乱している。新聞やパンフレットの類《たぐ》いを幾種も調べているようなのは、自らに関係する噂を把握《はあく》するためだろうか。

「困り果てているのだよ。もともと、とある噂の出どころを調査するためにこの低俗な読み物を集めていたんだが、最近は私の話ばかりではないか！　いくら道化《どうけ》と言えども、笑わせるつもりのないところで笑いを振りまくのは流儀《りゅうぎ》に反する。女王陛下は市井の噂話を好まれないのに、私自らゴシップの種を蒔《ま》いてしまってなんと言い訳すればいいか」

おどけて肩をすくめるグンドラッハに、シュテファンはいたたまれない気分になった。

「申し訳ありません。私たちが閣下《かっか》をお守りできなかったばかりに……」

「やめてくれ、可愛《かわい》いシュテファン。何度も言っただろう。君たちの忠告を無視して夜会を強行したのは私だ。さ、そこに座りなさい。ワインはどうだ？　薔薇の砂糖漬けも用意させようか？」

けれどハインリヒは「お気になさらず」と断った。

「それより閣下、ワインに毒を入れた者は判明しましたか。公式の調査は終わったと聞きましたが」

「やれやれ、君は本当にお父上に似て性急で思いやりがないな。シュテファンの心にもずけずけと踏み入るつもりではないか、心配になってしまう」

「ご心配なく。なにがあろうと今後、僕がシュテファンを傷つけることはけっしてありません」

「『今後』はな」

「おい、なんの話だ」

シュテファンが尋ねようとも、どちらも答えてくれなかった。やがてグンドラッハは下唇を突きだし肩をすくめると、枕元に置いた薔薇の砂糖漬けの箱からひとつをとって口に放りこんだ。

「調査は確かに終わったが、なにもわからなかった。軍人や官僚は屋敷を荒らすだけ荒らしたあげく、ひとつの手がかりも得られなかったのだよ。それどころか、客としてやってきた上流貴族を下手《へた》に疑えないからか、私の家人を無理矢理犯人に仕立てあげようとしはじめたので叩きだしたよ。まったく、我が国も早々に警察機構を構築した方がよいかもしれないな。いや、今回ばかりはどうにもならなかったか。私を殺そうとしたのは、どうやら生者ではないようだから」

「まさか閣下まで、そのような与太話《よたばなし》を信じているのですか？」

「眉《まゆ》をひそめるなエッペンシュタイナー卿。当然、信じているわけはなかろう。しかしそうでもしないと説明がつかない状況ではある。私も、私の一族も、恨みは数え切れないほどに買っている。亡者が復讐にやってきたのなら諦めもつく」

「真実亡者が殺しにかかったのなら、あなたが今生きているわけがない。もっときちんとお調べになるべきだ。家人を疑いたくないようですが、聞き取りだけでもしてみてはどうです。このままではまた、狙われないとも限らない」

「家人の手ではないと信じているがねえ」とグンドラッハはおもむろに目を細めた。「驕《おご》っているのではないよ。今この屋敷にいる家人に、私を殺す理由がないのだ。私は突然の兄の死によって相続権者に躍りでた関係でね、当初からいた家人をあまり好きではなかった。顧《かえり》みもしなかった弟のほうが家を継ぐとわかって急にへことしだした家人など道化よりよほど滑稽《こっけい》で、真の道化たる私の立場がないではないか。それで孤児院や領地の農村から掬《すく》いあげ、教育した者ばかりをこの屋敷に雇っている。彼らはみな、私が死んでも路頭に迷うだけだ。そしてなにより、不可能だ」

　グンドラッハは優雅な手つきでパンフレットの束をめくった。

「毒が入っていたのは、私が飲んだワインだけだった。あの広間に出入りすらしていない家人が、いったいどうやってそれだけを選んで毒を入れる？」

「ハンカチに毒がついていたのかもしれません。あなたは倒れる前、ハンカチで口元を拭《ぬぐ》われたとシュテファンに聞きました」

「私もそれは考えた。だがハンカチは夜会中に何度も使ったから、その線は薄いだろう」

「ではブルートは？　彼ならあなたがグラスを取る前後、ワインに毒を混ぜられる」

「エッペンシュタイナー卿《きょう》、君もおろかな軍人や官僚どもと同じだな。ブルートこそ、私を殺してもなんら得はない。ブルートは、我が領地の革職人の息子だった。酒浸りの実父にこき使われて死にかけていたところを拾って、従僕としたんだ」

　黙ってしまったハインリヒに、幾分柔らかくグンドラッハは続けた。

「案じてくれたことには感謝するよ、卿。私だってもちろん犯人が捕まってくれればありがたい。亡霊なんて馬鹿げているし、覚悟はできているつもりだが、まだ死にたくないのも確かだからね。なんとか解決するといいのだが……そうだシュテファン、私に怪文を渡した男は見つかったか？」

　残念ながら、とシュテファンは惨《みじ》めな気分で答えた。

「まったく手がかりがないのです。閣下は宮殿からの帰り際、おひとりで散歩されているときに件《くだん》の男に会ったのですよね」

「そうだ。ちょうどよい気候でね。散歩がてら道ばたで売っている焼き栗でも買って、家人を喜ばせてやろうと思って馬車を帰らせたんだ。大通《グラーベン》りをぶらぶらとしてから帰宅したよ。散歩なんて、貴族なら誰でもすることだろう？　そして家の前の通《シュトラーセ》りに入ったところで、見知らぬ黒ずくめの男に声をかけられたわけだ」

「でしたらきっと誰かが目撃しているはずと、周辺の住人や、それこそ道ばたで焼き栗を売っている者たちに尋ねてみたのです。ですが誰もそれらしき男を見かけておらず」

「誰も？」とグンドラッハは眉を寄せた。「背が高く目立つ背格好だったから、必ず誰かは見ているだろう」

「そのはずなのですが……」

肩を落としたシュテファンを、グンドラッハは慰めた。

「いやいいんだ、気持ちだけでありがたい。なにかわかったらまた教えてくれ」


数日後にまた見舞いに来ると約束して、グンドラッハの部屋を辞した。先導するブルートは扉がしまるや、思いつめたように口をひらく。

「閣下を害した者はおわかりになりましたか。あなた方が最後の希望なのです。官僚も軍人も閣下のために尽くしてはくれませんでした。犯人が、いまも閣下を狙っているかもしれないのに」

懇願《こんがん》するような目を向けられて、シュテファンは後ろめたい気持ちになった。

「残念ながら、ほとんど進展していないんだ」

「そうですか……」

ブルートは、ひどく落ちこんだようだった。

「夜会の件は私の責任です。私がしっかりしていなかったから、閣下をあんな目に遭《あ》わせてしまった」

「違うよ、君のせいじゃない」

慰めようとも、唇を固く引き結んでうなだれるばかりである。尊敬し、信奉している伯爵を目の前で失いかけたブルートの心中は、父を失ったシュテファンにははっきりと理解できた。

なにか勇気づける言葉はないだろうかと考えていると、ハインリヒが任せろというようにかすかに微笑《ほほえ》んだ。シュテファンがほっとして歩を緩《ゆる》めと、入れ替わるようにハインリヒは前に出て、穏やかに口火を切った。

「ブルート、悔《く》やんでいるというなら少々尋ねたい」

うなだれていたブルートは、灰色の瞳を不安げにハインリヒに向けた。

「なんでございましょう」

「あの日、君は鏡の間に水差しを取りに行っただろう？　あの部屋に君の直後に入ったシュテファンは、憤怒《ふんぬ》の亡霊を名乗る血文字を見たが、君はどうだった。血文字を見たのか？」

ブルートは首を傾《かし》げた。

「覚えていません。早く戻らなければ閣下が死んでしまう。それで頭がいっぱいで」

「閣下が倒れるより前は？　大広間に繋《つな》がる鏡の間は、夜会のあいだは物置として使われていた。君は会のあいだ、何度か出入りしただろう」

「ええ。入り用な品はみなそこに置いてあったものですから。椅子《いす》や、お客さまにお出しするためのワインや水差しや」

「そのときの鏡の様子は？」

「特に変わったところはございませんでした」

「では夜会中、あの部屋に何度くらい入った？　君だけでなく家人についても尋ねたい」

「……五度ほどでしょうか。私以外の家の者も数度は立ち入ったかと」

「ならば君たち家人は出入りの際に、血文字の準備が可能だったな」

ブルートは目を見開いた。

「まさか卿も、この館で働く者が犯人とお疑いなのですか？　亡霊ではなく」

「亡霊？　そんなものの犯行だと信じているのか？」

「違うのですか」

「ありえない。血文字なんて、すこしの時間があれば誰にでも書ける」

「ならば家人以外の、あの場の全員に容疑がかかるではないですか。鏡の間には誰でも入れました。生者も、もちろん死者も」

「そんなに死者の仕業《しわざ》にしたいのか？」

「生者が誰にも見られず気づかれず、閣下のグラスだけに毒を入れられますか？　それを為《な》せたのは亡霊しかいません。亡霊は閣下を殺そうとして、ワインに毒を混ぜたのです。そして鏡の間に入り、自らが死したときに流した血で文字を書いた」

「まさか」

「ザイラー卿もそう思われるでしょう？　亡霊の抱く強い悲しみと怒りが、不可思議な犯罪を可能にしたのだと」

灰色の瞳に縋《すが》るように見つめられ、シュテファンは口ごもった。

「……ありえないとは思うけど、確かにもしかしたら――」

「馬鹿げた質問をするな、死者が蘇《よみがえ》るわけがあるか！」

突然ハインリヒが声を荒らげ、我に返った。今、私はなんと答えようとしたのだろう。

言い訳しようとしたシュテファンを制し、ハインリヒは低い声でブルートに詰め寄る。

「君がやったんじゃないのか」

「……なにを仰《おつしや》る」

「客の貴族が物置部屋などに入れば目立つ、ありえない。一方の家人たちは何度も鏡の間に立ち入ったというが、血文字を見た者はいなかったと宮廷の聞き取りで判明している。最初に見たのはシュテファンだ。そしてその直前に入ったのはお前だ。考えてみれば、お前は閣下の身の回りの品に好きに触れられる。人が簡単には気づかない方法で閣下を殺害しうる」

「なにを……」

瞬く間にブルートの頰《ほお》は怒りで赤黒く色づいた。と思ったときには、激昂《げつこう》してハインリヒに摑《つか》みかかっていた。

「私が閣下《かっか》を殺す？　ふざけるな！　いくら貴族でも侮辱《ぶじょく》が過ぎる！」

「待てブルート！」

とっさにシュテファンは割って入り、ブルートを必死に押しとどめた。市民階級のブルートが、貴族のハインリヒ相手に喧嘩《けんか》を売ったら大変なことになる。なんとしてでも止めなければ。

「ブルート、私は君の潔白を信じてる、だから落ち着いてくれ。ハインリヒ、人を容易に犯人扱いするな！　証拠はないだろう」

「確かにないな」

ハインリヒは驚くほど冷たい声で答えた。

「だったら言いすぎだ。君はブルートを侮辱した。謝るべきだ」

ハインリヒと視線がかち合って、シュテファンは息を吞《の》んだ。友は、こんな恐ろしい目をする男だったか？

「ハインリヒ」

「……わかった、謝罪する」

息を吐きだしたハインリヒは、いつもどおりの穏やかな表情に戻っていた。

「僕が言いすぎた。犯人を見つけたいあまり、つい先走ってしまった。許してほしい」

ブルートはしばらく怒り冷めやらぬ様子でハインリヒを睨《にら》んでいたが、なんとか平静を装《よそお》い、硬く礼を返す。

「私も無礼を働き申し訳ありませんでした。お許しください」

「もちろんだ」

「卿《きょう》のお気持ちはありがたいのです。けれどどうか慎重になってくださいませ。私は神に誓って閣下を殺しなどしません。閣下のためなら命など惜しくない。閣下に助けていただいたときから、ずっとそう誓ってきました。信じていただきたい」

すっかり落ち着いたふたりに、シュテファンはようやく身構えていた身体《からだ》を弛緩《しかん》させた。危なかった。いくらグンドラッハの重用する家宰《かさい》でも、ヴィーンにいられなくなるところだった。ハインリヒが許しても貴族社会が許さない。

グンドラッハ邸を辞したあと、ふたりは無言で歩いた。シュテファンはどう切りだせばいいのかわからなかった。目抜き通りのケルントナー通《シュトラーセ》りに出て、人々の喧噪《けんそう》に包まれてようやく、ひそやかに尋ねかけた。

「どうしたんだ。君らしくなかったよ」

「そうだろうか」とハインリヒはつぶやいた。「あれがほんとの僕かもしれないが」

ぎょっとしたシュテファンの視線を受けて、「冗談だよ」とハインリヒは肩をすくめる。

「でも、ブルートが怪しいと思ったんだ」

「動機はないって閣下が言っていただろう？　ブルートは心から閣下を敬愛している」

「でも人間、腹の内ではなにを考えているかわからないからな。嘘なんて簡単につける」

「……うん」

「それに亡霊の仕業だなんて君に吹きこもうとするから、つい頭に血がのぼってしまった」

遠くを見つめるハインリヒに、シュテファンは迷いつつも告げた。

「あのさ、ハインリヒ。私はブルートや閣下の家人が犯人よりかは、亡霊の仕業だったほうがいいと思うんだ」

ハインリヒは立ちどまった。

「なぜだ」

「だって閣下にとって、ブルートは信頼して、目をかけてきた男だろう？　家人たちもそうだ。そんな人々に毒を盛られたなんて悲しすぎる。信じていた大事な人に裏切られるなんて、私ならとても耐えられないよ」

ハインリヒは答えなかった。彼の周りだけ時がとまってしまったかのように。

「……どうした？」

「いや」ハインリヒは静かに瞼《まぶた》を伏せた。「なんでもない……」

6　憤怒する亡霊

早く、早く！

どこまでも途切れぬ暗闇を、シュテファンは息を切らして走っていた。耳を疑う一報に、身ひとつで飛び出してきたのだ。転がるように馬車を降り、ぬかるみの中をあがいて前に進む。転んで掌《てのひら》をすりむこうと、泥が白い靴下《くつした》を斑《まだら》に染めようと立ちどまりはしなかった。

嘘だと信じたかった。自らの目で見るまではとても受け入れられない。呆然《ぼうぜん》とした従僕たちをかきわけて、父の書斎に飛びこんだ。とたん、頭の中に花瓶《かびん》が割れたような音が激しく鳴り響いた気がした。取りもどそうにも取りもどせない絶望が、胸を刺し貫いていった。

部屋の中央には、仰向《あおむ》けに人が倒れていた。誰より愛する父が。

「父さん！」

崩れるように駆け寄って、冷たい父を必死に揺さぶった。嘘だ。嘘だと言ってくれ。目をあけてくれ！

　願いが叶わないのは知っている。これは夢だ、何度も見た夢。父は死んだ。もう二度と目をひらくことは――。

　父の瞼《まぶた》が、突然かっと見開いた。真っ赤に充血した双眸《そうぼう》が、瞬きもせずにシュテファンを見据えている。

　シュテファンは小さく悲鳴をあげて尻餅《しりもち》をついた。歯の根が合わない。会いたいとあれほど願っていたはずなのに、恐怖に身が震える。これは本当に父なのか。そうとはとても思えなかった。血走った目、土気色の肌、なにより憤怒《ふんぬ》に歪んだその表情は、生前の父とはかけ離れていた。

　後ずさるシュテファンの前で、死した父は油の切れた歯車のような動きで組んでいた手を解いた。首をわずかに傾《かし》げてこめかみに空《あ》いた穴を押さえ、ゆっくりと身を起こす。

　父であったものが這《は》いよってくる。青白い指が、刺すように、糾弾《きゅうだん》するように、シュテファンをまっすぐに差し示す。

　なにごとかを言おうと固く食いしばられた口をひらく。顎《あご》が軋《きし》んでいる。氷のごとく冷たい息が吹きかかり、生前の父と似ても似つかない、低く掠《かす》れた声が――。

　そこで飛び起きた。

　心臓が激しく跳ねている。荒い息を弾ませ、周囲を見回した。

むろん、誰もいなかった。いつもどおりの自分の寝室に、月明かりが音もなく差しこんでいるばかりだった。

「……夢か」

シュテファンはぐったりと枕に頭を預けて、両手で顔を覆《おお》った。

「父さん……」


数日後に見舞いにいくと、グンドラッハは呆《あき》れた顔でハインリヒを眺めた。

「ブルートとやりあったらしいな。言っただろう、ブルートには私しかいない。私の死後に家を継ぐのは我が弟だが、あれは生まれの卑《いや》しいブルートを嫌っている。つまり私を殺してもブルートにはなんの得もない。なにひとつだ」

「はい」

「それにそもそもだ、私に手紙を渡した男はブルートではなかった。つまりなにもかもが間違っているんだよ、エッペンシュタイナー卿」

「申し訳ありません」

「まあいい、君の思いだけはありがたく受けとっておくよ」

しかし、とグンドラッハは大きなため息とともに手を合わせた。

「このままでは、犯人になど辿《たど》りつけなさそうだな」

「まだわかりません」とシュテファンは食いさがるが、グンドラッハは諦め顔だ。

「動機すら判然《かた》としないのに、捜査のしようもないだろう？　犯人が本物の亡霊であれ、亡霊の名を騙る何者かであれ、恨んでいるというならせめて理由くらい教えてくれてもよかったと思わないか。そうすれば私も懺悔《ざんげ》のしようがあるものを――」

扉が叩かれた。従僕のようだった。

グンドラッハは言葉を切り、扉の向こうに声をかける。

「急用なのか？　客人がいらっしゃるのだ」

「承知しております、しかしながら……」

やけに動揺《どうよう》したような声音《こわね》に、ハインリヒとシュテファンは顔を見合わせる。

グンドラッハは入室を許可した。入ってきた壮年の従僕は戸惑いを隠さず、盆に載せた封筒を差しだした。

「玄関前に落ちていたそうです」

「今度はいったいなんなんだ」

グンドラッハは眉《まゆ》を寄せて封を切ろうとするところ、ハインリヒが制した。

「危険です、私に中身を検《あらた》めさせてください」

「……わかった、頼むよ」

ハインリヒは慎重に封を切った。中から出てきたのは、半分に折られた紙切れ一枚。

「……古いオペラの台本の表紙を切り取ったもののようですが」

「オペラ？」

解せない様子で受けとったグンドラッハは、つと口をつぐんだ。視線を忙《せわ》しなく上下させたかと思えば、眉間《みけん》を押さえて深く息を吐きだした。

「『憤怒の亡霊』が、誰のことだかわかった……」

「本当ですか？」

とシュテファンは血相を変えた。「いったい誰なのです」

「二年前の、とある事件に関わった男だよ。状況的に彼しか考えられない。かつて我々と志《こころざし》を同じくしたのに切り捨てられ、死を贈られた憐《あわ》れな男。私を恨むべき『亡霊』」

それは、とグンドラッハは重苦しく告げた。

「クンツ・シャッファーなる男だ」

「……誰なのですか」

知らない名前に、シュテファンはどんな反応を返せばよいのか戸惑った。どこかで聞いた名のような気もするが、思い出せない。

しかし、同じく戸惑うかと思われた友人は、愕然《がくぜん》とその名を口にしていた。

「クンツ・シャッファー……」

グンドラッハも意を得たようにうなずいている。

「そう、シャッファーだ。『新たなるヴィーン』の領袖《りょうしゅう》であり、伯爵殺しの罪で死んだ男」

「まさか！」

　とハインリヒは色をなして言いかえす。

「ありえません、なぜそんな嘘を仰《おっしゃ》る！　あの事件が関係しているわけなどない」

「これを見ても、君はまだそう主張できるか？」

　グンドラッハは先ほど受け取った紙を突きつけた。数年前にブルク劇場で上演されたイタリアオペラの台本だ。しかし題名は赤く塗りつぶされ、代わりに『新たなるヴィーン』なる文字が大きく躍っている。作曲者名も同様に、『憤怒の亡霊　K・S』に書き直されいた。さらにこの間の夜会で見たのと同じ、『裏切り者の喜劇は続く』の一文までもが記されている。

「これでも君は、『憤怒の亡霊』なる者がクンツ《K》・シャッファー《S》でないと考えるのか？」

「早計です、そうであるともないとも――」

「それとも君の頭の中には、シャッファーよりもK・Sのイニシャルに適した男の名でも浮かんでいるのかね？」

　ハインリヒはぴたりと動きを止めた。

「……まさか」

そして喉《のど》の奥から絞《しぼ》りだすように答えると、ようやくグンドラッハの意見に同意した。

「確かにこの怪文が犯人から届いたならば、シャッファーに関係する復讐《ふくしゅう》が動機なのかもしれません。しかし解せない。我が父ならともかく、なぜあなたがシャッファーの件で復讐されるのです。理由がない」

「それがあるんだ。実は彼が伯爵を殺してしまったあと、匿《かくま》ってほしいと頼まれて断っている」

「……そうでしたか」

「ちょっと待ってくれ」

話に完全に置いていかれそうになって、シュテファンは急いで割って入った。

クンツ・シャッファー。

そういえばと思いだした。シャッファーは確か、学生を中心とした市井《しせい》の組織、『新たなるヴィーン』を率《ひき》いていた若い男だった。なにかの件で死刑になったと新聞で読んだ気もする。しかし、伯爵殺し？　そんな話は聞いていないし、そもそもここ数年、伯爵が殺された事件などまったく記憶にない。

「閣下《かっか》、私にもわかるように説明していただけませんか？」

「君の友人に頼んだらいい。この件に関しては私に負けず劣らず、いや、私以上に知っているはずだ。なあ、そうだろう、エッペンシュタイナー卿《きょう》」

促されたハインリヒは表情を強《こわ》ばらせ、否定しようとした。

「いや、僕は……」

しかしシュテファンとグンドラッハの視線から逃れられず、観念したようにうなずいた。

「あとで話すよ。すこしだけ待ってくれないか」

「……わかった」

「それからエッペンシュタイナー卿」

とグンドラッハはハインリヒに続ける。「シャッファーの死にまつわる復讐が行われているとすれば、『裏切り者の喜劇は続く』の文言は意味深とは思わないか。もしかしたら、狙われるのは私だけでないかもしれない」

「ええ」とハインリヒは険しい顔をする。「閣下におかれましては、みなさまに充分警戒するようご忠告いただきたい」

「もちろんそうしよう」

「ちなみに失礼ながら」とハインリヒは、諦めきれないように尋ねた。「この紙を、ブルートが用意したという可能性はないのでしょうか」

残念ながら、とグンドラッハは両手を広げる。

「彼は昨日のうちに、数人の家人と共に我が領地へ発《た》ったよ。帰ってくるのは数日後だ。この新たな怪文を我が家へ届けたのは、彼ではありえない」

「……そうですか」

その声は沈んでいた。


邸宅を辞して馬車に乗りこむなり、シュテファンは矢継《やつ》ぎ早《ばや》に問いかけた。

「説明してくれハインリヒ。私にはなにがなんだかだ。クンツ・シャッファーの名は聞いたことがあるが、伯爵殺しというのはいったいなんの話だ」

しかしハインリヒの返答は、予想外に突きはなしたものだった。

「シュテファン、君はこの話はもう忘れろ。関わることも一切するな」

「なぜだ」

「複雑な話になってきたからだ。これ以上君が首を突っ込んでもいいことはなにひとつない。死神風の男を捜すのも諦めろ。閣下に捜査の進展を伺《うかが》いに行くのもだ」

「でも」

「僕は、君のためを思って言っている」

ハインリヒはまるで裁判官の宣告のように、取りつく島もなく言い切った。むろん、とうてい納得できなかった。シュテファンは嚙《か》みつくように反論した。

「君はさっき、私に話してくれると約束したはずだ」

「閣下の前だからそう言うしかなかった」

「嘘をついたってことか？」

「そうじゃない」

「ハインリヒ、君が私を案じてくれているのはわかる。私は頼りなくて子どもだから、足手まといになるのも頭では理解している」

「違う、君を軽んじているわけでも、子ども扱いしているわけでもない」

「じゃあなんだっていうんだ！」

「ただ僕は、君になにかあったらとても顔向けができないと思っているだけだ」

「誰にだ」

「君の叔父上《おじうえ》、コンラード卿にだよ」

父の名を出され、シュテファンは歯嚙みした。つまりハインリヒは、自分はコンラードと同じ立場と告げているのだ。シュテファンの保護者だと、けっして対等ではないと。

敗北感に襲われつつ、シュテファンは食いさがった。

「わかった。君がそう言うなら、私は身を引くのが正しいんだろう。死神風の男を捜すのはやめる。首を突っ込むこともしない。だからせめて最後に、話すと約束したことだけは聞かせてくれ」

それでもハインリヒは逡巡《しゅんじゅん》していたが、結局は折れた。

「クンツ・シャッファーは、二年前に処刑された『新たなるヴィーン』の首領だ」

学生を中心に組織されていた秘密組織、新たなるヴィーン。

「旧態依然とした君主国を、蒙《もう》を啓《ひら》かれた国に変えようと志《こころざ》す者が集まっていた」

マリア・テレジアが大公位を継いだころに結成され、プロイセンとの戦争が終わった四年ほど前からは、女王の改革指向も相まって貴族階級にも力を及ぼしはじめていた。

「とは言っても君も知るとおり、彼らはヴィーン市の治安警備隊に目をつけられていたから、過激な運動をしているわけでもなかった。そんなことしたら陛下をはじめとする、彼らの理想を実現してくれるかもしれない宮廷革新派の首をしめるからな」

「でもそのシャッファー、結局絞首刑《こうしゅけい》にされただろう」

そうだ、とハインリヒは窓の外、冷たい風に次々と葉を奪われていく哀れな木々を見つめた。

「君は二年前、ボヘミア宰相《さいしょう》まで務められたハラッハ卿が急死されたのを覚えているか?」

「……覚えているよ」

彼はボヘミアの貴族の長《おさ》であり、君主国の要職を歴任した大貴族だった。そして女王の進める急進的な改革に公然と反対した、いわば守旧派の旗頭《はたがしら》のような存在だった。

それが女王が改革を発布したわずか一ヶ月後、急死したのだ。世間には病死と発表されている。

「だが実は病死じゃない。『新たなるヴィーン』に属していた若い学生に刺し殺されたんだ。守旧派の重鎮《じゅうちん》である彼が、改革の妨げになるのではと疑われてね」

「そんな……。じゃあシャッファーは、その罪で刑に処せられたのか？」

「そうだ。もっともシャッファーは学生の暴走を把握《はあく》していなかったようだから、降って湧いた死だっただろうな。ウーリヒ閣下はさっき、シャッファーが自分に助けを求めてきたと言っていただろう？」

「うん」

「シャッファーは、学生たちがしでかした凶行に驚き、閣下のもとに逃げこんだんだ」

そしてどうか助けてくれと泣きついた。グンドラッハは革新派の一員で、志《こころざし》を同じくしていたシャッファーと親交が深かった。

「そんな閣下も、シャッファーの組織が貴族を殺してしまった以上、庇《かば》いだてはできなかった。結局閣下はシャッファーを引き渡し、彼は伯爵殺しの実行犯と共に、本当の罪状を秘されて処刑された」

シャッファーが直接殺害したわけではないのにかかわらず、命を奪われた。だからシャッファーが――もとい、彼を騙《かた》る誰かが、救ってくれなかったグンドラッハを恨むというのは話としては通る。

でも、とシュテファンは首を傾《かし》げた。

「なぜ、そもそもハラッハ卿が殺害されたと表沙汰《おもてざた》にならなかったんだ」

宮廷は真の死因を隠した。そうしなければならない理由があったからだ。

「貴族殺しを起こした『新たなるヴィーン』は、陛下の改革路線を支持していた。革新派にも、陰ながら『新たなるヴィーン』を援助する貴族はすくなくなかった。それでだよ」

「……なるほどな」

守旧派の重鎮殺しが表沙汰になれば、窮地《きゅうち》に陥《おちい》るのは同じ改革路線であり、彼らを支援していた革新派だ。ことを荒立てずにすべてをうやむやに済ますのは、この君主国に限らず、権威の周りでは珍しくもない解決法だとシュテファンも知っていた。

「クンツ・シャッファーなる男のこと、よくわかったよ。彼が亡霊としてウーリヒ閣下を襲う動機があるのも。でも」

尋ねていいのだろうか。

「……なぜ君は、こんなに詳しいんだ。表沙汰にならなかった話だろう?」

「簡単な理由だ」

ハインリヒは、この質問をされる覚悟などはじめからしていたように硬く答えた。

「この事件は、ごく数人の宮内官により秘密裏《ひみつり》に処理された。実際の処理を任されたひとりは僕の父で、僕もその頃宮廷にいた。そういうことだ」

回りくどい言い方と歯切れの悪さに腑《ふ》に落ちた。ハインリヒはこの事件のもみ消しと後処理に関わっていたのだ。

そしておそらく――。

「これが元で、君は政治の道に背を向けたんだな」

無性に悲しく、胸がひきつれるようだった。

政治家としてのハインリヒが急進的な改革を是《ぜ》としていたのかなんて、シュテファンに知るよしもない。しかし彼が、すべてを闇に葬《ほうむ》り平気でいられなかったのは、今までの付き合いでよくわかっていた。

「そんな顔をしないでくれ、シュテファン」

「ごめん、でも君が心配なんだ。だって……君がこの件に関わっていたのなら、君だって復讐《ふくしゅう》に巻きこまれる危険はあるだろう」

「大丈夫だよ。僕も父も、シャッファーそのものの処分にはまったく関与していない。僕らが処理したのは事件のまったく別の側面で、これがシャッファーのための復讐だとしたら、僕を狙うのはお門違《かどちが》いだ」

「でも万が一ということもあるだろう。私なんかより、君こそがこの事件から身を引くべきじゃないか」

「心配ない、僕ももう手を引くと、ウーリヒ閣下《かっか》に告げるつもりだ」

「だったらいいけど……もし、だよ」

シュテファンは思い切って友人の手に手を重ねた。

「もし孤独を感じたならば、遠慮《えんりよ》なく頼ってくれ。私は君の、親友なんだから」

ハインリヒにとって、シュテファンはしょせん庇護《ひご》すべき存在かもしれない。それでもいい。

「私だって君を支えたいし、助けたいんだ。君が私を救ってくれたように、私を笑顔にしたいと思ってくれているように、私も君にいつでも笑っていてほしい。誰が信頼できなくても、私は必ず君の味方だ。絶対に君を裏切らないから。一生心安らぐ場所であり続けるから」

ハインリヒの瞳が大きく波うった。唇がかすかにわななき、身体《からだ》に力が入る。

しかし結局疲れたように微笑《ほほえ》んで、シュテファンの手をそっと押しやるだけだった。

「気持ちだけ受けとっておくよ。さて、まだ話さなきゃならないことがあるんだが、明日でいいだろうか。すこし休みたい」

「……わかった。なにかあったらエルンストでも寄こしてくれ。すぐ行くから」

「ありがとう。たぶん明日、午前の早い時間には一報すると思う」

うなずいて、シュテファンは視線を逸《そ》らした。

落胆《らくたん》が胸に満ち、鉛《なまり》のように重かった。

家に戻ると、またどこかの裁判所から手紙が届いていた。返事はいつもと同じ。『コンラード卿《きょう》を殺した犯人とおぼしき者は見つからず』。

手紙を投げ置き、シュテファンは上着を脱いで部屋着《バンヤン》に着替えた。どっと疲れが押し寄せてくる。

クンツ・シャッファー。ハラッハ伯爵殺人事件。

『憤怒《ふんぬ》の亡霊』は、確かに復讐を為《な》したのだとグンドラッハは言う。

亡霊を名乗る誰かは本当に、死んだシャッファーの仇《かたき》を討《う》とうとしたのだろうか。突如命を奪われた大切な人のために、その手を血で汚しているのだろうか。いったいどうやってその決断に至ったのか？　嘆《なげ》いて嘆いて嘆き続けて、それでも忘れられなくてとうとう凶器を手にしてしまったのか。

それとも――怒りの滲《にじ》む鏡の血文字そのままに、亡霊の憤怒に背を押され、呑《の》みこまれてしまったのか。

夢の中に現れる父の、怒りに歪んだ土色の顔が脳裏《のうり》をよぎり、ぞくりと悪寒《おかん》が走った。このところ、死した父は毎夜のようにシュテファンに命ずる。

――愛《いと》しき娘よ、怒れ。復讐しろ。銃を取れ。

――我が無念を、お前の手で晴らすのだ。

目覚めるたびに自分に言い聞かせている。これは悪夢にすぎない、父の思いでもシュテファンの望みでもない。

それでもくり返し悪夢は押しよせる。

シュテファンを、浸食していく。

「どうしたらいいのですか、父さん……」

机の上に飾った小さな額に、うつろに目を向けた。

片手で抱えられる、小さな油絵。父の最後を見守った遺品のひとつだ。あの夜を思い出したくなくて、父の死んだ書斎に遺《のこ》されていた品はみな整理してしまったが、これだけは捨てられなかった。

描かれているのはなんの変哲もない貴族の家庭だ。テーブルを囲んで微笑む父と母に、ふたりを覗《のぞ》きこむように立つ、本を手にした若い娘。小さな男の子がすまし顔で母の膝に寄り添っている。

コンラードが、自ら筆をとったものだった。父はこの、お世辞《せじ》にも上手《じょうず》とはいえない自筆の油絵をなにより大切にしていた。『夢』なんて題までつけて、所領に行くときも欠かさず携《たずさ》えていた。

その理由をシュテファンは知っている。

父と母、そして娘に息子。これはけっして訪れなかった、シュテファン一家の幸せの姿なのだ。共に生き、老いていく幸せに満ちた家庭。叶わなかった父の『夢』。

二年前、父はとうとうその夢の世界へひとり旅立ってしまった。遺されたのは、絵の中の少女とは似ても似つかない姿をした、男装のシュテファンただひとり。

シュテファンは絵から目を逸らし、沈んだ眼差《まなざ》しを机に落とした。

——死者は望まない。見えているものは生者の影だ。

そんなことは、シュテファンにだってわかっている。

なのに、もしかしたらと考えてしまう。

もし日毎《ひごと》に見る悪夢のとおり、父が復讐を望むならば——。

高い窓から差し込んだ陽の光が時間とともに傾いて、室内をはっきりと明と暗に分けていく。太陽が傾くほどに影の領土は広がって、やがて部屋が完全に影に呑まれた頃になって、シュテファンは静かに立ちあがった。裁判所からの手紙を破り、くず入れに捨てると、窓から外を見下ろした。

通りの端には、ごろつき紛《まが》いの兵士崩れが粗悪なワイン瓶《びん》を手にとぐろを巻いている。シュテファンと目が合って、そそくさと立ちあがった。追い払われると思ったらしい。

兵士崩れはたちが悪い。犯罪に片足を突っ込んでいる場合も多く、下手《へた》に関わるとていのいい金づるとして食い物にされるため、多くの貴族の館では彼らが屋敷の近くにたむろしていると追い払うのが常だ。

しかし、シュテファンは決めていた。

泥の中からなにかを摑《つか》み取りたいのならば、自ら泥に手を突っ込まなければならない。誰かが仇を捕らえてくれるのを待っていたところで、父を殺した犯人にまみえることなどできない。

自ら父の仇を捜すのだ。危険を承知で、兵士崩れに金を握らせてでも。

「そして必ず、墓前に罪人を引き出してみせる」

硬い面持《おもも》ちのまま指を曲げ、男にこちらへ来るようにと合図した。

7 ふたつめの復讐

次の一報は、思ったより早くにやってきた。それもハインリヒではなく、グンドラッハからである。

「アイネン卿《きょう》の屋敷へ行ってほしい？　なぜだ」

馬車で迎えに来たグンドラッハの使者に、シュテファンは怪訝《けげん》に尋ねた。

この間の夜会の主賓《しゅひん》でもあった守旧派の大貴族アイネン伯爵が、グンドラッハに会いたいと言ってきたそうだ。重大な相談があるらしい。しかしグンドラッハは体調を理由に、代理をシュテファンとハインリヒに頼んだのだった。

それでシュテファンは今、グンドラッハの寄越した馬車でアイネン伯爵の邸宅へ向かっている。

「重大な相談って、いったいなんなんだ」

「先日閣下《かっか》を襲った、憤怒《ふんぬ》の亡霊事件に関係すると拝聴しております」

「亡霊の事件に関係？」

シュテファンが首を捻《ひね》ったとき、馬車が止まった。礼を言って石畳《いしだたみ》の上へ飛び降りると、ちょうど同じように馬車を降りたハインリヒと鉢合《はちあ》わせした。

「閣下は君も呼んだのか。君は関わらせないでくれとあれだけ頼んだのに」

シュテファンの姿を見たハインリヒは、あからさまに怒りを滲《にじ》ませた。「君も君だ、シュテファン。呼ばれたからってのこのこやってくるなんて」

「おい、いくらなんでも言いすぎだろう」

さすがにかちんときてシュテファンは言い返した。「心配してくれるのはわかるけれど、私だって立派な男だ。閣下のたっての頼みを断り引きこもっているわけにはいかない」

ハインリヒは「そうだな、悪かった」とまるで心のこもっていない調子で歩きだす。

釈然としないものの続こうとしたとき、さきほど送ってくれた使者が慌てて戻ってきた。出がけにシュテファンに書きつけを渡すよう、グンドラッハに言づけられていたらしい。

なにが書いてあるのだろう。受け取った便箋《びんせん》をシュテファンは訝《いぶか》しくひらいた。

『愛するシュテファンへ。

どうやら君の友人は、君にまったく真実を告げていないようだ。フェアではないゆえ、一応知らせておこうとペンをとる。

実は、アイネン卿の妻であるエリザベトは――』

手が震え、紙がかさりと音を立てる。

「シュテファン、どうした？」

ハインリヒが外套《がいとう》の裾《すそ》を揺らして振り返り、シュテファンは口をひらきかけた。しかし結局、すべてを押しこめ歩きだした。

「なんでもないよ」

なんでもなくはない。グンドラッハの書きつけの続きにはこうあった。

『――エリザベトは、エッペンシュタイナー卿の元婚約者だ。

事態は混迷を極めている。彼が私情に走らないよう、よくよく気をつけたまえ』

だからハインリヒには告げなかった。

黙っていた彼に、それを知っているのだと告げる必要なんてないと思った。


「ああハインリヒ、会いたかった」

玄関ホールに暗い顔をしたエリザベトが現れて、ハインリヒの姿を認めるやほっとした様子で近づいてきた。

「ウーリヒ閣下から返事がこないからみなやきもきしていたのだけれど、やっぱりあなたが来てくれたのね、よかった」

「急な呼びだしで驚きました。なにかあったのですか？」

距離のある返答にエリザベトは傷ついたように目を瞬かせたが、殊勝《しゅしょう》に上階へ促した。

「実はそうなの。みなさま談話室に集まっているわ。どうぞおいでになって」

談話室に入るなり、シュテファンは驚いた。邸宅の主である老アイネン伯爵だけでなく、ブラウシュニッツ伯爵とブレンナー男爵という、グンドラッハの夜会でも目にした守旧派の貴族が揃っている。

そして一様に青ざめていた。なにかを恐れているようだった。

ゆったりとしたひとり掛けの椅子《いす》に杖《つえ》を手に座っていたアイネン伯爵は、人が入ってきたと知ってはっと顔をあげた。だが待っていたグンドラッハではないと悟ると、たちまち疑うように眉《まゆ》をひそめる。

「エリザベト、そちらの方々は？　我々はウーリヒ卿をお呼びしたはずだが」

「閣下の代理の方ですわ、あなた」

「委任《いにん》の手紙をお預かりしております」

あらかじめ受け取っていたのだろう、ハインリヒはグンドラッハからの手紙を渡した。目を通したアイネン伯爵は、椅子の背に沈みこみ、大きく息を吐きだした。

「そうか。本当は閣下と直接お話ししたかったのだが、まだお身体《からだ》が万全でないのなら致し方ない。それで、君たちはいったい誰なのだね。いや待て、確か君は……エッペンシュタイナー卿の息子だったたか？」

「はい」

「なるほど、ウーリヒ卿も嫌な相手を寄こすものだ。そちらは？」

促されて、シュテファンは胸に手を置き軽く頭をさげた。

「シュテファン・レオポルト・フォン・ザイラーです。本日は――」

続く言葉は、アイネン伯爵が杖を強く突く音にかき消された。

アイネン伯爵は立ちあがっていた。シュテファンを、まるでそれこそ亡霊でも現れたように瞬きもせずに見つめて唇を震わせていた。

「ザイラー……コンラード・フォン・ザイラーの息子か？」

「え？　そう……いえ、息子ではありません。コンラードの甥《おい》です」

なぜ父の名がここで出てくる。戸惑いつつも答えても、アイネン伯爵の表情は一向に緩《ゆる》まない。それどころか血の気が失せて、蒼白になっていく。

そしてとうとう伯爵は、大きくシュテファンから身体を背け、談話室を出ていこうとさえしはじめた。

「失礼、私は少々自室で休ませてもらおう」

シュテファンのみならず、その場の誰もが戸惑った。

「卿？　急にどうしたのです」

「そうですわ。おひとりになったら危ないかもしれませんのに」

だがアイネン伯爵は頑《かたく》なだった。

「とにかく休む。エリザベト、そこのグラスを渡しなさい。そして一刻も早くひとりにしてくれ」

「でもあなた」

「早くしろ！」

「……わかりました、お持ちするわ」

エリザベトは小声で言って立ちあがった。談話室の隅に用意されていた、首に美しい細工の入ったグラスをブラウシュニッツ伯爵が急いで取ってエリザベトに渡す。それをアイネン伯爵は妻の手からひったくるように奪うと、杖をついて出ていった。

「……私の叔父《おじ》がなにをしたっていうんです」

シュテファンは呆然《ぼうぜん》と、サロンに残った人々に問いかけた。だがみな、困惑して首を横に振るばかりだ。たまらずアイネン伯爵の背を追いかける。

「待ってくださいアイネン卿！」

意味がわからない。問いただささなければ。父がなにをしたというのだ！

だがハインリヒが、その肩を強く引き留めた。

「落ち着けシュテファン」

「でも！」

「アイネン卿は感情が高ぶっている。今はまず落ち着いていただいたほうがいい。振り回されれば、わかるものもわからなくなる」

「そうだけど、あの方は叔父の名を……」

まるで、恐ろしいもののように口にした。

「気にするな。きっと昔、君の叔父上となにかあったんだろうが、今回の話とはおそらくまったく関係がない。亡霊の件で不安を抱えるせいで思い出したんだ」

そうなのだろうか。納得できない。

だがハインリヒがそう言うなら、なにも返せなかった。


アイネン伯爵は寝室に引きこもってしまったようだった。

「だめだわ。部屋に入れてすらくれない」

侍女《じじょ》を引き連れ様子を見てきたエリザベトが、ぐったりとソファに腰をおろす。

「最近あの人、すぐこうしてひとりで籠《こ》もってしまうの。そうすると打つ手がなくて」

「アイネン卿はお年を召されたのか、近頃急に偏屈になられた気がするよ」

とブラウシュニッツ伯爵が同情する。「卿は、夫人が貴族のサロンに参加することすら嫌がるようになってしまった。夫人の才能があちこちのサロンで褒《ほ》めそやされるのを、あれだけ自慢なさっていたのに」

「私なんて、しょせんはお飾りなのよ」エリザベトは肩を落とした。「あのひとは私に、自分の作った檻《おり》の中でのみ輝くお人形であってほしいの。自分よりも知的で文化的な女性なんて、はしたなく、堕落《だらく》しているると思っているのよ」

どちらの味方につくのも得策ではないとみたのか、内心ではアイネン伯爵と同じように考えているのか、ブラウシュニッツ伯爵は気まずく黙りこんだ。

誰も味方になってくれずひとりうつむくアイネン伯爵夫人の横顔に、シュテファンは考えずにはいられなかった。この美しく聡明な女性は、なぜ老伯爵の妻となったのだろう。グンドラッハの伝言が真実だとすれば、なぜハインリヒは、彼女との約束を捨ててしまったのだ。彼ならば、才能ある女性を堕落しているなどとは見なさないはずなのに。

すくなくともシュテファンは、そう信じているのに。

「……では仕方ない、とりあえずはアイネン卿を抜いて話を進めましょう。ウーリヒ閣下《かっか》にご相談したかったという話とやら、お聞かせいただけますか」

ハインリヒは元婚約者の嘆《なげ》きに言及することなく、談話室に残った人々を見渡した。

しばらく沈黙が続く。ようやくブレンナー男爵が重い口をひらいた。

「実は今日、我々はウーリヒ卿からある事実を告げる手紙を受け取って、それで集まったのだよ。その事実とは――」

「K・Sを名乗る犯行文が寄せられたことですね」

「そうだ」

エリザベトが書き物机の引き出しから一枚の紙を取りだした。グンドラッハの元に届いた、切り取られたオペラの台本の表紙に赤い文字が書かれているものだ。

「ウーリヒ閣下が夫に届けてくださったの。夫はすぐに、これの意味するところを悟りました。それでブレンナー卿《きょう》がたを呼ばれた」

「我々は連絡をいただいてはじめて、自らが『憤怒《ふんぬ》の亡霊』の標的かもしれないと知ったのだ。それで対策を話し合っていたのだが、どうにも意見がまとまらず、まずはウーリヒ卿に来ていただき、直接お話ししようと決めたのだが……」

「ちょっと待ってください」

シュテファンは混乱して割って入った。

話から推測するに、ここにいる貴族たちこそが、グンドラッハやハインリヒが危惧《きぐ》していた、『憤怒の亡霊』に狙われるかもしれない人々――つまりシャッファーの恨みを買っている人々なのだろう。

しかしおかしいではないか。クンツ・シャッファーは改革を志《こころざ》す『新たなるヴィーン』の領袖《りようしゆう》で、守旧派のハラッハ伯爵殺害のかどで処刑された。なぜ殺された伯爵と同じ守旧派であるはずの彼らが、復讐《ふくしゆう》の対象になるのか。

「私には、あなた方が狙われる理由がわかりません。ウーリヒ閣下は革新派、あなた方は守旧派。立ち位置がまったく異なるではないですか」

言葉に詰まったブレンナー男爵らの代わりに、ハインリヒが答えた。

「それはね、シュテファン。ここにいる方々はアイネン伯爵の先導のもと、『新たなるヴィーン』を援助していたからだよ」

「……なにを言ってるんだ、この方がたは守旧派だろう？　改革指向の『新たなるヴィーン』を支援するわけがない。どちらかというと敵じゃないか」

シュテファンの疑問をよそに、ハインリヒは問いただした。

「援助していたのですね、ブレンナー卿？」

わずかな沈黙ののち、ブレンナー男爵は深く息を吐きだし首肯《しゅこう》した。

「そのとおりだ。我々は『新たなるヴィーン』を陰ながら援助していた。いやそれどころか、『新たなるヴィーン』を焚《た》きつけてハラッハ卿を殺させたのは、我々なのだ」

シュテファンは耳を疑った。敵を援助するばかりか焚きつけて、味方を殺させた？　意味がわからない。なぜそんな真似《まね》をする必要があるのだ。

「アイネン卿は、宮廷や政府の中にいる革新派の力を削《そ》ぎたかったんだよ、シュテファン」とハインリヒが静かな怒りを滲《にじ》ませた。「革新を望む『新たなるヴィーン』が暴走すれば、陛下は思い切った改革を進めづらくなる。それを狙って援助した。若い学生を扇動《せんどう》し、資金を与え……そうですね」

「仰《おっしゃ》るとおりだ、エッペンシュタイナー卿。我々は『新たなるヴィーン』を支援していた。革新派の貴族のふりをして、シャッファーの穏健《おんけん》な路線に鬱憤《うつぷん》を募《つの》らせていた彼らを焚きつけるのは簡単だった。資金を得た学生たちは、次第に代表のシャッファーの目を盗んでつけあがり、暴走するようになっていった」

思惑どおり『新たなるヴィーン』は騒ぎを幾度も起こし、同志たる革新派の官僚や貴族にも非難が集まるようになっていった。

「しかし我々はやりすぎたのだ。いつしか彼らは我々の制御の範囲を超えてしまっていた。我々はただ、ハラッハ卿にすこし怪我《けが》をさせるくらいを想定していたのだ。そうすれば『新たなるヴィーン』と、それを焚きつけたはずの革新派に大きな非難が向き、我らを利する政策を抱えたハラッハ卿に結果的には風が吹くと考えていたのだが……まさか、ハラッハ卿を殺してしまうとは」

シュテファンは声を失った。

「……つまりあなた方のせいで、ハラッハ卿も扇動された人々も、彼らを統制できなかったクンツ・シャッファーもみんな死んだ」

ならばK・Sが――クンツ・シャッファーが、恨みを抱くのも当然だ。

「確かに私たちは、取り返しのつかない罪を犯しました」

ブラウシュニッツ伯爵の声は掠《かす》れていた。

「もちろん悔《く》やまなかったわけではないのです。陛下の御前に跪《ひざまず》き、すべての罪を告白する覚悟でした。しかし結局事件は表沙汰《おもてざた》にならず、すべては闇に葬《ほうむ》られてしまった」

「自らに矛先《ほこさき》が向くのを恐れた宮廷は、『なにもなかった』として決着を図った」

ハインリヒが引き継いだ。

重苦しい空気が満ちていく。

「私、知らなかったの」

エリザベトはハンカチを握りしめ、涙声でつぶやいた。「ついさっきまでなにも知らなかった。政治家なのだから、汚い仕事もたくさんしてきたはずとは覚悟していたの。でもまさか夫が、伯爵殺しに手を貸していたなんて……」

アイネン伯爵と結婚して日が浅いエリザベトには、信じられない話なのだろう。心が痛んだのか、立派な雄鶏《おんどり》のように胸を張り続けていたブレンナー男爵までがうなだれた。

「シャッファーの亡霊が裁くというなら私は受け入れよう。我々はアイネン卿に言われたとおりに金を出していただけとはいえ、ハラッハ卿を死に追いやった罰はいつかどこかで受けねばならないとずっと覚悟していたのだ」

ああ、とエリザベトが耐えられないように両手で顔を覆《おお》った。とても見ていられなくて、シュテファンは強く口を挟んだ。

「やめてください。今更あなたがたが亡霊を騙《かた》る誰かに殺されたって、赦《ゆる》されるわけではありません。死に追いやられた人々は救われません。そうだろう?」

同意を求めて見あげれば、ハインリヒは口の端に力を入れて硬くうなずいた。

「……ザイラー卿の言うとおりだ。それにそもそも、犯人は亡霊などではない。義憤に駆られたのか復讐を企《くわだ》てたのか、それともまったく別の思惑があるのかはわからないが、人であるのは間違いない。なおさらあなたがたが死ぬ意味もない」

「でも」

とエリザベトが口を開きかけたときだった。

邸宅の上階で、奇妙な気配がした。

ひどく重いものが倒れる振動と、ガラスが砕《くだ》け散る音が、かすかに、それでもけっして無視のできない確かさで、談話室まで伝わってきた。

誰もが息を呑《の》み、部屋はさっと静まりかえる。

その場の誰もの脳裏《のうり》に、最悪の予感がよぎる。

「……誰か、誰か夫の様子を見てきて」

エリザベトが、血の気の失せた顔で従僕に命じた。

「お願い、早く！」

慌てて数名が駆けていく。やがてひとりが戻ってきて、憔悴《しょうすい》したように両手の指を組んではほどいた。

「旦那《だんな》さまの寝室には鍵《かぎ》がかかっております。お呼びしましたが、いっこうに返事がござ

いただけますか」

「僕が行こう」とハインリヒが立ちあがった。「夫人、合い鍵をお持ちでしょう。お貸しいただけますか」

「そんな」

「あるけれど、待って、私も連れていって」

置いていかれるのが怖いのか、ブレンナー男爵やブラウシュニッツ伯爵も口々に同行を告げた。誰もが青ざめ、胸の底に恐怖を抱いて寝室に向かう。シュテファンもまた、あえぐように息をしているのを必死に隠して最後尾に続いた。瞼《まぶた》の裏に、死んだ父の姿がちかちかと浮かぶ。血の涙を流し、亡霊と化したコンラードの怨嗟《えんさ》の声が耳鳴りのように響いている。

一行は伯爵の寝室の前に辿《たど》りついた。

重い扉がひらき、誰もが息を呑みこんだ。

アイネン伯爵は血を吐き、大理石のテーブルに頰《ほお》を押しつけ息絶えていた。

ひそかに侍医《じい》が呼ばれたが、どうにもならなかった。伯爵はワインを飲んでいる最中に息絶えたらしく、傍《かたわ》らにはさきほど談話室から持っていった美しいワイングラスが無惨《むざん》に散乱し、絨毯《じゅうたん》に濃い色の染みを作っていた。

もっともシュテファン自身は、そう詳細に目撃したわけではなかった。隣の部屋の椅子《いす》に座り、何度も息を吐いては吸って、吐き気を催《もよお》している自分を律するのが精一杯だった。

そのうちに夫の側についていたエリザベトが、侍医やハインリヒとともに戻ってきた。寝室を出るや危うく倒れそうになって、とっさにハインリヒに身を支えられる。

「しっかりしろエリザベト……あ、いや」

身を引こうとしたハインリヒを引き留めて、エリザベトは目を潤ませる。

「お願い、今は他人行儀《たにんぎょうぎ》をやめて。昔、友人だって言ってくれていたときみたいに隣にいて。私、どうしていいかわからないの」

ハインリヒは逡巡《しゅんじゅん》しているようだったが、しまいにはエリザベトの願いを聞き入れた。

「大丈夫だよ、僕がついてる」

友人は、嘆《なげ》くエリザベトに胸を貸している。急に強い吐き気がこみあげてきて、シュテファンは身体《からだ》を捻《ひね》り、椅子の背に額を押しつけた。胸がむかむかとする。父の死を思いだしてしまうせいだ、そのはずだ。

涙の滲むエリザベトの声は続く。

「夫は毒を飲んだようって医者は言っていたけれど、もし、もしもよ、自殺だったらどうしましょう。そんな罪深い死を選ぶなんて――」

「早まらないでくれ、まだなにも判明してない」

「でも寝室には内から鍵がかかっていた！　だとすれば夫が自分で毒を飲んだ以外はありえない」

「とも限らない。卿《きょう》がご自身で引きこもったとしても、他者が卿を害することは十分可能だったはずだ」

「そんな、どうやって……」

言いさして、エリザベトは青ざめた。「わかった、『憤怒《ふんぬ》の亡霊』ね。人ならざるものなら夫を殺せてしまう！　ウーリヒ閣下《かっか》のときと同じ、亡霊が壁をすり抜け夫に近づいて、ワイン瓶《びん》に毒を入れた。そうなんでしょう？」

今にもパニックに陥《おちい》りそうなエリザベトを、ハインリヒはなだめた。

「どうか落ち着いてくれ、僕が言いたかったのはそうじゃない」

「違うの？　だったらなんだっていうの」

「今は確かなことは言えない。だからこそ、まずは僕にアイネン卿の寝室を調べさせてほしい。君はブレンナー卿らと談話室で休んでいてくれ。いいね？」

エリザベトはいっときもハインリヒに離れてほしくないようだったが、なんとか受けいれて、侍女《じじょ》に支えられて階下に降りていった。

彼女の姿が見えなくなるや、ハインリヒは従僕を引き連れ足早に寝室に戻ろうとする。シュテファンは腹に力を入れて立ちあがった。

「私も力になるよ」

だがハインリヒは鋭く前を見つめたまま制した。

「いやいい、君も下で待っていてくれ。ひどく顔色が悪い」

「もう大丈夫だよ、心配ない」

「いいから今は僕に従うんだ」

「いいから従え？」思わず鸚鵡返《おうむがえ》ししたら、かっと胸が焼けた。「私は子どもでも、女性でもない！」

思ったよりも大きな声が出て、ハインリヒが驚いたのがわかる。だがシュテファンは我慢できなかった。

「君は私をなんだと思っているんだ。常に過ちを犯す、導いてやるべき存在か？ 自由を奪い服従させるべき存在か？」

「違う、そんなふうには思っていない」

ハインリヒは慌てたようにシュテファンの肩を押さえた。

「僕の言い方が悪かった。君に服従を強《し》いているわけじゃない。ただ、君がなにより大切で、傷ついてほしくない、その一心で強い言い方になってしまったんだ、許してくれ」

シュテファンは唇を噛《か》みしめた。わかっている、わかっているのだ。父の死をこれ以上思い起こさせまいとするハインリヒの気遣いも、自分のふがいなさも、こんなふうに駄々をこねることこそ、対等でありたいという切なる夢からますます遠ざかるふるまいだとも。

全部わかっているからこそ、どうしようもなく悲しく、虚《むな》しい。

「……気遣ってくれてありがとう」

打ちのめされて、ひとり階段をおりていった。

談話室に戻っても、漂う空気は息もできないくらいに重苦しかった。すすり泣くエリザベト、表情がすっかり失せて置物のようなブレンナー男爵、憔悴しきって頭を抱えるブラウシュニッツ伯爵。シュテファンの脳裏には、父の名を怯《おび》えたようにつぶやいたアイネン伯爵の声がこびりついて離れない。

時がとまってしまったような談話室の人々がようやく顔をあげたのは、ハインリヒが戻ってきてからだった。

「ハインリヒ、なにかわかった？」

エリザベトが抑えた声をかける。ハインリヒはうなずいて、ドア脇の簞笥《コモード》に、手に持っていたワイン瓶を置いた。

「卿のテーブルには、飲みかけのワイン瓶がありました。ワイングラスも割れていましたし、アイネン卿が、ワインを飲んでいる最中に倒れられたのは間違いないでしょう」

「毒はどこから入ったんだ。まさか卿自ら、ワインに毒を混ぜて口にされたのか？」

シュテファンは怯えて訊いた。アイネン伯爵が死の直前につぶやいていたのは父の名だ。

もし自殺であるとしたら、関係がないとは到底思えない。

しかし、

「違うと思う」

とハインリヒは、小さなカードをみなの前に掲《かか》げた。

「こんなものが寝室に落ちていたから、自殺ではないだろう」

目にするや、人々の口からうめき声とも悲鳴ともつかない声が漏《も》れる。

カードには、血のような色で一言だけ記されていた。


『復讐《ふくしゅう》は為《な》された『憤怒の亡霊』――またの名をＫ・Ｓ』


「憤怒の亡霊……」

エリザベトは口元を覆《おお》い、へたりと座りこんだ。ブラウシュニッツ伯爵も大きくわななき後ずさる。

「であればアイネン卿も、亡霊に殺されたのか。Ｋ・Ｓ――クンツ・シャッファーの亡霊が、ウーリヒ閣下のときと同じように毒を盛って――」

「まさか、亡霊が犯人のわけはありません。こんなカード、誰にだって用意できる」

「だが毒を盛るのは誰にでもできることじゃない！　寝室には鍵《かぎ》がかかっていた」

「そうよ、夫自ら鍵をかけたの。誰も入っていないし、入れなかった。だとしたら」

「どうか落ち着いてくださいませんか」

　ハインリヒは動転する人々を強く制した。

「確かに夜会の事件では、どのようにして毒が盛られたのかは謎です。亡霊が誰にも知られず盛ったと考えるのも、あの件についてなら百歩譲《ゆず》って理解できる。だがアイネン卿の場合は、亡霊などよりさきに疑うべき者がいる」

「……誰なの」

　ハインリヒは問いには答えず、滑稽《こっけい》にも思えるほど優雅で煌《きら》びやかな談話室を見渡した。

「料理女に聞いたのですが、アイネン卿はワインに目がなかったようですね」

　ブレンナー男爵が、ブラウシュニッツ伯爵と顔を見合わせてから肯定した。

「有名な話だ。モーゼルやらブルゴーニュやら、もちろん我らがヴィーンやら、ありとあらゆる産地のワインを食事となれば二十種は並べていた」

「ならば、あなた方からワインを贈る場合もあった」

「もちろんある。私もつい先日お贈りしたばかりだ。しかしエッペンシュタイナー卿、それがいったいなんだという」

　ハインリヒは寝室から持ってきた、封のあいたワイン瓶を手に取った。

「これがアイネン卿が死の間際に飲んでいらっしゃったワインです。卿が寝室に籠《こ》もられる直前に、未開封のままお渡ししたと複数の従僕が証言しています」

そしてくるりと瓶を回し、ラベルを見せた。

「あなたが贈ったものですね、ブレンナー卿」

たちまちブレンナー男爵の顔から血の気が引いていく。

「そうだ。だが」

「ならばあなたには、アイネン卿を殺すことができた。封をする前に毒を入れておけば、いずれアイネン卿はそれを飲み、亡くなるというわけです。さきほど調べたところ、確かに瓶中のワインにも毒が入っていた」

「私が殺したと言いたいのか！」

ブレンナー男爵は真っ赤になってハインリヒに詰め寄った。

「僕は事実から考え得る推論を申しているにすぎない」

「なんだと？」

「やめて！」

悲鳴をあげてエリザベトが間に入った。ハインリヒに向かい合い、言い聞かせるように両手を頬《ほお》に添える。

「ハインリヒ。私、賢くて正義感に溢《あふ》れたあなたを尊敬してる。でもいくらそんなあなたでも、夫のご友人を悪《あ》しく言ってほしくないの。あなたこそ落ち着いて。深く息を吐いて。

あなた、きっと焦ってるの。だから手近な人を容疑者にしたくなるんだわ」

エリザベトはほの白い両の掌《てのひら》を伸ばし、ハインリヒの頬を包みこんでいる。幼い子を、恋人をなだめるかのように。

しかし。

「触るな」

ハインリヒは、その手を冷たく振り払った。

「なにを傍観者《ぼうかんしゃ》のような口をきいている。君だって容疑者のひとりなんだ」

エリザベトの美しい瞳が、信じがたいように見開き揺れた。

「……あなた、ワイン瓶に毒が入っていたって言ったじゃない」

「それは事実だ。でもワイン瓶に毒を入れずとも殺人はできた。他のもの、例えばワイングラスに毒を塗っておけばいいだけだ。ワイン瓶への毒なんて、混乱に乗じてあとから混ぜたのかもしれない。ブレンナー卿に罪をなすりつけるために」

「だけどハインリヒ」

「さきほど従僕に確認を取った。アイネン卿が死に際して使用していたワイングラスは前の奥さまの遺品で、卿は寝室に籠もるとき、必ず使っていたそうじゃないか。つまりこの事実を知っていて、かつ人目を盗んでグラスに毒を塗りさえできれば、君も、ブラウシュニッツ卿も、家人でも、もちろん僕らさえ、誰だって犯行は可能だった。あとはこの『憤《ふん》と装《よそお》えばいいだけだ」

「それで私まで疑うの？　夫を亡くしたばかりの私まで……」

「君は憐《あわ》れな未亡人だが、憎むべき殺人者でもあるかもしれない。僕が今言えるのはそれだけだ」

冷たい視線に晒《さら》されて、愕然《がくぜん》とエリザベトは立ちすくんだ。助けを求めるようにその手は惑う。しかし望んだものが得られないと悟って、とうとう泣き崩れた。

すすり泣きが響く中、ブレンナー男爵が疲れたように声を落とす。

「やはり君はエッペンシュタイナー卿の息子だな。よく似ている。氷の刃のようだ」

ハインリヒはかすかに目を細めたが、言い返すことはしなかった。


アイネン伯爵の葬儀は、王宮にほど近いアウグスティーナ教会で執《と》り行われ、伯爵の名は教会の壁を埋めつくす墓碑銘《ぼひめい》や記念碑の中に刻まれることとなった。

当然のように死因は病死と発表され、亡霊が関わっていることは伏せられた。霧のたちこめる午後だった。辛《かろ》うじて夏の影を残していたヴィーンは、転げ落ちるように冬に向かっている。

夜の静かな葬儀の数日後、シュテファンは久しぶりにハインリヒのもとを訪れた。一緒にグンドラッハに会いにいく約束があったからで、ハインリヒとこうしてふたりで会うのは、アイネン伯爵が殺された日以来だった。お互い疲れていたのもあったし、うまく言えないが、シュテファンは友人となにを話していいのかがわからなかった。

ハインリヒは言葉少なで、間違いなく鬱屈《うっくつ》としていた。なのにシュテファンが理由を尋ねても、励《はげ》まそうとしても、いつもどおりだとはぐらかすばかりだったし、そんな友人に焦れているシュテファンも実のところまた同じで、どれほどハインリヒが寄り添ってくれようとも、心の淀《よど》みをさらけ出すことなどできないのはわかりきっていた。

どろどろとしたものが腹の底で渦巻《うずま》いていて、不用意に踏みこめば、あるいは踏みこまれれば、たちまち縛《いまし》めの鎖を断ち切り溢れてゆく。そして猛毒となって、奇妙な緊張感で保たれている大切ななにかを永遠に殺してしまう、そんな気さえしていた。言いたくないし、聞きたくなかった。

だからふたりは食事を早々に切り上げると、それほど話さずともよい娯楽《ごらく》——音楽に没頭した。明るいコレルリの響きは、まったくその日のふたりにそぐわなかった。奏でれば奏でるほど、互いの心がここにないのが如実《にょじつ》に感じ取れてしまうばかりだった。

ほとんど会話もないまま馬車に揺られ、グンドラッハ邸へ至った。

シャツの上に部屋着を羽織《はお》り、鬘《かつら》の代わりに帽子をひっかけたグンドラッハは、枕にもたれて薔薇《ばら》の砂糖漬けを無言で舐《な》めていたが、やがて嘆息《たんそく》とともにかみ砕《くだ》いた。

「実に残念なことになったな」

「申し訳ありません。一度ならず二度までも」

「君たちのせいではないよ。私が行ったとしても結果は変わらなかっただろう」

「犯人の正体は、まだわからないのですか」

シュテファンとハインリヒもそれぞれ宮廷が派遣した官僚に聞き取りをされていたから、女王がこの『憤怒の亡霊』事件を憂慮《ゆうりょ》しているのは知っている。

「残念ながら」グンドラッハはお手上げと言わんばかりに両手を持ちあげる。「我々も、かなりの危機感を持って捜査しているんだがな」

ワインを贈ったブレンナー卿《きょう》が一度は犯人かと思われたが、ハインリヒが言ったとおり、絶対に犯人とは言い切れない上、証拠もなかったそうだ。

「貴族を捕らえるなんて、よっぽど犯行が明らかな場合にしか無理だろう。ブレンナー卿は潔白を主張しているし、私自身、彼の犯行ではない気がしている。しかし、だとすれば誰が毒を紛《まぎ》れこませたのだろうな」

「シャッファーの関係者はどうですか」

「洗っているものの、進展ははかばかしくない」

「そうですか……」

「ときに閣下《かっか》、ブルートの動向を伺《うかが》っても？」

単刀直入《たんとうちょくにゅう》に切りだしたハインリヒに、グンドラッハは少々呆《あき》れたように目を眇《すが》めた。

「君はまだ彼を疑っているのか？」

「念のためです」

「欲しい答えはやれないよ。ブルートは予定どおり領地から帰ってきた。三人の男が一緒だったが、ブルートは一度も隊を離れなかったと証言している」

「では彼は、アイネン卿やそれに連なる人々と関係がありましたか？　共犯者がいて、手分けして憤怒の亡霊を演じているのかもしれない」

「あるわけないだろう」

グンドラッハは指を大きくひらいて掌を見せて、憤慨《ふんがい》を冗談めいた仕草で表現した。

「アイネン卿を夜会に呼ぶために、私がどれだけ苦労したと思う？」

「……失礼しました」

「ところで私も尋ねたいがいいかな、エッペンシュタイナー卿」

「なんなりと」

「大した話じゃないのだが、アイネン卿は亡くなる前、ひどく取り乱していたと聞いたのだ。いったいどうしてだ？」

「あ、それは――」

私の叔父《おじ》が原因だったようなのです、と答えかけたシュテファンを、ハインリヒは鋭く制した。

「仰《おつしや》るとおり、大した話ではありません。今回の事件とはまったく関係がないことです」

「……ほう、ならばいいんだが」

ふたりの視線が交錯《こうさく》する。

やがて目を逸《そ》らしたグンドラッハは、頬杖《ほおづえ》をついてシュテファンに目を向けた。

「どちらにしてもこのままだと、私のときと同じく、アイネン卿の家人を適当に犯人にでっちあげるか、謎のままに幕引くしかないかもしれない。どうすればいいのだろうなあ、シュテファン」

「閣下」

「わかっているよエッペンシュタイナー卿」とグンドラッハはハインリヒを押しとどめる。

「約束どおり、これ以上シュテファンは巻きこまない。この質問が最後だ」

「ですが」

「どう思う、シュテファン」

重ねて促されて、シュテファンはちらと友人を意識しつつ答えた。

「私はシャッファーの血縁か知り合いが、彼の名を騙《かた》って復讐《ふくしゆう》を行っているのではと思っています。シャッファーの交友関係を丁寧《ていねい》に洗えば、犯人は捕まるのではないでしょうか」

「なるほどな。エッペンシュタイナー卿はどう考える」

「私もほぼ、シュテファンの意見に同じです」

「そうか……」

グンドラッハは神妙な顔で薔薇の砂糖漬けを口に含むと、憐れむような瞳をふたりに向けた。

「私は近頃、本当に亡霊の仕業《しわざ》なのではないかと感じるようになってきたよ」

「ありえません」

「しかし死神風の男も見つからなかっただろう。もしかしたらあれは人でなく、亡霊か、本物の死神だったのかもしれない」

「ありえないと言っています」

「そうだとよいのだがな……」

グンドラッハの口の中で、かりと砂糖漬けが割れる音がした。

「それではまたお伺いします」

「ああ、気をつけて帰るのだよ」

エッペンシュタイナー伯爵とザイラー男爵を見送ったグンドラッハは、ひとつ、大きな息を吐きだした。それからやおら机に向かい、手紙をしたためる。

やがて伯爵たちを送り出した報告に、家宰《かさい》のブルートが戻ってきた。

「閣下、伯爵がたは、まだ私を疑っているのでしょうか？」

彼はエッペンシュタイナー伯爵が自分を疑っていることを、ひどく気にしているようだった。

「残念ながら、晴れて潔白とはいかないようだ」

「そんな」

「大丈夫、私は君を信じているよ。君は今まで尽くしてくれた。私を殺すわけがないのは、私が一番よく承知している」

ブルートは顔を真っ赤にして感じ入った。グンドラッハはおどけた笑みで応えると、先ほどしたためた手紙を手渡した。

「さあ、つまらない疑惑は忘れて、いつもどおりの生真面目《きまじめ》な仕事を続けてくれ。まずはこの手紙に封をして、内々のものとしてブラウシュニッツ卿に届けてくれないか」

「承知いたしました。しかし、ブラウシュニッツ伯爵さま、ですか？」

「ひとつ、気になっていることがあるのでね」

解せないという顔をしつつも、ブルートは手紙を手に出ていった。

8　得るもの失うもの

こめかみから血を流す父が命じる。かと思えば懇願《こんがん》する。

――復讐《ふくしゅう》を。お願いだシュテファン、どうか復讐を。

――私に死をもたらした者に、同じ死を。

何度も繰り返しながら迫る父を、シュテファンは懸命に押しとどめようとした。できないと答えたいのだ。父さん、私は手を下せませんと。

なのに言えない。父を悲しませたくない。非業の死を迎えた父を、これ以上失望させられない。

いや、シュテファンもまた心の奥底では、父と同じく犯人を殺したいほど憎んでいるのだ。だから断れない。流されていく。父がそこまで願うならば、それが父のたっての望みならば……。

叫び声をあげて飛び起きた。

息があがっている。汗が首筋を伝っていく。館はひっそりと静まりかえっている。部屋に忍びこむのは、降っては止んでを繰り返す雨の音だけだ。

そう信じられるようになってから、枕にもたれて息を整え、脂汗《あぶらあせ》を拭《ぬぐ》って身を起こした。

また今日も、悪夢で目覚めた。

疲労が澱《おり》となって身体《からだ》の底に溜まっている。シュテファンを引きずりこもうとしている。振りはらうように窓をひらき、霧がかった弱々しい朝の光を招き入れた。テーブルに鏡を立てて、真珠《しんじゅ》と金で飾られた小箱から櫛《くし》や鋏《はさみ》を取り出し、手早く身支度《みじたく》を調える。夜着を脱いで、身体の線を隠すように布を巻く。白い絹の靴下《くつした》を履《は》き、深紅のキュロットに、共布で作られたジレと上着をまとえば、すっかり亡き父の望んだ姿になった。

ネジを巻いた懐中時計を、時計の鍵《かぎ》や印章と共にキュロットへ括《くく》りつける。

今日は、ハインリヒと一緒にエリザベトを慰めにいくことになっていた。

ハインリヒがこのところ、毎日のようにエリザベトに会いにいっていると知ったのはつい昨日のことだ。踏みいれまいと誓っていたのに、思いつめているように見えるハインリヒがどうしても心配になって、思い切って館を訪れてみたら、ちょうど彼はエリザベトのもとに向かうところだった。

突如夫を亡くし、悲しみに沈んでいるエリザベトを慰めるのは、男として当然のふるまいだ。だが、それを黙っていられたのがショックだった。

それでついシュテファンは、明日は私もついていくと口走ってしまった。

その瞬間の、ハインリヒの表情といったら。

「絶対に来ないでくれ」言いたそうだったな」

笑い飛ばすつもりでつぶやいて、余計に惨《みじ》めな気分になった。


自分がわからない。真なる友でありたい、それだけを望んできたのに、もう叶いそうにもない。焦燥《しょうそう》と絶望が身体の内側をかきむしっている。

そしてハインリヒがわからない。彼は今、いったいなにを考えているのだろう。とめられなかった伯爵の死に責任を感じているのか、政治家としての過去に囚われ苦しみのさなかにあるのか。

それとも心を占《し》めるのは、まったく別の思いだろうか。

『叶わぬ恋をしている』。そう吐露したハインリヒの姿が脳裏《のうり》をよぎる。ハインリヒが心に秘めた愛する人。決して結ばれてはならない『彼女』。

気になるのなら訊けばよいのだ。友なのだから、気軽に尋ねればいい。

だができなかった。

問いかけるのが怖い。答えを聞けたとしても、いつものとおりに遠回しにはぐらかされたとしても、行き着くところはきっと同じだ。父の死からずっと、心の片隅でシュテファンを見つめているなにかが黒く燃えあがる。なにもかもをなくしたシュテファンを乗っ取って、地獄の底へ走らせる。

――しっかりしろ。

両頰を叩き、小剣を腰に差す。足早に部屋を出た。

兵士崩れの男は、すでに居間で待っていた。

我が物顔で足を組み、ワインを飲み干したところで入ってきたシュテファンに気づくと、「どうも坊ちゃん」と馬鹿にしたような笑みを浮かべる。

「近くで見れば見るほど綺麗《きれい》な顔した坊ちゃんだ。貴族さまっていうのはそうやって、みんな女みたいな顔をしているものなのかね」

「なにかわかったか」

品定めの下卑《げび》た視線を受けとめ、努めて淡々と尋ねた。兵士崩れの男を家に入れたのは、父を殺した犯人を捜させるためだ。もう、裁判所や軍に頼るのはやめた。父のため、自らの手で犯人を捜しだす。そして両膝をつかせ、父へ謝罪させる。

そうしないと気が収まらないのだ、父も、自分も。

それでこの男に金を握らせた。兵士崩れは物盗《ものと》りや闇市《やみいち》とも親しい。ごろつきどもの間では、貴族を殺した話なんて武勇伝だろう。父の死んだ上エスターライヒを中心に、武勇伝を語る人間や、闇市で父の遺品を売り買いした者がいないか探させていた。

しかし男は薄ら笑いで、成果なしと胸を張るばかりだった。

「なんともな。今のところは貴族殺しなんて話、いっさい聞かないね。むしろ盗賊《とうぞく》たちも、あんたの叔父《おじ》を誰が殺《や》ったのか不思議がっているくらいさ。遺品とやらのネックレスに似た品すら、市に出たって話もない」

「つまり、なにも手がかりは得られなかったわけか」

シュテファンは落胆《らくたん》した。すこしは期待していたのに。「わかった、世話になった。約束の報酬《ほうしゅう》は渡した。出ていってくれ」

居間の出口を指し示す。

しかし男は、笑うばかりで席を立とうとはしなかった。

「おいおい坊ちゃん早まるな。今のところはって言っただろう。もうすこし調べてみるよ。でもそれにはちょっと金が足りなくてさ」

「もういい。君にこれ以上投資しても手がかりは得られなそうだ」

「待てよ、仇《かたき》に復讐したいんだろう？　簡単に諦めていいのか？」

「いいから出ていけ。約束の金を持って——」

「甘いなあ坊ちゃん」

いつの間にか立ちあがっていた男にぐいと迫られ、シュテファンは数歩後ずさった。

「そんな心持ちで俺を屋敷に入れたのか？　甘い甘い。あんたはな、俺に金を払い続けるしかないんだよ」男の顔がいやらしく歪む。「嫌だ？　ならあんたの醜聞《しゅうぶん》、いくらだって捏造《ねつぞう》させていただくがね。あんた、若い妹がいるんじゃなかったかなあ」

妹への加害を示唆《しさ》され血の気が引いた。しまったと悔《く》やむが遅い。

男は勝ち誇り、乾いた唇を吊りあげる。

「また来ますよ坊ちゃん。今度はもっといいワイン、用意しておいていただきたいものですなあ」

慇懃《いんぎん》に、貴族のように片足を引いて腰を折り、それから馬鹿にしきった顔でひらひらと手を振って部屋を出ていく。

「待て」と追いかけそうになって、シュテファンは拳を握りしめた。悔《くや》しさと怒りがないまぜに衝《つ》きあがってくる。

見くびられ、足元を見られたのだ。あの男に本気で醜聞を広げるつもりなんてない。そんな真似《まね》をしたら貴族社会から数倍のしっぺ返しをくらうことくらい知っている。ただシュテファンが若く未熟だから、もう少々金をせしめられると踏んだのだ。

わかっていたのに、うまく言い返せなかった。男の見立てとおりに未熟だからだ。ひとりではなにもできない、友にすら頼ってもらえない人間だからだ。

壁に拳を叩きつけた。胸を大きく上下させて、奥歯を嚙《か》みしめる。

だったらいい。あちらが強請《ゆす》るつもりなら、こっちだって利用し尽くしてやる。どんな手を使ってでも、父を殺した者を捜しだす。

父の代わりに、復讐を果たしてみせる。

約束の時間は近づいていた。復讐心を丁寧《ていねい》にしまいこんで、シュテファンは久しぶりに『薔薇《ばら》とコーヒー』に向かった。空は相変わらず重苦しいが、雨はあがったようだ。ハインリヒは、すでにいつもの暖炉《だんろ》前のソファにいた。カフェで借り受けたのか、紙に意味もない図形をいくつも書き散らかしている。その様子にふとシュテファンは、彼の夜会での一言を思いだした。『今も描いているのか？』。彼は逡巡《しゅんじゅん》の末、どこか後悔《こうかい》を滲《にじ》ませてエリザベトに尋ねかけていた気がする。あれはどういう意味だったのだろう。

「ごめん、待たせたね」

歩み寄ると、紙の埋まり具合を見ればそうでないのは一目瞭然なのだが、

「僕もさっき来たところだよ」

とハインリヒはにっこりとペンを置いた。

「軽く食べたらどうだ？　朝食には遅いけど、どうやら君、まだなにも食べていないようだし」

「そうする」

とシュテファンはうなずいた。事実、空腹でふらふらだった。

ハインリヒはシュテファンのために数種のトルテ、それから無理を言ってパンとスープ

を注文してくれた。彼自身は空腹ではないらしく、食事をするシュテファンをただじっと見つめている。空色の瞳に心の内側まで見透かされてしまう気がして、シュテファンは自然とうつむき、誤魔化《ごまか》しを口にした。

「私の食べ方は変か？　それとも顔になにかついている？」

「いや。なぜだ？」

「君がずっとこっちを見てるから、なにか変なのかなと思って」

「違うよ」とハインリヒはすこし笑った。「おいしそうに食事をする君が好きだから見ているんだ」

「……調子が戻ってきたみたいでよかったよ」

複雑な気分でトルテにフォークを差しこんだ。ハインリヒを覆《おお》っていた鬱屈《うっくつ》は去ったのだろうか。だとしても、その功績はシュテファンのものではない。

「僕はずっと同じ調子だけどな」

「この間はすごく落ちこんでいただろう」

「そうだったか？」とハインリヒはおどけたものの、シュテファンが黙りこくっているのに気がつき静かに言いなおした。「君には心配をかけないようにする。安心してくれ」

「……かけてもいいのに」

「なんだって？」

「なんでもない」

シュテファンは小さな声でつぶやいた。そう、なんでもない。この思いは届かない。

アイネン伯爵の屋敷はひっそりと静まりかえっていたが、喪服《もふく》に身を包んだエリザベトは気丈だった。というよりは、なんだか今までとは印象が違うように思われた。

「ハインリヒ、会いたかったわ。朝からずっと待ってたの」

「待たせて悪かったね。体調はどう？」

「もうだいたい元気、もとどおり」

にっこりと微笑《ほほえ》んで両手を握ってみせる様子は、奥ゆかしい既婚女性というより若い娘のふるまいのようではあったが、エリザベトには、かえってその快活さが似合った。

「ザイラー卿《きょう》も来てくださってとても嬉しいわ。ごめんなさい、家が荒れていて。先日宮廷の差し押さえが入ったばかりなの」

「とんでもない。私こそ、こんなときにお邪魔してしまい恐縮です」

アイネン伯爵の死後、この邸宅は一時宮廷に差し押さえられたという。かつて伯爵は全権大使も務めた外交官であり、外交は得てして大使が個人的に各国の要職を懐柔《かいじゅう》することで成り立ちがちだったから、アイネン伯爵の書斎にも、重要な書類が多数保管されていた。それを回収するための処置だという。大物政治家の死後にはよくあることだとも聞いた。守旧派の彼が抱えこんでいた秘密には今までなかなか手をつけられなかったから、情報の一元管理を目指しているという現在の中央政府はひそかに喜んでいるのだろう。

「私の部屋にまで、簡単にだけど調査が入ってね。もう家の中はめちゃくちゃよ。だから毎日のように片づけと整理に追われているの」

「そうでしたか。お忙しいところに伺《うかが》ってしまい申し訳ない」

「いいの、私もハインリヒのご友人ともっとお話ししてみたかったから。ほら、友人の友人はまた友人って言うでしょう？　私もね、女の身でありながら、ハインリヒに友と呼んでもらえていた頃すらあったのよ」

少女のころだけれど、とエリザベトはいたずらっぽく付け加える。

「むろん今でも友人だ」

困惑したような、どこか怒ってすらいるようなハインリヒの返答に、エリザベトは嬉しそうに微笑んだ。

「ありがとう、だったら今日はおふたかたに家具の移動をすこし手伝っていただいてしまおうかしら。貴族の殿方《とのがた》に頼むことではないけれど、友人にならいいでしょう？」

ハインリヒがなにを言う前に、シュテファンは華麗《かれい》な一礼を返した。

「喜んで」

さっそく大階段の前に置かれていた天鵞絨《ビロード》張りの大きなソファを、ハインリヒとふたりでエリザベトの個人的な居間まで運ぶ。

「大丈夫か、シュテファン。一度ここで下ろして休憩を――」

「必要ない、さっさと持っていってしまおう」

腕は限界を訴え震えていたが、強がってみせる。しかしようやく居間に辿《たど》りついたころには、もう一歩も動けなくなっていた。

「小柄なのに無理するからだ。他の荷は僕が運ぶから休んでいてくれ」

ハインリヒは上着を脱ぎ捨てると、シュテファンの反論を聞きいれずに荷運びに戻った。上着を捨てたことで、この優雅で貴族然とした友人が、実は広くがっしりとした肩や厚い胸板を持っているのがはっきりと露わになって、シュテファンはとても見ていられず、ハインリヒが出入りしている入り口に背を向けて、居間の奥へと視線を移す。

優雅な一室だった。調度《ちょうど》には揃いの小花模様が躍り、うっすらと紅色に色づいた壁がやわらかな印象を与えている。机上《きじょう》に並ぶ色とりどりのガラスの香水瓶《こうすいびん》、流行の嗅《か》ぎたばこを入れた陶製《とうせい》の小箱。そして、見るからに高価な装丁《そうてい》が施《ほどこ》された物語の本。この壮麗《そうれい》な装丁は、グラーベンをすこし脇に入ったルビッツ書店のものか。本は机の上のみならず、書棚《しょだな》にもぎっしりと並んでいる。エリザベトは騎士物語から博物学まで、幅広い興味を持っているようだった。

その本棚の陰に、額装もされていない絵がいくつも雑然と立てかけられている。緑に覆われたローマ時代の遺跡で遊ぶ子ども、貴族の集まり、静物画。どれも同じ画家の手によるもののようで、画題はどこかで見たものばかりではあったが、センスを感じさせるできばえだ。

誰が描いたのだろう。シュテファンはそろりと近づいて、他のキャンバスに隠れている絵を覗《のぞ》きこんだ。自画像らしき、絵筆を持った人物の肖像画がある。シュテファンと同じくらいの年齢の、どこか見覚えのある貴族の少女が微笑んでいる。

「これは、もしかして――」

「お気づきのとおり、若いころの私よ」

振り返ると、エリザベトが居間の扉の前で肩をすくめていた。「ここにある絵はすべて私の筆なの。気に入ってくれた？」

「それはもう、素晴らしい才能をお持ちなのですね」

シュテファンは心から賞賛した。職業画家になれるほどの完成度ではさすがにないものの、この自画像を描いた年齢でこれだけ描ける貴族など、そうそういないのは間違いない。

「ありがとう。まあ、もう筆は置いたのだけれどね」

「え、どうしてです」

「女だから」

エリザベトは軽く笑いながら、どこか澱《よど》んだ感情を含んだ声で言う。

「結婚しても描き続けていいって約束だったのよ？　でもいざ結婚したとたん、あっさり反故《ほご》にされたわ。私はただ、夫のうしろで微笑んでいればいいんですって」

シュテファンはどう返してよいのかわからなかった。そう、女とはそういうものだった。どれだけ才能を持っていたとして、結婚すれば夫に合わせて生きるしかないのだった。

エリザベトにとってはすでに過去の出来事になりつつあるようにも見えたが、シュテファンの胸は捻《ねじ》れるようだった。てきぱきと従僕たちに指示を出す彼女は、夫であるアイネン伯爵や男たちに囲まれていたときとはまったく別人、聡明で意思ある女性そのもの。本来の彼女はこちらなのだ。

だとしたら、絵を描くことを禁じられたとき、この貴婦人の胸をかき乱した苦しみは、如何《いか》ばかりだっただろう。

「ありがとう、助かったわ」

家具を運びいれると、三人はエリザベトの紅色の居間に腰を落ち着けた。

「あなたがたを人足《にんそく》代わりに使う女なんて、私が最初で最後でしょうね」

笑ってから、エリザベトは、淡い色の瞳を細めてハインリヒに微笑んだ。

「それにしても、こうして自分の部屋にあなたを招くなんて昔に戻ったようね。ねえ、覚えている？　あなたやご家族をはじめて家にお招きしたときのこと。あのとき、あなたは私の絵を見て目を輝かせてくれた。『こんな美しい絵、見たことがない』って」

「思ったとおりに口にしたまでだ」

ハインリヒは身じろぎ、落ち着かないように指を組んだ。「素晴らしい才能に感銘《かんめい》を受けたんだ」

「そうね、だからあなた、大人になって誰かと結婚したとしても絵を描き続けたい、そしていつかは高名な画家になりたいって言った私に、約束してくれた。『わかった。もし僕が父のような立派な政治家になれたら、そのときは僕と――』」

「エリザベト！」

夢を語るようなエリザベトの声を、ハインリヒは強い調子で遮《さえぎ》った。

「昔話をしてなんになる？　今の君は亡きアイネン卿の妻で、僕は友人として君の悲しみを慰めに来ただけにすぎない。忘れないでくれ」

エリザベトは、驚いたように目を見張った。やがて「そうね」と息を吐く。

「もう昔の話ね。ごめんなさい。あなたは伝統的な男女関係を求めていた。だから私のありかたを受けいれられなかった。それで終わった話だったものね。許して、こんな話をしてしまうのも私、夫がいない日々に慣れたつもりだったけれど、まだまだ悲しいし寂しいからなんだと思う。待ってて、軽食を用意させるから」

そして侍女《じじょ》にコーヒーとトルテの準備を申しつけた。

用意が調うあいだ、シュテファンは激しい衝撃を受けていた。エリザベトの一言が、頭にこびりついて離れない。ふたりの破局のきっかけとなった『伝統的な男女関係』とはなんだ。ハインリヒはこの魅力ある自由な女性に、いったいなにを求めたのだ。

服従なのか。ハインリヒはこの魅力ある自由な女性に、女は常に過ちを犯す存在で、男に導かれねばならないとみなしていたのか。ハインリヒもまた、妻なるものは夫に傅《かしず》き、その機嫌を常に伺い従うべきと信じていて、驚くべき才能を抱えるエリザベトを檻《おり》に閉じこめ、絵筆を取りあげ、屈服させようとしていたというのか。

だからエリザベトは、ハインリヒとの結婚を諦めたのか。そこに幸せがないと知っていたからこそ。

まさか、そんなわけがない。今まで友人のなにを見てきたのだ。

そう振りはらおうとする自分がいる一方で、どこからか声がする。

――彼だけが特別なわけはない。彼もしょせんは、『そう』なのだ。

無視できない。なにを馬鹿なことをとひっくり返せない。単にシュテファンの目が節穴《ふしあな》だっただけかもしれないではないか。

タールのように黒く重い落胆《らくたん》が、ただただ心の底に溜まっていく。それはいつしかふつふつと煮えたぎる怒りに溶けていって、ますます色を澱ませていく。

違うと否定してほしかった。適当な嘘を言うな、侮辱《ぶじょく》もいいところだと。だがハインリヒは指を組んだまま黙りこくっている。沈黙は肯定と同義。シュテファンにはもう、この友人がなにを考えているのかがわからない。

ほどなく侍女が、立派なショコラーデトルテを運んできた。

「大通り《グラーベン》の『クライスラー』、知ってる？」

「いや。菓子店《コンディトライ》か？」

ハインリヒはうつむいている。

「そう、人気の店よ。特にこのショコラーデトルテはなかなか買えないのだけれど、店主が私のために特別に用意してくれたの。私、いつも本を買いがてらに寄っているから」

「よくひとりで出かけるのか」

「既婚の婦人の腰が軽いのはふしだらかしら」

「まさか」

「だったらいいのだけれど。ねえ、おふたりとも一切れどう？　お礼をしたいの」

「ありがとう、いただくよ」

「よかった」

「だけど」とハインリヒは機先を制した。「男爵はいらないだろう。さっきカフェでいろいろ食べてきたばかりだ。なあシュテファン」

「え？　ああ」

決めつけられて、シュテファンは戸惑った。確かに満腹だから必要ないが。

「そうなの？　残念、だったらコーヒーだけでも是非《ぜひ》」

しかしいざコーヒーが運ばれてくると、ますますハインリヒの様子は妙だった。エリザベトは美しい眉《まゆ》を寄せて考えこんで、あ、ときまりの悪そうな顔をする。

「気が利《き》かなくてごめんなさい。毒殺が起きた家で出てきたものに、不用意に口をつけられないものね」

そして用意されたコーヒーカップすべてを自分の前に置かせると、ひとつめのカップを手に取り、優雅に一口含む。微笑《ほほえ》みを浮かべてハインリヒへ手渡す。

「大丈夫、毒は入っていない」

エリザベトは同じようにシュテファンのぶんも毒味しようと手を伸ばした。しかしその指がカップの縁を捉えるよりさきに、ハインリヒは奪うように取りあげた。その場の誰もが驚きの視線を浴びせる中、仰《あお》ぐようにして口に含むと、いつでも優雅な彼にあるまじき手つきでシュテファンにカップを押しつける。

「こちらも問題ない」

シュテファンは困惑して、ハインリヒとカップを交互に見やった。友人はこちらに視線もくれず、怒りを押しこめているかのごとく口の端に力を込めている。いったいどうしたのか。毒味はありがたいが、なぜ奪ってまでエリザベトではなく彼がする必要があった。なぜそんな顔をしている。

解せないシュテファンの一方で、視界の隅に映るエリザベトは喜びに頰《ほお》を染めている。その理由に頭を巡らせて、シュテファンは殴《なぐ》られたような気分になった。まさかハインリヒは、エリザベトが他の男のカップに口をつけるのを嫌がって手を出したのか？

その瞬間、シュテファンは音を立てて立ちあがっていた。

「すみません、私、用があるのだった。このあたりでお暇《いとま》します」

「そんな、もっとお話ししたいのに。せめてコーヒーは飲んでゆかれないの？」

エリザベトは残念がっているが、ハインリヒはうなずくばかりだった。

「帰るのか。それがいいよシュテファン」

胸のつかえがとれたような声にさえ聞こえて、シュテファンはショックと怒りを懸命に押しこめた。

「そうだな。それではまた」

奥歯を嚙《か》みしめ歩きだしたシュテファンを、ハインリヒはなにを思ったか引き留める。

「そうだシュテファン」

「なんだ」

「用が終わったらで構わない。僕の家で待っていてくれないか。大事な話がある」

大事な話とはなんだ。今言え、ここで言え。そう胸元を揺さぶってやりたかった。できるわけもなかった。

9　恐ろしい真実

本当は用などないから、シュテファンは冷たい風の吹きすさぶ街をさまよった。芯まで冷え切ってから意を決してハインリヒの邸宅の扉を叩けば、侍女《じじょ》のアウグステがいつもどおりの笑みで迎えてくれる。予想どおり、ハインリヒはまだ戻っていなかった。

居間に通されてからもひたすら膝を見つめていると、アウグステが温めたシナモン入りワインをさしだしてくれる。

「温まりますよ、男爵さま。疲れもすこしは吹き飛びます」

「ありがとう。でも、そんなに疲れているわけじゃないよ」

「亡霊の起こした惨劇《さんげき》に、心を痛めていらっしゃるのでしょう？　ハインリヒさまがとても心配なさっていました」

「ハインリヒが？　まさか」

言ってから後悔《こうかい》した。どうして疑ってしまうのか。彼は友人としてシュテファンを大切にしてくれている。それは紛《まが》いもない事実なのに。

　カップに鼻を近づけ、葡萄《ぶどう》とスパイスの香りを胸いっぱいに吸いこんだ。鼻の奥がつんとして、勝手に口から言葉がこぼれ落ちる。

「アウグステ、君は知っている？　アイネン伯爵夫人エリザベトと、ハインリヒに昔あったこと」

「エリザベトさま？　いえ、存じあげません。兄のエルンストならば知っているでしょうが……なにかあったのですか？」

「うん」

　言わない方がいい。そう思うのに止められない。

「ハインリヒとエリザベト夫人は昔、婚約者だったようなんだ。一度は疎遠《そえん》になったみたいだけど、でもハインリヒは――」

　シュテファンはワインを一口飲んで、ぽつりと声を落とした。

「ハインリヒはたぶん、彼女を忘れられなかったんじゃないかな」

　口にしたとたん、疑念がはっきりと形を為して胸を押しつぶす。そう、彼は忘れられなかった。叶わぬ一生の恋としてひそかに抱え続けてきた。切ない思いに苦しんでいた。

　まあ、とアウグステは口を押さえた。

「ではハインリヒさまが頑《かたく》なに結婚なさらないのも、それでなのでしょうか。おかわいそうなハインリヒさま……」

そうかもしれない。愛する人と破局し、再会したと思えば誰かの妻となっていた。ハインリヒの心中を察するに余りある。

そういえば、とアウグステは小声で続けた。

「男爵さまは、ハインリヒさまが胸にヴィネグレッテをさげておられるとご存じですか?」

「ヴィネグレッテ?　いや、知らない」

女性が持つ、気つけ薬入れだ。小箱になっていて、宝石をあしらい、ペンダントのように首にかけて歩く婦人も多い。シュテファンの亡き母も、結婚前に父から贈られたそれを終生大切にしていたという。

「もしかして、彼が寝るときも首からさげている銀の鎖のことか?」

シュテファンは、寝起きのハインリヒの首元から垣間見《かいまみ》えた鎖を思い出した。

「なんだかんだ言って、十字架だと思っていた」

ハインリヒがそれほど信心深いわけがないとも思いつつ。

「いえ、ヴィネグレッテです。卵形の、銀製の」

「なぜそんなものを?」

「私も気になってお尋ねしたんです。そうしたら」

アウグステはかすかに頬を赤らめた。

「ハインリヒさま、こう仰《おつしや》ったのです。『これは、とある方が残した愛の証《あかし》だ。僕は一生肌身離さず持っていなくちゃならない。あの方の思いを忘れないように』って」

「愛の証？　……ずいぶん甘美な言い回しだな。彼らしくないというか」

「私もそう思ったのですが、でも今、男爵さまのお話を伺《うかが》って腑《ふ》に落ちました。あのヴィネグレッテ、きっとその、元婚約者さまのものなのでしょう。ハインリヒさまはかつての恋を忘れられず、ずっと胸に抱いていらっしゃったのですね」

「……かもしれないね」

いや、間違いない。そうでなくて、なぜハインリヒが女物のヴィネグレッテをあれほど大切に首にかけている。

目の前が白く、ぼやけてきた。シュテファンはふらりと立ちあがった。

「悪いけれど、私は帰るよ」

「え？　ですがハインリヒさまをお待ちになるのでは」

引き留めようとしたアウグステを振り切って歩きだす。

「待っても無駄だ。きっと今夜、彼は戻ってこない」

それは確信だった。


外は再び雨になっていた。エレオノーレは、ずぶぬれで帰宅したシュテファンにひどく驚いた顔をした。

「どうなさったのお兄さま。……お兄さま？」

シュテファンは無言で妹に縋《すが》りついた。誰かを抱きしめていないと、ザイラー男爵シュテファンとしてふるまうことすらできなくなってしまう気さえしていた。

姉がいよいよ心配になったようで、エレオノーレは家人を総動員して湯を沸かし、シュテファンを湯船に押しこんだ。しかしそのぬくもりに心が馴染《なじ》むよりまえに、急いでやってくると耳元でささやいた。

「お姉さま、伯爵さまがお越しになっているわ。お入りくださいと何度も言ったのだけれど固辞されて、馬車でお待ちになっているの」

「ハインリヒが？」

なぜ。そんな気持ちが先に立つ。それでも出ていかないわけにはいかない。灰色のウールであつらえた揃えを慌ただしく着こみ、無理やりにでも笑みを作って外に出る。

そこで青ざめた。

ハインリヒの姿は、乗ってきたであろう馬車にはない。代わりに玄関ホールのすぐ外の路上に、あの兵士崩れの男がいた。シュテファンから金をせしめようとやってきたのだ。

だが様子がおかしい。怯《おび》えた顔で後ずさったあげく、石畳《いしだたみ》に足を取られて尻餅《しりもち》をつく。

「待ってくれ、本当なんだ！　俺は男爵さまに頼まれた調べ物をしてただけで」

「お前のような兵士崩れに、シュテファンがなにを頼む。馬鹿げた言い訳を捻《ひね》りだしている暇があるなら、さっさと失せろ」

冷たい声が路上に響く。シュテファンは急いで外に出た。曲線を帯びた門の陰から、男を見下ろすハインリヒの後頭部が現れる。

「いやだから……うわ、待ってください旦那《だんな》！　本気ですか」

男が悲鳴をあげた。ハインリヒが躊躇《ちゅうちょ》なく銃を突きつけたのだ。

「一刻も早く失せろ。そして二度とここに近づかないと誓え」

「ひえ」

「誓えと言っているんだ」

誓いますと叫んで、男は転がるように逃げていった。

ハインリヒは慣れた仕草で上着の裾《すそ》を捌《さば》き、銃をしまいこむ。その背に、シュテファンは掠《かす》れた声をかけた。

「ハインリヒ……」

「どういうことだ」

聞くやハインリヒは振り向いた。その声は激しい怒りに震えていた。

「あの男と取り引きしていたのは本当か？　なにを考えている。どんな仕事を頼んだのかは知らないが、強請《ゆす》られるだけなのがわからないのか？」

「わかっている、軽率《けいそつ》だったと反省している、でもそうするしかなかったんだ。その、追い払ってくれてありがとう」

後ずさりながら、シュテファンは友人の怒りを収めようとした。しかしハインリヒの語勢はますます強まっていく。

「そうするしかなかった？　なにが『そうするしかなかった』んだ。説明してくれ」

「ハインリヒ、どうか怒らないでくれ」

「怒るに決まっている。困っているなら僕を頼ってくれと言っただろう！」

詰め寄られ、厳しく見おろされて、シュテファンの唇が震えた。

言ってはだめだ。そう思うのに耐えられない。

「君は、私を一切頼ってくれないのにか？」

「……なんだって？」

「私にだって、秘密のひとつやふたつはある。君にたくさんの秘密があるのと同じだ」

「そんなもの僕にはない」

「あるだろう。別に明かせなんて言うつもりはないけれど」

「勝手に決めつけるな。なぜ親友の君に嘘をつかなきゃならない」

「親友にだって嘘はつく」

「僕はついていないと言っているだろう！」

「じゃあ訊くけど」

シュテファンは息を吸った。友人の青い瞳を睨《にら》みあげた。「君がこの間美術品だなんて言って誤魔化《ごまか》した、胸にかけたヴィネグレッテはなんなんだ」

瞬く間にハインリヒが青ざめたのを、シュテファンは確かに見た。

「……そういうことだよ。おやすみ」

踵《きびす》を返そうとして、腕を強く引き寄せられる。やめろと告げようと振り向いて、シュテファンは息をとめた。

ハインリヒは見たこともない顔をしていた。怒りでもなく、縋るわけでもなく、ひどく思いつめたような。

「恨まれて当然だ」

目を逸《そ》らせないまま、ハインリヒの硬く震える声が耳を貫く。

「なじられても殴《なぐ》られても、なにをされてもいい。僕はそれだけのことをした。でも、君が僕をどう思おうと、殺したいほど憎もうと関係ない。僕は君を守る。そう誓ったんだ」

「なんの話だ……」

ハインリヒは答えなかった。黙ってシュテファンを解放すると、自分の馬車へと促した。

「この事件が解決したらすべて明かす。だから今は一緒に来てくれ。まずは話しておくべきことが――」

蹄《ひづめ》の音が響き、さらなる馬車が一台、館の前で止まった。御者台から駆けおりてきた人物に気づいて、ハインリヒは口をつぐむ。

「こちらにおられたのですね、エッペンシュタイナー卿《きよう》」

ブルートだった。三角帽子を脇に挟み、小さく頭を下げる。

「ウーリヒ閣下《かつか》が、おふたりに大切なお話があるとのことです。K・Sに関する重大な話ゆえ、できればこのままおいで願いたいと」

グンドラッハは眉間《みけん》に深い皺《しわ》を寄せ、書斎でふたりを迎えた。

「よく来てくれた、シュテファン、エッペンシュタイナー卿。君たちを呼んだわけは、ブルートから聞いているね」

「亡霊に関する重大な話と耳にしておりますが」

ハインリヒは、なぜ再びシュテファンを巻きこむのかという非難を声に滲《にじ》ませている。気がついているだろうに、グンドラッハは正面から言い訳もせず、なぜか痛ましげな視線をシュテファンに向けた。

「そうなのだよ。K・Sに関する看過できない事実が判明してね。今まで私は、K・Sとはクンツ・シャッファーを指すと考えてきたのだが、該当《がいとう》する人物はもうひとりいるようだ。ありえないと思ったが、考えれば考えるほど、『憤怒《ふんぬ》の亡霊』に相応《ふさわ》しい人物が」

予想だにしない話の流れに、シュテファンは目をみはった。

「本当ですか」

「ああ。今、別件で宮廷の機密事項に関わる調査をしていてね。ついでに当時為《な》された『新たなるヴィーン』事件の処理についても調べてみた。そうしたら、驚くべき悲痛な事実が明らかになったのだ。機密だから知る者はほとんどないが、実は君の――」

ハインリヒが激しい口ぶりで遮《さえぎ》った。

「待ってください！　あの方は関係ないでしょう！」

「気持ちはわかるよ、エッペンシュタイナー卿。しかしこのようなことになった以上、名を挙げざるをえない」

「シュテファンに告げる必要はないだろう！」

食ってかかる友人を、シュテファンは不安を抱えて見つめた。どうしたのだ、なんの話だ。ハインリヒの様子は尋常《じんじょう》ではない。もうひとりのＫ・Ｓの名を、シュテファンにだけは伝えまいとしている。なぜだ？　なぜそれほどに必死になって――。

――そうか。

黒いインクが紙に落ち、瞬きする間に染みわたっていくように、ひとつの事実が腑《ふ》に落ちる。

Ｋ・Ｓに該当する人物、それは。

シュテファンは掠れた声でつぶやいた。

「それは私の叔父《おじ》、コンラード《K》・フォン・ザイラー《S》のことだ……」

「シュテファン、違う」

「そうなのですね、閣下」

必死に否定する友人の向こう、沈痛な面持《おもも》ちのグンドラッハに問いかければ、グンドラッハはゆっくりと首肯《しゅこう》した。

「そのとおりだ」

「ありえません！」

ハインリヒが強く叫ぶ。しかしグンドラッハは重々しくそれを制した。

「今更否定しても仕方あるまいよ、エッペンシュタイナー卿。我が友人コンラードには、アイネン卿らに復讐《ふくしゅう》するもっともな理由があるだろう」

息を呑《の》んだハインリヒをよそに、シュテファンは淡々と問いただす。

「どういうことです」

心が石になってしまったようだ。

「『新たなるヴィーン』にアイネン卿らが出資し、扇動《せんどう》していたとは聞いただろう。だが疑問に思わなかったか？　守旧派として知られたアイネン卿が直接『新たなるヴィーン』に接触しては、さすがに学生たちもていよく使われていると気づくのでは、と」

「確かに……」

学生たちは、同じ志《こころざし》を持つ革新派から出資と助言を受けていると信じていたはずだ。であれば、彼らが会っていたのは守旧派と周知であったアイネン伯爵ではない。

実際学生に会って出資をしていたのは、味方のような顔をした、別の誰かだった。

それが、父だった。

「叔父はアイネン卿の意向であることを隠し、味方のふりをして『新たなるヴィーン』に近づいたのですね」

「そのようだ」

グンドラッハは組んだ両手に顎《あご》をのせ、眉間に深い皺を寄せて瞼《まぶた》を閉じた。

「君の叔父上は、アイネン卿と学生を繋《つな》ぐ役目を果たしていた。彼は表向き革新派であるよう装《よそお》って、アイネン卿が集めた資金を学生たちに渡していたんだ」

「それでアイネン伯爵は亡くなる直前に、ザイラーの名を聞いて怯《おび》えあがった」

コンラードが『新たなるヴィーン』事件の中心にいて、そして殺されたと知っていた。

「ならば叔父が死んだのも、物盗《ものと》りに襲われたわけではなく……」

「『新たなるヴィーン』事件の責任をとらされたのだよ。表沙汰《おもてざた》にならない事件とはいえ、ハラッハ卿ほどの大貴族が殺害された以上、誰かが落とし前をつけねばならなかった。それが君の叔父であり、我が友である憐《あわ》れなコンラードだったわけだ」

グンドラッハは普段の道化《どうけ》ぶりなど嘘のように、衷心《ちゅうしん》をもって父の名をつぶやいた。

「貴族が貴族殺しを煽《あお》ったことは、宮廷でも大問題となった。ハラッハ卿の遺族も黙っていない。だがアイネン卿は罪を問うにはあまりにも影響力が強すぎたし、そもそも貴族が貴族を殺してしまったなんて、戦争が終わったばかりのこの情勢ではとても公《おおやけ》にできない。であれば君の叔父上は、すべての責任をなすりつけるに最適だった」

シュテファンは声もない。父が人殺しに手を貸したというのか。あの、穏やかでやさしい父が。

「信じられないのは理解する」グンドラッハは痛ましげに目を細めた。「だがこれは事実だ。受け入れてもらわねばなるまい」

「……『憤怒の亡霊』は、叔父の復讐のために人を殺したのですか」

「アイネン卿に恨みが強いのは、シャッファーよりも君の叔父上だ。アイネン卿はひとつの咎《とが》めも受けなかったのに、彼だけが殺されたのだから。私だってコンラードの友人だったのに、宮廷に入ってからは疎遠《そえん》で、結果なにもしてやれず――」

「もういい！」

ハインリヒが怒声とともにグンドラッハに掴《つか》みかかった。

「なぜ今こんな話をする。なんの意味がある。犯人捜しに役立つのか？」

「その可能性は大いにある」

「あるわけない！　シュテファンをいたずらに混乱させているだけだろう！」

しかしシュテファンは、友人の怒りに救われはしなかった。むしろ心は瞬く間に冷えていく。

「君は知っていたんだな、ハインリヒ」

ハインリヒの背が、硬く緊張したのがわかった。

「事件の後始末をしたのは君なんだろう？　君は最初から、叔父が関わっていたのも、殺されたのも知っていた。知っていて黙っていた。私とはじめて会った日からずっと」

この友人はすべてを悟りながら、口をつぐんで近づいてきたのだ。真実のひとつも語らず、唯一の理解者のふりをして。

「そうだろう？　ハインリヒ」

振り返ったハインリヒの表情には、苦渋《くじゅう》が滲んでいた。

「そうだ、でも……でもそれは、君を思ってのことだった。信じてくれ。二年前、君は打ちひしがれていた。頼る者もなくひとりで……。そんな君に、とても真実は言えなかった。落ち着くまでは、物盗りの犯行だと考えていた方がはるかにましだと思ったんだ。なにもかも知ってしまったら、君は」

懸命な弁明に、シュテファンは唇を噛《か》みしめうつむいた。言うとおりだ。ハインリヒが支えてくれた。そばにいてくれた。だからシュテファンは今も立っていられる。

だから収まらない思いを必死に押しこめた。笑みを作り、顔をあげる。

「そうだった。君はいつも私を思ってくれていた。疑ってごめん」

そして強く握りしめられた友の手をとろうとしたときだった。

「正義面《づら》した冷血ほど、恐ろしき者はなし」

オペラの一節のように響いたグンドラッハの張りのある声に、シュテファンはびくりと動きを止めた。

「……どういう意味です」

「君の友人は、この期に及んでまだ嘘をついている」

「嘘？」

「そう。誰よりもコンラードに復讐されるべきは彼、ハインリヒ・フランツ・ルードヴィヒなのだよ、シュテファン。なぜなら彼こそ――」

声にならないハインリヒのうめきに被《かぶ》せるように、グンドラッハは言い放った。

「この男こそが、お前の叔父を殺したのだ。そのこめかみを銃で撃ち抜いて」

シュテファンは瞬いた。

なにを言われたのか、すぐには理解できなかった。撃ち抜いた？　この男って、誰のことだ。いったい誰が叔父を殺したと――。

「……嘘でしょう？」

落ちた声は、静まりかえった室内に奇妙に明るく響いた。

「そうだろう、ハインリヒ」

しかし血の気を失った表情を見た瞬間、すべてを悟った。

ひとつひとつの言葉が、意味を帯びて胸に雪崩《なだ》れこんでくる。どっと心臓が跳ねる。

そうか。

愛する父を殺したのは、他でもない。この、誰より信じていた友なのか。

音が消える。

頭のさきからつま先まで、冷たく乾いた砂の塊《かたまり》と化す。そのまま崩れ落ちていく。跡形もなく消えていく。なにもかもが。

シュテファンは部屋を飛びだした。

「待ってくれ！」

引きつれた声が背を叩き、引き留めようと伸ばされた腕が肩を捕らえる。全力で振り払った。視界の端を、傷つき歪んだ瞳が掠《かす》めていく。それでも振り返らなかった。

屋敷をあとに、暗い石畳《いしだたみ》を蹴《け》りあげる。敷石に引っかかって転びかけても立ちどまらなかった。雨霧にけぶった、灰色の邸宅の間を駆け抜ける。泣きたいのに、この期に及んでも涙が出ない。

脳裏《のうり》には父の笑みが、最後の姿が現れては消える。

ハインリヒはどんな顔をして父の墓前に立っていたのだったか。なにを思っていた。どのように父を死に追いやった。憐れに懇願《こんがん》するこめかみに、非情に銃口を突きつけたのか。わからない。もうなにもかもがわからない。

雨足を増す中、ハインリヒは暗い小路《ガッセ》に立ちすくんでいた。シュテファンを追いかけてきたのだが、もうその姿は見えない。雨粒が絶えることなく頬《ほお》を伝う中、ただただ衣服の奥に潜ませたヴィネグレッテを強く握りしめる。

そのまま身を翻《ひるがえ》そうとしたときだった。

背後から近づいた影が、頭上に腕を振りおろした。鈍い音が響き、若き貴族は濡れた石畳の上に声もなく崩れ落ちた。

10 復讐は成されり

シュテファンは自室へと引きこもった。

一睡もできなかった。なにひとつ信じたくない。だが馬鹿馬鹿しい妄言《もうげん》だと笑い飛ばし、振り払う力もない。あれから、友人と信じていた彼からは音沙汰《おとさた》もなかった。手紙や言《こと》づてさえもない。

なぜ、弁解してくれないのだろう。

すべてが嘘だと、たちの悪い冗談にすぎないと言い訳さえしてくれれば、それで丸く収まるはずなのだ。そう、真実などではありえない。父が伯爵殺しを扇動《せんどう》したに等しいことも、その罪を引き受けたために殺されたことも。

手を下したのが、誰より信じていた彼だということも。

「どうして、許させてくれない……」

手を振り払っておいて、拒絶しておいて、許しを乞《こ》いにきてくれるのを待ちわびている自分が惨《みじ》めだった。

背を丸めていると、背後でノックの音がした。ちらと目をやれば、エレオノーレが扉の隙間《すきま》からこちらを窺《うかが》っている。

「食事はいらない」

昨夜から繰り返しているつぶやきを落とすも、エレオノーレは首を横に振った。

「違うの。お姉さまにどうしても会いたいという人が来ていて」

心臓が跳ねあがる。まさか。

しかしエレオノーレが告げたのは、意外な名だった。

「ハインリヒさまの侍女《じじょ》、アウグステが待っているわ」


どうにか体裁《ていさい》を整え居間へ向かった。やつれた己の姿を晒《さら》すのにわずかに抵抗を覚えたが、すぐに杞憂《きゆう》に終わる。アウグステも、同じように焦燥《しょうそう》していたのだ。

「ごめんなさい、私が、私のせいで」

シュテファンの姿を見るなり、アウグステはぼろぼろと泣き崩れた。

「どうしたんだ、なにがあった」

「わからないのです」

「なにがだ」

「あの方が、ハインリヒさまが今どちらにいらっしゃるのか、誰にもわからないのです」

「……ハインリヒが？」

ふらりと身体《からだ》が傾《かし》ぎそうになって、シュテファンはとっさにテーブルに手をついた。

「君たちに伝えずどこかへ向かったわけじゃないのか。領地や家族のところに」

「いいえ、どこにもおられません。我々も手を尽くしましたが、どこにも、ハインリヒさまは、おられません！」

とうとうアウグステは声をあげて泣きだした。

「私のせいなのです。あの晩、私がシュテファンさまに軽はずみなことを申したから、ハインリヒさまはそれで」

「なんの話だ」

「ヴィネグレッテのことです。あの晩シュテファンさまがお帰りになったあと、ハインリヒさまもすぐにお戻りになったんです。ハインリヒさまは私に、シュテファンさまはどうしたとお尋ねになりました。それで私、申しあげたんです」

シュテファンが、ハインリヒはきっとエリザベトを忘れられていないと言ったこと。対し、ヴィネグレッテの話をしたこと。それが彼の、忘れられない恋のようすがであろうと。

「そうしたらハインリヒさま、ひどくお怒りになって……。いつもならば絶対に、あんなふうに声を荒らげたりはなさらないのに」

「なぜ怒ったんだ、彼は」

シュテファンはなにかに急《せ》かされるように尋ねた。

「ハインリヒさまはこう仰《おつしや》りました。余計な話をしてくれた。このヴィネグレッテは、自分にとっては愛の証《あかし》でもなんでもない。罪の証なのだと」

「罪？　なんの罪だ」

「わかりません。ただ私は、とんでもないことを言ってしまったと思ったのです。すぐに謝罪し、シュテファンさまにお会いして訂正《ていせい》させていただきたいと申したのですが、ハインリヒさまはご自分がされるからよいと仰って」

でも、とアウグステは涙を拭《ぬぐ》った。

「それを最後に、ハインリヒさまはいなくなっておしまいになりました。だから、私のせいなのです。私が余計な口をきいたから……」

「泣かないでくれアウグステ。君のせいじゃない」

シュテファンはあえぐように息をした。そうだ、アウグステのせいではない。彼女が後《こう》悔《かい》する事柄など、あの夜に明らかになった他の事実に比べれば些《さ》細《さい》なことだ。

もしハインリヒが自ら姿を消したのならば。

それは間違いなく、シュテファンのせいだ。

――私が、彼の手を振り払ったからだ。

激しい後悔に揺さぶられて息もできなくなっていると、席を外していたエレオノーレが転げるように部屋に飛びこんできた。

「お、お姉さま！」

彼女は体裁を取り繕《つくろ》うのも忘れてシュテファンに縋《すが》りついた。

「これを兵士が、見知らぬ男に渡せと頼まれたと言ってうちへ届けに来たのだけれど」

差しだされたのは汚れた麻袋だった。ちょうど、人の首が入るくらいの大きさの――。

最悪の事態が頭をよぎり、シュテファンは短く息を呑《の》みこんだ。だが奥歯を噛《か》みしめ、脂汗《あぶらあせ》を拭って麻袋を受け取った。気を確かにしろ、シュテファン。人の首の重さではない。

言い聞かせて袋をひらけば、まずは封筒の白が目に飛びこんでくる。

『我が愛《いと》しい甥《おい》シュテファンへ
コンラード、またの名を『憤怒《ふんぬ》の亡霊』より愛を込めて』

シュテファンはさっと青ざめ、袋の他の中身には目もくれず手紙を引っ張りだした。破るように封を切る。中には便せんが数枚。震える手でひらき、目を走らせる。

『どうか突然の手紙に驚かないでおくれ。お前を誰より愛《いと》おしんできた叔父《おじ》コンラードが、お前を思って自らペンをとっているのだから』

それは文字が妙に赤黒く、筆跡がめちゃくちゃでであるのを除けば、いたって穏やかに始まった。

しかしすぐに、憎悪の気配が色濃く表れだす。

『お前は『憤怒の亡霊』を名乗る、K・Sの噂《うわさ》を聞いただろうか？　実はその正体こそ私、亡者であるコンラード・フォン・ザイラーなのだ。私を死に追いやった者どもに復讐《ふくしゅう》を果たし、地獄に引きずりこむために、ここに蘇《よみがえ》ったのだよ。

知っているだろう？　私はすでにこの手でグンドラッハ・フォン・ウーリヒ、カール・フォン・アイネンを血の海に沈めてやった。グンドラッハは地獄までは連れていけなかったが、それでも私は至極《しごく》満足しているようだ。苦しむふたりを眺めたとき、長らく忘れていた喜びが、泉のように我が胸に満ちあふれてきたのだから。

しかしシュテファン、復讐はまだ終わりではないのだ。私に銃口を突きつけ、引き金を引いた誰より憎むべき男が、まだのうのうと生き残っている。生き残っているばかりかお前に近づき、お前の心をもてあそんでいる。

そう、ハインリヒ・フランツ・ルードヴィヒ・フォン・エッペンシュタイナー。人の心を持たない、悪魔のような男だ！

いいか、シュテファン。よく聞いておくれ。私は誰よりもこの男が許せない。あの男はずっと、お前をあざ笑っていたのだよ。親切と見せかけ近づいて、なにも知らないお前が恩を感じ、心をひらく様子に、心の中では笑い転げていたのだ。

私はずっと見ていたから知っている。あの男はお前を、仇《かたき》が目の前にいるのに気づきもしない、馬鹿な幼子と見くだしていた。暇つぶしにもてあそぶにはちょうどいいとほくそ笑んでいた。

許せない。

許せない。

許せない！　お前だってそうだろう？』

——違う。

否定したいのに、シュテファンは文面から目を離せない。

『あの男は大嘘つきだ。お前を誰より大切にすると、どんなときも支えると見せかけて、遊びの道具としか思っていなかった。だからこそ私を殺しておいて、悪びれもなくお前と友情を結ぶふりができたのだ！

シュテファン、私はお前が憐《あわ》れで憐れで仕方ない。憤《いきどお》って仕方ない。私があの男を殺すのなど至極容易ではあるのだが、それではもはや気が収まらない。あの男には私を殺した罪だけでなく、お前をもてあそんだ罪をもきっちりと償《つぐな》わせなければならない。

だから頼む、我が甥よ。

ハインリヒ・フランツ・ルードヴィヒに、その手で引導《いんどう》を渡してくれないか。私が味わった恐怖と苦痛を、彼に与えてやってはくれないか。

すでに彼は捕らえてある。血と泥にまみれて、みっともなく這《は》いつくばっている。

あとは、お前が終わらせるだけなのだよ。

血の涙を流し懇願《こんがん》する。

どうかあの男に、地獄の苦しみを。

でなければ、我が魂は永遠に救われないだろう』

青ざめ放心しているシュテファンを、アウグステとエレオノーレが怯《おび》えたように窺《うかが》う。

「シュテファンさま、ハインリヒさまの行方《ゆくえ》は……」

「なにが書かれていたの、お兄さま」

「……言えない。なにも明かせない」

シュテファンは掠《かす》れ声で答えると、手紙を胸にしまいこんだ。ふたりには教えられない。

この憤怒に巻きこむわけにはいかないのだ。

「でもお兄さま」

「麻袋の中にはまだなにか入っているな」

浅くなる息を覆《おお》い隠し、再び袋へ手を突っこんだ。ひやりとした金属に触れる。

取りだしてみると拳銃だった。グリップエンドの装飾に見覚えがある。これは、ハイン
リヒが携帯していたものではないか？

と、アウグステが悲鳴をあげた。

「これ……これは」

その震える指先は、拳銃に巻きついている銀鎖に向いている。シュテファンははたとして、袋の中から鎖を引っ張りあげた。鎖のさきにはやはり銀でできた、小さな卵のようなものがぶらさがっている。アウグステの悲鳴がますます悲痛に歪む。

「やっぱり！　これはハインリヒさまのものです。ハインリヒさまが首にかけていたヴィネグレッテ――」

しかしシュテファンの耳には、そんな叫びすら遠く聞こえた。

銀製の、卵型のヴィネグレッテ。

『ハインリヒのもの』？

違う。

これは、父のものだ。父が肌身離さず携《たずさ》えていた、亡き母の形見。あの日、死んだ父の胸から奪われて、どれだけ捜そうと見つからなかったもの。

――それをどうして君が持っている！

激情のままに握りしめて気がついた。ハインリヒは言ったという。

『このビネグレッドは、自分にとっては罪の証《あかし》』。

そのとおりなのだ。ハインリヒはこの銀の卵を、罪の証として持っていた。冷たくなった父から奪い、自らの胸に隠していた。

であれば、やはり。

抱えた拳銃が急に重くなり、目の前が真っ暗になった。

彼は間違いなく、その手で父を殺したのだ。


『血の涙を流し懇願する。

どうかあの男に、地獄の苦しみを。

でなければ、我が魂は永遠に救われないだろう』

何度読み返しただろう。

シュテファンはひとり自室に籠《こ》もり、父を騙《かた》る手紙を握りしめていた。

――どうかあの男に、地獄の苦しみを。

しょせん、誰かのついた嘘だ。書いたのは父ではない。父のわけがない。なのに手紙に躍る文字が、父の声を纏《まと》って頭の中に忍びこんでくる。血の涙を流す父の懇願が、脳裏《のうり》にこびりついて離れない。

父ではない、しかしこれは正真正銘《しょうしんしょうめい》父の声だ。父が誰かに乗り移り、綴《つづ》った思いでなければなんなのだろう！

怒りのままにハインリヒの銃を手に握る。彼が父を撃ち殺した凶器。裏切りの証。手紙には、ハインリヒに『地獄の苦しみを与える』時間と場所も指定されていた。示されていた時間はまさに今夜、真夜中だ。もう夕方で、ほとんど猶予《ゆうよ》は残されていない。

つまりはあと数時間したら、この銃で――。

「……だめだ、できるわけない」

シュテファンは顔を歪めて拳銃を放りだした。

そうだ、殺せるわけがない。父のたっての願いであろうと、どれほどの怒りがこの身を衝《つ》き動かそうと、ハインリヒに向けて引き金など引けるわけがない。

たとえ彼が本当にシュテファンを心の底で嘲笑《あざわら》っていたとしても、友情なんてはじめから幻にすぎなかったとしても、それでも彼のやさしさに、明るい笑みに何度も救われた。すくなくともシュテファンにとって、この友情は真実だった。

でも、だとしたら。

――私はどうしたらいい。どうしたらいいの、母さん。

涙は出ないのに、噛《か》みしめた歯の間から嗚咽《おえつ》が漏《も》れる。母の形見だったヴィネグレッテを握りしめ、父の描いた『夢』の絵の中で微笑《ほほえ》む母に助けを求める。ルイーゼとしてのシュテファンしか知らない母に縋りつく。

ほとんど覚えていない母に助けを求めたのははじめてだった。父が死んだときですら、縋ることはなかった。直後は呆然《ぼうぜん》としていたし、すぐにハインリヒが手を差し伸べてくれたから。

なのにそのハインリヒが、父を奪った。

額に強く押し当てた拍子に留め金が押されたのだろう、ヴィネグレッテがかちりと音を立てる。

「助けて、母さん……」

弾みで銀の卵は大きくひらいた。つい驚いて手放せば、そのまま転がり落ちていく。慌てて拾いあげたものの、落下の衝撃で中蓋《なかぶた》が飛びだしてしまったようだ。気つけ薬を入れておけるように空洞《くうどう》になった卵の中身が、露わになっている。

シュテファンは心ここにあらずのまま、透かし模様が入った華奢《きゃしゃ》な中蓋を拾いあげ、元の場所に嵌《は》め直そうとした。

「……なんだ？」

違和感があって手を止める。目を眇《すが》めて覗《のぞ》きこむと、どうやら卵型の小箱の奥深くになにかが詰めてあるようだ。紙のように見えて心臓が小さく跳ねる。なんとかやり過ごし、震える手で化粧箱《けしょうばこ》からピンセットを拾いあげる。慎重にその先を突っこみ詰め物を取りだせば、やはり丸めた紙だった。

机の上にゆっくりと広げる。

小さな文字が綴られている。

「ゆ、め、か、ら……？」

眦《まなじり》が大きくひらいていく。それは短い文章だった。


『我が愛《いと》しき娘へ告ぐ。夢から覚めよ。真実は夢の裏側にあり』


そして真夜中を迎えた。

手紙に指定された時刻をまえにして、シュテファンは黒色の揃えに身を包み、屋敷をあとにした。胸には両親の遺品であるヴィネグレッテをさげ、手には拳銃を握りしめている。すこし休んで、スープとパンも口にした。意識ははっきりしている。だからしくじらないはずだ。

しくじるわけにはいかない。成し遂《と》げるしかない。

誰よりも大切な人のためなのだから。

＊

ヴィーン郊外ヒーツィング。

黒い外套《がいとう》と三角帽でをまとった男がひとり、古ぼけた屋敷の窓から外を見つめていた。

夏となれば離宮へ集《つど》う貴族で賑《にぎ》わうこの界隈《かいわい》も、冬へ向かう今は寂しく風が吹き抜けるのみで、通りにはひとつの影もない。人の手を離れて久しいこの屋敷を揺らす隙間風《すきまかぜ》だけが、冷たい月明かりを彩っている。

彼方《かなた》より、沈黙を裂く蹄《ひづめ》の音が近づいてきた。やがて黒い馬車の影が通りの角から現れ、男のいる屋敷の正面で止まる。

降りたったのは若き貴族ひとり。

男が呼びだした、シュテファン・フォン・ザイラー男爵だ。

喪服《もふく》をまとっている。それが肉親の死を悼《いた》む最も格式の高い色であることに、男の頬《ほお》は自然と緩《ゆる》む。彼は幾人かの供を連れてきたようだったが、約束どおり、たったひとりで屋敷の扉に手をかけた。思いつめた表情で扉をくぐり、暗がりに吸いこまれていく。

男も窓のそばから離れて、玄関ホールの正面にあつらえられた大階段を見下ろす場所へ向かった。さきほどまで不安に覆《おお》われていた心は、いまや高揚《こうよう》に躍っている。間違いなくシュテファンは、美しい終幕を見せてくれるだろう。

「叔父上《おじうえ》！」

大階段の前で、シュテファンが掲《かか》げた燭台《しょくだい》の灯が揺れている。

「叔父上、シュテファンです。手紙で教えていただいたとおりにやってきました。どちらにおられるのですか！」

男は、叔父を探して彷徨《さまよ》ういたいけな男爵を見守った。シュテファンは『憤怒《ふんぬ》の亡霊』が叔父そのものだと信じてしまっているようだ。

「叔父上、いらっしゃるのでしょう？　どうか姿を現してはくれませんか」

返事はもちろん返せない。代わりに玄関ホールを臨《のぞ》む柱の間から、金の懐中時計をシュテファンの背後へ落とした。アウターケースが跳ね飛んだ派手な音がして、シュテファンは瞬時に振り向いた。怯《おび》えながらも転がる時計を覗きこみ、息を呑《の》む。さすが、シュテファンづいたか。そう、それはお前の友人、もとい叔父の仇《かたき》である、ハインリヒ・フランツ・ルードヴィヒ所有の品だ。

シュテファンはそっと時計を拾い、鎖に括《くく》りつけられた紙に記された一文に目を落とす。

『覚悟はできているのだね、我が愛する甥《おい》よ』

時計の主を、このように壊す覚悟があるのだろうね？

「……もちろんだ」

懐中時計を胸に抱きながら、はっきりと口にする。文字盤から外れた針が、あまりにも軽い音を残して床に転がっていく。

そしてシュテファンは息を吸い、顎《あご》を持ちあげ声を張った。

「聞いてください コンラード！　私はけっしてあなたを裏切りません。あなたの遺志を継ぎ、あなたが真に望んだように生きていきます。神と国家と、自分自身の魂に誓って」

その芯ある声は、廃屋《はいおく》の隅々まで響き渡った。しばし口をつぐんで残響に耳を傾けていた若き男爵は、やがて静かに続ける。

「叔父上、私は後日ウーリヒ閣下《かっか》の元へ伺《うかが》い、すべてをお話しするつもりです。叔父上の苦しみも、憤《いきどお》りも、今宵《こよい》私が、叔父上の代わりに手を下したことも……。そうすればみなが、叔父上のお気持ちを知ることになる。叔父上を追いつめた者たちの悪行が世に晒《さら》される。そうではありませんか？」

男は、柄にもなく踊りだしたい気分だった。望みどおりになりそうだ。望みどおり、シュテファンがすべての幕を引いてくれる。

興奮をひた隠しながら、奥の部屋の扉をわざと音を立てて開いた。長く細く軋《きし》む音の源を、はっとしたようにシュテファンは仰《あお》ぐ。その視線から姿を隠しながらつぶやいた。

さあシュテファン、思いの丈をぶつけるがいい。

かつての友はここにいる。

今にも絶えそうな月光が一筋差しこむがらんどうの部屋に、背の高い燭台《しょくだい》がぽつりと立っている。その燭台に男爵は火を移し、現れた影に身を強《こわ》ばらせた。

破れた絨毯《じゅうたん》の上へ影を落とすのは、一脚の椅子《いす》だった。薄汚れた背には縄が幾重にも巡らされ、男がひとり縛《しば》りつけられている。土と泥に汚れ、頭から流れた血が頬を汚し、目は黒い布で覆い隠され、常の面影《おもかげ》はまったくない。

しかしシュテファンは、それが誰だか一瞬にして悟ったようだった。

「ハインリヒ」

伯爵のほうは、うつむいたまま黙りこんでいた。気力も体力も尽き果てたのか、先ほどシュテファンが叔父に語りかけた決起の声が聞こえていたからか。

どちらもなのだろう。

伯爵はこめかみに銃口を突きつけられて、やっと口をひらいた。

「シュテファン……」

恐ろしく絶望した声だった。だからこそ、見守る男は不安になった。傷ついた友を前にして、シュテファンが揺らいでしまうのではないか。

しかし杞憂《きゆう》だったようだ。

「残念だ、ハインリヒ」

シュテファンは大きく息を呑みこむと、そう硬く告げた。

「私は君を殺さなくてはならない。そう叔父上が望んだから」

「待ってくれ、早まるな。君は騙《だま》されて――」

「誰に。君にか？　君は私を騙していた。叔父上を殺したのは君だろう」

つかの間の静寂ののち、ハインリヒはつぶやいた。

「……そうだ。僕が殺した」

絞《しぼ》りだすような声だった。

「どうして、君は――」

シュテファンが顔を歪めたのが、男にもはっきりわかった。それでも男爵は、激情を振り払うように何度も息を吸っては吐いて、銃を伯爵の頭に突きつけた。決意は欠片《かけら》も揺らいでいないと、自分に言い聞かせるように。

終幕が近づいていた。

シュテファンは燭台の炎をすべて吹き消した。部屋には再び、頼りない月光だけが落ちかかる。

「……ごめん」

乾いた破裂音が轟《とどろ》いて、椅子ごと伯爵の身体《からだ》は地に倒れた。黒くどろりとした液体が月光に照らされ広がっていくのをその目で見て、男は満足して身を翻《ひるがえ》した。

死んだ。

ハインリヒ・フランツ・ルードヴィヒは撃ち殺された。

よくやってくれた、シュテファン。お前は最高の『甥っ子』だよ。

笑いがとまらなかった。

11 あなたを想う

夜がもっとも深まる時分に、ひとつの死体袋が人目を憚《はばか》るようにザイラー男爵邸に運びこまれた。中身を知る人はごくわずか。そのわずかな人々によって、ひとりの男が死体袋から出されて寝台に横たえられた。

シュテファンは枕元を動かなかった。乾いた血がこびりついていた横顔は、すっかり綺《き》麗《れい》になっている。頭に幾重にも巻かれた白い包帯と、少しやつれた頬《ほお》だけが、起こったことを物語っていた。

やがてかすかな陽光が、雲のあわいから差しこんだ。朝がやってきたのだと悟り、シュテファンは友人のやせた頬に手を伸ばす。かすかに指を添えるようにして体温を感じると、ゆっくりと頬を包みこみ、撫《な》でさする。秀でた額に触れ、くすんだ金の髪に指を絡めた。

息ができなくなりそうだった。

銃を突きつけたとき、彼の目を隠していた黒布をどうしても外せなかった。もし一瞬でもその瞳に浮かんでいる感情を目《ま》の当たりにしてしまえば、すべてがめちゃくちゃになると知っていた。

だが今はもう、あの夏空を思わせる澄んだ瞳が瞼《まぶた》の裏に隠れているのが耐えられない。

ハインリヒに会いたかった。声を聞きたかった。

シュテファンは心を決めて、蒸留酒《じょうりゅうしゅ》を口に含んだ。

喉《のど》に流しこまれた強いアルコールの刺激に、ハインリヒはうっすらと目をひらいた。

「ハインリヒ。私だ、シュテファンだよ。わかるだろう?」

「シュテファン……」

瞳に安堵《あんど》が兆《きざ》す。しかし瞬く間にそれは絶望に覆《おお》われていった。

「……死に際の夢か」

「違う、夢じゃないんだ、本物の私だよ。君だって生きている」

「そんなわけがあるか。僕は君に――」

眉《まゆ》を寄せて言葉を切ったハインリヒの表情に、シュテファンの胸は潰れそうになった。

「違うんだ、忘れてくれ。ただの芝居だったんだ。誰かが私たちを嵌《は》めようとしていた。その誰かは、私に君を撃たせるように仕向けていた。君を捕らえて、偽の叔父《おじ》の手紙で私を呼びだして。だから私は騙されたふりをして、空砲を君の耳元で鳴らしたんだ」

「空砲……」

ハインリヒは自分のこめかみに触れた。確かに穴は空《あ》いていないと確認するようだった。

「じゃあ僕は、その音に驚いて気絶したわけか……」

苦しい気持ちがいっぱいに溢《あふ》れてきて、シュテファンは友人に縋《すが》りつき何度も謝った。

「ごめん。本当にごめん」

シュテファンはハインリヒを撃ったと誤解させようと、計画に巻きこんだハインリヒの家人とともにいくつも細工を考えた。燭台の火を消して暗闇に紛《まぎ》れこませたり、動物の血を入れた皮袋を破ってハインリヒの血に見せかけたり……。

「空砲の音がしてすぐエルンストが駆けあがってきてくれたから、君の状態をきちんと確認されずにすんだし、ルビッツ商会のイザークが変わった道具を貸してくれたおかげで、なんとか誤魔化《ごまか》すこともできた。でもそんな小細工のまえにそもそも、私たちを嵌めようとした誰かに、私がすっかり騙されているんだと思わせなきゃだめだった。それでわざと、君を傷つけるようなひどい言葉を口にした。本心じゃなかった。許してくれ」

唇を噛《か》みしめ頭《こうべ》を垂れると、ハインリヒは緩《ゆる》くかぶりを振った。

「君はなにも悪くはないよ。悪いのは僕だ。君に殺されても仕方のないことをした。僕は、君の叔父上を――」

「もういいんだ」シュテファンは言わせなかった。「君は、叔父を殺してなんかない」

ハインリヒの瞳が驚愕《きょうがく》に見開かれる。その目に向かって、寂しく微笑《ほほえ》んだ。

「私の叔父を殺したのは、叔父自身だろう?」

言わねばならないことは山積していたが、まずは医師の診察がなにより優先されるべきだった。さいわい医師は、ハインリヒの頭の傷は軽症だと診断した。身体も少々弱っているものの、数日安静にしていれば問題なかろうと。

それでアウグステやエルンストをはじめとする彼の家人、なにより駆けつけた彼の母は涙を流して喜んだ。美しいハインリヒの母親は何度もシュテファンに礼を言って、衆目《しゅうもく》など気にもかけずに息子を思いきり抱きしめた。照れくさそうで、それでいて幸福に満ちたハインリヒの表情を見れば、彼という人間が貴族の家庭にありがちな厳しく距離をとった親子関係のうちで育《はぐく》まれたわけではなく、すくなくとも母親にはまっすぐに愛されて育ったのは一目瞭然で、シュテファンは嬉しいような、切ないような気分になった。

だがそうしているあいだもハインリヒが、なにをおいてもシュテファンと話をしたい、しなければと考えているのは間違いなかった。もちろんシュテファンだって同じだった。

だから再び人を払ってふたりきりになるや、シュテファンは枕にもたれたハインリヒを前に、『叔父』がハインリヒの拳銃と一緒に送りつけた手紙を取りだした。

「はじめはこの手紙に騙されかけたんだ。もしかしたら本当に叔父が書いたのかもしれない、亡霊となって蘇《よみがえ》ることだってありえるかもしれない、そう信じかけてすらいた。君の秘密にショックを受けていたし、頭の中がぐちゃぐちゃで、混乱していたから。でも、これが私を守ってくれた」

取り出した煌《きら》めきを目にするや、ハインリヒは苦しそうに目を眇《すが》めた。

「ヴィネグレッテ……」

「そう、君が持っていた、叔父と叔母《おば》の形見のヴィネグレッテ。中に、本当の叔父からのメッセージが入っていたんだ」

シュテファンは『我が愛《いと》しき娘へ告ぐ』というところだけ見えないようにして、ハインリヒへ父が遺《のこ》したメッセージを見せた。

『夢から覚めよ。真実は夢の裏側にあり』。

実を言えば、『我が愛しき娘へ告ぐ』と呼びかけるはじめの一文を見た瞬間、シュテファンは悪夢からはっきりと目覚めた。ハインリヒの死を願う『叔父』の手紙が、父の真意を拾ってすらいないと気づいたのだ。

なぜならば、手紙の『叔父』は一貫してシュテファンを『甥《おい》』と呼んだ。まことの父ならば、それが切実な文章であればあるほど、このヴィネグレッテのメッセージのように『娘』と呼びかけるだろうに。

そう悟ったときに目の前の靄《もや》がさっと晴れて、手紙を完全なる偽物だと看破できたのだ。

もっともそんな秘密は当然明かせないので、シュテファンは別のことを言った。

「『夢から覚めよ。真実は夢の裏側にあり』。最初は意味がわからなかったんだ。でも、妙だなとは思った」

「この文が、か？」

「いや、『叔父』から送られてきた君を殺せという手紙が、いっさいこのヴィネグレッテに触れていなかったのが、だよ。『叔父』は君を捕らえていると示すためにわざわざヴィネグレッテを送りつけてきたのに、これがもともと本物の叔父のもので、最愛の妻の遺品だとは一言も書いていない。真の叔父や叔父に近しかった人が犯人なら、触れないなんてありえないだろう？」

「確かに……」

「だから私はもう、この『叔父』の妄言《もうげん》は撥《は》ねつけると決めた。送り主は叔父の亡霊ではなく、誰かが私たちを利用しようとしているだけなんだって。まあ、冷静に考えれば当たり前のことだけど、私はその冷静を失っていたんだな。とにかく叔父が残してくれたこのメッセージのおかげで、私は亡霊を騙《かた》る悪魔から、君を救う決意をした。エルンストに計画を打ち明けて、イザークにも協力してもらって準備を整えたあと、へまをやらかさないようにすこし寝ようとして、そうしたら急にひらめいたんだ。本物の叔父がヴィネグレッテにひそませたメッセージの真の意味に」

シュテファンは、父が描いた一家の絵をベッドサイドへ立てかけた。

「この絵はね、『夢』という題がついているんだ。叔父自身が描いた、叶わぬ幸せが実現した夢の世界を表した絵。でも叔父は私に、夢から覚めよと言った。真実は夢の裏側にある、とも。それで気づいた。額縁をひらいたら思ったとおり。キャンバスの裏から手紙が出てきたよ」

父が娘へ宛《あ》てた、最後の手紙が。

「そこにすべて書いてあったんだ。あの日、なにが起こったのかが」

一七五十年、秋。

上エスターライヒの領地でひとり過ごしていたコンラード・フォン・ザイラーを、ハインリヒなる若き政治家が訪問したのは夜半も過ぎてからだった。雨と霧、そして夜闇に紛れるように現れた彼は、開口一番こう言った。

「お逃げになってください」

彼の訪れた理由をはっきり悟っていながらも、あえてコンラードはなぜそんなふうに薦めるのだと尋ねた。

「新たなるヴィーンによる伯爵殺害事件で、あなたにすべての罪を引き受けさせる動きがあるのです」

コンラードは苦笑した。そう口にするこのハインリヒ自身が、『すべての罪を引き受けさせ』に来た、平たく言えば自分を殺しにやってきたのはわかっている。だから質問を変えることにした。

「逃げろと仰《おっしゃ》るのは解せませんね。正直に言えば、罪を問われて胸を撫《な》でおろしているのですよ。自らの大罪が見逃されていることに、良心の呵責《かしゃく》を感じていたのです」

「アイネン卿《きょう》が罪から逃れ、あなただけ罰を受けるのに？」

「それが悔《くや》しくないといったら嘘になりますが、かといって私自身が罪を逃れるべきとは思いません。なのになぜあなたは、私に逃げるよう勧めるのですか？　私への処罰をお決めになった、エッペンシュタイナー卿の御嫡男《ごちゃくなん》が」

「それは」

　若き政治家は、わずかに言葉に詰まった。

「……それは、あなたは巻きこまれただけだからです。あなたは別に、好きこのんで守旧派が『新たなるヴィーン』を煽《あお》る手伝いをしていたんじゃない。我が父に命じられて、アイネン卿と学生たちの間を仲介《ちゅうかい》していただけなんだ」

　おや、そこまで知っているのかと、コンラードは小さく息をついた。

　確かにコンラードは、好きで『新たなるヴィーン』の暴走を画策する守旧派のために手を尽くしていたわけではない。ハインリヒの父である枢密顧問官《すうみつこもんかん》のエッペンシュタイナー伯爵に命じられ、怪しい動きを見せているアイネン伯爵らを監視していただけだ。彼らの意図を知ろうと入りこみ、気づいたときにはこんな惨事《さんじ》が起きてしまっただけなのだ。『新たなるヴィーン』の暴走がもうすこし遅ければ、せめてハラッハ伯爵が命を落とさなければ、エッペンシュタイナー伯爵の指示のもと、アイネン伯爵からは離れるはずだった。もう、今となっては考えても詮《せん》ないが。

ハインリヒは、若々しい正義感を表しこう説《と》いた。

「あなたは父の命で仲介を行っていたに過ぎない。なのにあなただけが処罰されるなんて間違っているんです。だからどうかお逃げください。私も手を貸します」

コンラードは微笑《ほほえ》みを浮かべ、穏やかに拒絶した。

「できません」

「なぜ！」

「確かに私があなたのお父上の指示に従って、守旧派と『新たなるヴィーン』を繋《つな》いでいたのは事実です。しかしハラッハ卿の死の引き金を引いてしまったこともまた事実。罰は受けましょう」

「必要ない。あなたは父に切り捨てられただけなんだ」

「それでも構いません。そもそもあなたのお父上は、別に私を切り捨てたわけではない。それどころかできる限りの恩情をかけてくださっている。私にあからさまな冤罪《えんざい》を押しつけて刑に処しはせず、あなたの手でひそかに殺してくださる」

その言葉に、ハインリヒは声を失いうつむいた。

自分の血縁たる長男を寄越したのも、エッペンシュタイナー伯爵なりのけじめなのだろう。己の指示に従ったことで罪を犯し死なざるをえない男への、せめてもの温情とけじめを息子へ託したのだ。

しかしコンラードは、巻きこまれた目の前の青年を憐《あわ》れに思った。逃亡を勧めるなんて、明らかに父の命に背いているではないか。そこまでしてまで自分を救おうとする若人《わこうど》に引き金を引かせるなんて、かわいそうではないか。

ふとこの若き伯爵子息に、自分の甥――いや、愛しい娘の姿が重なって見えた。

「仕方がないな」

コンラードは笑って息を吐いた。

仕方ない。罪を被《かぶ》るなら、最後まで全部被ってやろう。

ハインリヒはまったく無防備で、腕を捻《ひね》りあげればあっという間に地に転がされた。軍属時代にはあまりよい記憶を持ち合わせないが、こういうときは過去の技術が役に立つのだな、とコンラードは苦笑した。

気を失ったハインリヒを、愛用の椅子《いす》の背に縛《しば》りつける。決行の邪魔をされたくないだけで、逃げられなくなってしまっては困るから、手にナイフを握らせた。縄が一本でも切ればすぐに脱出できるだろう。

それから机に向かった。遺書代わりの手紙を書くために。

『愛おしき我が甥、シュテファン・レオポルトへ』

書きだしてから、思い直して紙を新しくする。

『愛おしき我が娘、シュテファン・ルイーゼへ』

さらさらとペンを走らせる。『新たなるヴィーン』事件のこと、ハインリヒがやってきたこと、彼に自分を殺させるのが忍びなく、自ら死を選ぶこと。

誰も恨まず、幸せに生きてほしい。

コンラードはそう願っていた。

愛しい愛しい我が娘よ。私はただ、お前の幸せを望む。かつて名を捨てさせ、嘘の人生を歩ませると決めた私を許してほしい。才気煥発《さいきかんぱつ》なお前ならば、男として生きればいくらでも道は拓けるだろう。子孫に帝国伯爵位を残す者にも、歴史に名を残す者にさえなれるに違いない。

だが女性としての人生を望むなら、男爵位すら捨て去っても構わない。領地も館も売り払い、自分のために生きてくれ。フランスでも、プロイセンでもどこでもいい。真に望んだ幸せを手にできる場所で、どうか笑顔で暮らしてほしい。どうか――。

ハインリヒのうめき声がして、コンラードはそっとペンを置いた。いくらでも言葉を重ねられるが、そろそろ幕を引くことにしよう。

すこし考えて、どこにゆくにも欠かさず持参している、自筆の小さな絵の裏に手紙を隠した。そして胸から妻の形見のヴィネグレッテを引っ張りだすと、謎めいた文句を書いた紙片を詰めて蓋《ふた》をする。ちょっとした謎を娘に残したようで、妙に高揚《こうよう》した。

「ハインリヒ卿、あなたを見込んでひとつお願いいたします」

自由を奪われたと気づき、愕然《がくぜん》と顔をあげたハインリヒの首にヴィネグレッテをかける。

「このヴィネグレッテを、真実とともに私のシュテファンに渡してくださいませんか。きっとあの子は、私が自殺したと知って大いに悲しむでしょう。なぜと悩むでしょうから」

「待ってください」

自殺と聞いて、ハインリヒは焦ったようだった。そうだろう、自殺はただ死ぬのとはわけが違う。教会は自殺を罪とする。自ら死を選べば、教会での葬儀は拒否され、市中引き回しの憂《う》き目に遭《あ》う可能性すらある。

しかしコンラードは、そんなことはどうでもよかった。向かうはどちらにせよ地獄なのだ。それより自分の自殺が、シュテファンが男爵位を継ぐ――つまりは彼女の選択肢《せんたくし》を広げることへの障害になってしまわないかが気がかりだった。

「そうだ、もうひとつだけお頼みしたい。もし万が一あの子が爵位や財産を失ったとしたら、すこしだけ助けてやっていただけませんでしょうか。日々をどうにか暮らしていけるくらいでよいですから」

コンラードを止めようと必死なハインリヒは返事をしなかった。それでもコンラードは、この男ならきっと任せても大丈夫だろう。なぜか確信めいて思った。

銃を手に取る。

「こんな真似《まね》をせずとも、他に道があるはずだ、だからやめてくれ、どうか」

懇願《こんがん》する青年の前で、コンラードは微笑をたたえた。

「あの子をお願いします、ハインリヒ卿」

あなたに幸《さち》あらんことを。


「叔父《おじ》は、私宛《あ》ての手紙を書いたあと、自ら命を絶った。そうなんだね」

自分の性別に関する箇所《かしょ》を飛ばしつつ手紙の内容を語ったシュテファンの言葉に、ハインリヒはうつむき、やがて絞《しぼ》りだした。

「そのとおりだ」

「そうか……」

覚悟していたものの、すくなからずショックだった。手紙を読むまでは、自殺だなんて想像もしていなかったのだ。父は手を組んで死んでいたし、書斎は荒らされていた。それで殺されたに違いないと信じきっていた。

だがそれもすべてハインリヒが、他殺に見せかけるために工作した結果だったのだ。

「許してくれ。悲しんでいる君に、コンラード卿が自殺したなんてとても告げられなかった。僕が不甲斐《ふがい》ないばかりに、卿に自ら引き金を引かせてしまったのに」

「謝らないでくれ」

シュテファンは、力なく頭《こうべ》を垂れたハインリヒの手を両手で包みこんだ。

「君は叔父と私のために、秘密を守ってくれたんだ」

ハインリヒは、ヴィネグレッテに隠されたメッセージを知らなかった。だから一度殺人を装《よそお》った以上、一生罪を背負わねばならないと覚悟していただろう。それでも彼は、父を他殺に見せかけたのだ。コンラードの名誉のために。

そしてハインリヒは、シュテファンのために真実に口をつぐんだ。父の遺言《ゆいごん》通りにヴィネグレッテを渡してしまえば、父が人殺しに関わった事実をシュテファンは受け入れなくてはならなくなる。

二年前、寄る辺のなかった自分がそんなことまで受け止めねばならなかったとしたら。

とても耐えられなかったとシュテファンは思う。絶望のあまり、父を追いかけて夢の世界に去ってしまったかもしれない。そうならなかったのは、ハインリヒがひとりで秘密を抱えこみ、苦しみながら、ただただ真心をもって支えてくれたからだ。

ならばもう、それでよかった。

「それよりも私は訊きたい。どうして君は、自分が殺したなんて言ったんだ」

銃を突きつけ『君が殺したんだろう』と尋ねたシュテファンに、ハインリヒはそうだと答えた。自分が殺したのだ、と。

すでに父の手紙を読んでいたシュテファンは、事実ではないと知っていた。だから胸が軋《きし》んでどうしようもなかった。なぜこの友人は、この期に及んで自分のせいだと言い張るのか。

「僕が殺したに変わりない」

ハインリヒのやつれた頬《ほお》に苦悩が滲《にじ》む。「誰が引き金を引いたかなんて関係ないんだ。そう仕向けたのは僕だ。僕が、君の叔父上の死を招いた。責任はすべて僕にある」

「もういいよ」

いや、とハインリヒはかぶりを振り、声を震わせた。

「許されないんだ。僕は嘘つきで、人殺しだ。はやく真実を語って君のもとを去るべきだとわかっていたのに、君といるのが楽しくて、幸せで、どうしてもできなかった。それでずるずると決断を遅らせたあげく、君を守るという誓いすら果たせず巻きこんでしまった。僕は去るべきだ。もうこれ以上、君のそばには――」

「待ってくれ」

決定的な台詞《せりふ》を吐かれるまえに、シュテファンはハインリヒの腕を引いた。

互いの息がかかるほど顔が近づく。戸惑う瞳を祈るように見つめる。

「聞いてくれ。君が行方《ゆくえ》不明と聞いたとき、ショックで心臓が止まりそうになった。偽の叔父から麻袋が届いたときだって、君の……君の首でも入っているのかって頭が真っ白になったんだ。誰よりも大切な友人を……私にとってただひとりの友を、一生失ってしまったのかと思って」

もう取り返しがつかないのかと絶望した。

「あんな苦しみを感じるのは、もう絶対に嫌なんだ。だから、もし君が私を想ってくれているならば、どうか、どこにも行かないでほしい」

そうだ、ようやく悟った。些細《ささい》なことにこだわって、大事なものが見えなくなりかけていた。たとえ彼が別の誰かに心を捧げようとも構わない。そんなのどうだっていい。

ただ、そばにいられればいい。幸せであってくれさえすればいい。

「お願いだ。一緒にいるって言ってくれ」

ハインリヒの瞳が歪み、声にならない声がこぼれる。もう一度、その手を引き寄せ強く握りしめた。この心に嘘はないと伝わるように。

広い肩が震える。握りしめた手が、痛いくらいに握りかえしてくる。

シュテファンは、大人の男も声をあげて泣くのだとはじめて知った。

12　真なる友情

やがて顔をあげたハインリヒは、恥じらうような、ばつの悪いような笑みを浮かべて、シュテファンをそっと押しやった。

「みっともなく取り乱してしまったね、許してくれ」

そこでようやく、ほとんど抱き合うようにして向かい合っていると気がついて、シュテファンもかっと頬を赤らめ立ちあがった。

「いや私こそごめん！　その、君にいなくなられたら困ると思って、つい」

「ここにいるよ」

と笑うハインリヒは、すっかりいつもの彼だった。

「これほどの愛を注いでくれている親友を放って、どこかに行けやしないだろう？　いや、僕こそが離れたくないんだ。ずっとこうして、君と真なる友情を結ぶ瞬間を待ち望んでいた。でも叶わぬ願いだと諦めてもいたから、夢のようだよ」

思いも寄らない告白に、シュテファンは驚き口をぽかんとあけた。

「……真なる友情をほしがっていたのは私だけかと思っていた」

「そんなわけないだろう」とハインリヒはすこしさみしそうな顔をする。「今日までの僕には資格すらなかったから、押しこめていたんだ。でもずっとまえから、きっと君よりまえから、君を無二の友人だと思っていた。罪を犯さないまま出会えていれば、本当の意味で親友になれたかもしれないと何度も悔《く》やんだ。そうすれば君と対等であれたのに、なんだって打ち明けられたのにって」

「ハインリヒ」

「僕の愛をいらないなんて、言わないでくれるだろう?」

どこか自信がなさそうな問いかけに、シュテファンは声を上ずらせた。

「言うわけない……言うわけないよ!」

たまらずたった今手放したばかりの親友の手を握りしめる。「私は信じられないくらい幸せな男だな」

シュテファンこそ諦めかけていたのだ。だが今は心から信じられる。真なる友情が、ふたりを固く繫《つな》いでいると感じられる。親愛、友愛、男同士の敬愛。それらの意味において、確かにシュテファンは、間違いなくこの友人を深く愛している。ハインリヒもまた同じだというのなら、これ以上の幸福はない。

そう思ったら、ふっと力が抜けた。ただお前の幸せを祈る。そう何度もくり返した、亡き父の筆跡が脳裏《のうり》をよぎる。

そうだ、今なら言える。幸せを祈ってゆける。シュテファンは腹を決めて切りだした。

「つまりはハインリヒ、私たちは、もうなんだって話し合えるってことだな」

「ああ、もちろんだ」

「だったら親友としてまずこれだけは言わせてくれ。君はこの二年のあいだ、きっと厳しく自分を戒《いまし》めて生きてきたんだろう。でも、もう幸せに背を向ける必要はないんだ」

「急になんだ」

「恋の話だよ」

「恋?」

「そう。いつまでも耐え忍んでいないで、はっきりと打ち明けるべきだ。今ならきっと彼女も、君の真心を受けいれてくれる。君の思いに口づけを返してくれる」

ハインリヒは口をあけた。珍しいことにあからさまに狼狽《ろうばい》して、耳まで真っ赤になった。

「なんの……なんの話をしている?」

「だから、君の叶わぬ恋の話だよ」

「それはつまり、どういう意味で言っているんだ。君にそんなふうに言われたら、さすがの僕の忍耐も、あっけなくはじけ飛んでしまうが」

「忍耐なんてしなくていい、もう障壁はなくなったんだよ」

「シュテファン……」

「だから元気になったらすぐ、愛《いと》しいエリザベトに会いに行くんだ」

切ない覚悟をどうにか隠して穏やかに告げると、ハインリヒは数度瞬いた。と思えば突然、跳ね起きるかのように上半身を起こす。

「待ってくれ、なぜそうなる！」

そして盛大に悶絶《もんぜつ》した。あまりに急に頭をあげたから頭の傷に響いたらしい。

「おい、大丈夫か？　興奮しすぎだろう」

「だって君が、意味のわからないことを言いだすから」

弱々しくつぶやく親友をゆっくりと枕に凭《もた》れさせながら、シュテファンはすこし笑った。

「誤魔化《ごまか》さなくてもいい、君、夜会で言っていたじゃないか。叶わぬ一生の恋をしているって。エリザベトのことだろう？」

ハインリヒは少々黙りこみ、やがて額に手を押し当てて嘆息《たんそく》した。

「そういう話か……」

大きく息をつくと、苦虫《にがむし》を嚙《か》み潰したような顔で言い訳をはじめる。

「違うんだ、あれは結婚結婚とうるさい周囲を黙らせるための方便だったんだよ」

「方便？」

「そう、叶わぬ恋を引きずっていると深刻に打ち明ければ、軽い気持ちで僕に結婚を持ちかけてきた人間はたいがい引き下がる」

「なるほど、つまり君は、友人である私もその方便で撃退したわけか。確かに結婚しろなんてお節介《せっかい》を焼いた私が悪かったけど」

「違う、君へは方便じゃない」

「どっちなんだ」

「叶わぬ一生の恋の話をするとき、僕はいつも叶わぬ一生の愛のことを考えていたんだ。だから君に対しては嘘じゃない」

わかるようなわからぬようなとシュテファンが首を傾《かし》げていると、「にしてもシュテファン」とハインリヒは大仰《おおぎょう》に息を吐きだした。

「驚いてしまったよ。僕がエリザベトを愛しているだなんて、どうしてそんなふうに思ったんだ？」

信じがたいと言わんばかりの口ぶりに、シュテファンは唇を尖らせる。

「だって君、だいぶ彼女を気にかけて、足繁《あししげ》く通っていたじゃないか。それに元婚約者なんだろう？」

「……知っていたのか」

ハインリヒは気まずげに目を逸《そ》らした。と思えば身を乗りだし、猛然と弁解しはじめる。

「聞いてくれ。エリザベトが元婚約者なのは事実だ。だけど今の僕が彼女を愛しているなんて大誤解だよ。確かに僕らは小さなころから結婚すると決まっていたようなものだった。僕は大人になるにつれ彼女の移り気が正直好きじゃなくなっていったけれど、貴族なんて好きだから結婚するわけじゃない」

結婚は契約だ。エッペンシュタイナー家くらいの有力貴族になればなおさら。

「でも、彼女のせいでその話はなかったことになった。あまり話したくないが、僕は裏切られたんだ。侮辱《ぶじょく》された形でね。……いやはっきり言おう。彼女は、当時戦争相手ですらあったフランスの貴族将校と恋に落ちたらしく、結婚後はそれぞれ愛人を持とうと提案してきたんだ。それを拒否したら、『女を縛《しば》りつけるつまらない男』って言って、あることないことさまざま難癖《なんくせ》をつけて僕を振ったんだよ。おかげで僕は当時、女と見れば身分も立場も関係なく誑《たら》しこむいたく軽薄な男だとみなに思われる羽目になった。本当は結婚する以上、できる限りの誠実さをもって彼女を大切にするつもりだったのに」

思わぬ話に、シュテファンは啞然《あぜん》とした。

「え、まさかそうして愛人を拒絶したのが、夫人が言っていた『君が伝統的な男女関係を守ろうとした』ってやつだったのか？」

「もちろん僕だって、貴族なんて実際は愛人を持つのが当たり前なのはわかっている。潔《けっ》癖《ぺき》すぎる僕は、建前《たてまえ》に囚われた馬鹿だと君も思っているのかもしれないけど」

「まさか」

シュテファンは慌てて言った。「すくなくとも私は、君の高潔さを好ましく思うよ」

「本当に？　なにか言いたそうじゃないか」

「それはその……なんというか、『伝統的な男女関係』の意味するところを誤解していたんだ。私はあのとき、もしかしたら私が見ている君と、真実の君は違うのかもしれないという疑念に囚われていた。だから若き君が、彼女から絵画の才能を取りあげて、服従させようとしたのかと思ったんだ。君はそんな人間だとは信じたくないけど、万が一ということもあるかもしれないって」

ハインリヒは、すくなからずショックを受けたようだった。

「……いくら当時の僕でも、そこまで愚かじゃない。確かに十代の僕には至らないところはいくらでもあったし、まったく彼女を傷つけなかったと言えば嘘になるけれど、妻となる人の才能を奪って従わせようとは考えもしていなかった」

「そうだよな。本当はわかっていたよ」

とシュテファンは心から返した。「私はちゃんと知っている。君は誠実な男だ」

きちんと女性を尊重し、ひとりの友人として扱える男だ。

だからこそ、切なくて仕方がない。

もしルイーゼが女として育ったうえで、ハインリヒと友になれていたならば。

――ルイーゼは、父の言う『自ら選んだ真なる幸せ』なるものを、彼との友情の中に見いだせたかもしれないな。

男同士にのみ成立する真なる友情からは数段落ちるとしても、檻《おり》から出られない『女なるもの』が得られる、最上の幸せを手に入れられたかもしれない。

しかしそんな『もし』を考えたところで仕方ないし、なにより真なる友情を知ってしまった今のシュテファンには、もはや色あせて見えるのも事実。いかなハインリヒであっても、シュテファンを愛するようにルイーゼを愛することはできない。男女のあいだに真なる友情は成立しえない。親友であれるのは男であるからこそで、シュテファンが女と知ったら、女などを真なる友だと思っていた自分を、ハインリヒは心のどこかで恥じるだろう。

であるならば。

やはりこの最後の嘘は、一生抱え続けるしかない。

などと物思いにふけっていたシュテファンは、「僕に対するもろもろの誤解は解けたと考えていいのか？」というハインリヒのどこか遠慮《えんりょ》がちな問いかけに、急いで取り繕《つくろ》った。

「ああ、もちろん！」

「だったらよかった」

とハインリヒは肩をすくめる。「いちおうはっきり言わせてもらうけれど、僕にはエリザベトへの気持ちなんていっさいないよ。乞《こ》われたってやるものか。なのに彼女、僕が貴族然として振る舞わなければならないのをいいことに、利用しようとして」

「利用って、ただ君を頼りたかっただけだろう？　君だって彼女を心配していたからこそ、あれだけ足繁く通っていたんだ」

「全然違うよシュテファン。僕は彼女を心配なんてしていないし、そもそも彼女は僕に頼る気なんてなかった。だからあの夜、僕の頭を思い切り殴《なぐ》りつけさせたんだから」

「……殴った？」

そう、と親友は、まだわからないのかとでも言いたげな目をしている。

「彼女は君に、僕を殺させようとしたんだ。アイネン卿《きよう》殺害の罪をなすりつけようとね」

「え」

とてもついていけなくて、シュテファンは両手を突きだした。

「待ってくれ、それはつまり――アイネン卿を殺したのは、エリザベトだったと言ってるのか？」

「そのとおりだ」

「そんな、でも証拠はあるのか？　ちゃんと順を追って説明してくれ」

「もちろんすべて話すよ」

だけど、とハインリヒはひとつ息を置く。「その前にひとつお願いがある」

「なんだ」

身を乗りだせば、彼は笑みを深めてシュテファンの腕を取り、甘噛《あまが》みした。

「……え」

「空腹で死にそうなんだよ」

と優雅に微笑《ほほえ》む。「もう二日はなにも口に入れていない。このままじゃ本当に死んでしまうか、そうじゃなかったら君を食べてしまうな」

シュテファンは固まったまま数度ぱちぱちと瞬いて、それからようやく脱力した。

「なんだ、そういうことか、びっくりした。わかった、すぐ食事を用意するよ」

なんでもないように立ちあがる。危うく飛びあがりそうだったし、檻の中のルイーゼはここぞとばかりに騒ぎ散らかしているが、どうにか抑えられそうだ。よかった。

「悪ふざけをできる気力が戻ったみたいで嬉しいよ」

笑っていると、背後でハインリヒも口の端を持ちあげたようだった。

「それはどうも。でも悪ふざけじゃないんだ、せめてもの意趣返《いしゅがえ》しだよ」

「なんだって？」

振り返ると、なんでもないよ、とベッドの上の親友は楽しそうに手を振っていた。

甘やかに薫《かお》る香味野菜のスープに、味わい深い鷓鴣《しゃこ》の骨でたっぷりと出汁《だし》をとった肉団子のスープ。そしてとろりとほぐれる、時間をかけて煮込んだ仔牛のシチュー。さまざま並べはしたものの、ハインリヒはそれくらいしか口に運べなかった。子羊のカツレツでもノロジカのステーキでも、なんでもいいから口に突っこんでやりたい。すこしでも回復してほしくて湧きあがるそんな衝動を、シュテファンはなんとか抑えこんだ。焦らずともよいのだ。彼はそばにいて、まだなにも失っていないのだから。

食は進まない一方で、ハインリヒは病人じみた振る舞いは微塵《みじん》も見せなかった。彼はエルンストに持参させたウールの揃え一式にきちんと着替えて席につき、同席したエレオノーレにまで完璧《かんぺき》に気配りをしてみせた。

いつか、エレオノーレにも真実を告げねばならない。ハインリヒはその覚悟をしているようだった。叔父《おじ》を奪われたのは彼女も同じ。すべてを知る権利は当然ある。

しかしそれは、幾分未来のことになるだろう。父の罪と自殺の事実はあまりにも重い。シュテファンは、自分に真実を隠し続けたハインリヒの苦悩を今さらながらに理解した。

それでも時がくれば、妹もきっと理解してくれる。シュテファンはそう信じている。

食事が終わると、ハインリヒはソファにぐったりと背を預けた。さすがに身体《からだ》が重いようだ。

「やっぱり無理してたんじゃないか。私とエレオノーレしかいなかったんだから、そんなに頑張らなくてもいいのに」

「そうもいかない。僕は愚かな男だから、大切な女性の前ではいつでも格好をつけたいんだ」

「気持ちは理解できるけど、もうエレオノーレは自室に戻ったよ。意地を張る必要はなくなっただろう？　さ、ベッドに入るんだ。それで今日は休んでくれ」

「ほんとに君はなにもわかってないな」

「おい、心配してるんだよ私は」

眉《まゆ》を吊りあげてみせると、ハインリヒは思わせぶりに肩をすくめて、「まだ寝ないよ」と答えた。

「いつまでも敵を騙《だま》しておけない。こんな馬鹿げた事件、早く終わりにしないと」

「じゃあせめて、ベッドサイドで聞こう」

「……わかった」

寝室に移って上着を部屋着に替え、長椅子《ながいす》に背を預けると、ハインリヒは彼が行方《ゆくえ》不明になった夜の出来事を語りだした。

「あの夜、君と喧嘩《けんか》別《わか》れしたあと、僕は焦っていた。君の信頼をなんとか取り戻したかったんだ。それでアイネン卿殺しの犯人だと睨《にら》んだエリザベトを問いつめに行こうとしたんだが、その矢先に襲われて、無様に石畳《いしだたみ》に這《は》いつくばったというわけだ。まったく僕は後手後手で、君がいなければ彼らの思うままだったよ。情けない」

「そんなふうに言わないでくれ、君が一番つらい思いをしたんだから」

やつれたハインリヒの頬《ほお》を、シュテファンは苦しく見つめた。どんな思いでいたのか。想像するだけで胸がきゅっと縮む。

「ありがとう。でも自業自得《じごうじとく》だよ。エリザベトが犯人だと考えていると君に早く相談すればよかったのに、ひとりでどうにかできると驕《おご》って、まったく愚かだな」

「君はちゃんと話してくれようとしたじゃないか。何度も伝えようとしていた」

なのに勘違いや軽はずみな行動でその機会を潰したのはシュテファンだ。

「それに君は驕っていたわけじゃない。ただ、私を巻きこむまいとしてくれたんだ」

父の遺言《ゆいごん》に従って、守ろうとしてくれたただけなのだ。

「そんな立派じゃない。君の愛を失いたくない一心で、臆病風に吹かれていただけだ」

ハインリヒは寂しげに目を細めてから、「でもよかった」と笑った。

「どうやら僕は、まだ大切なものを失っていないようだ。君のおかげで生きているし、『亡霊』を捕らえる機会も残されている」

そうだ、とシュテファンは力強くうなずいた。

「これだけ踊らされて、反撃せずにはいかないよ。だから、なぜ君がエリザベト夫人を犯人と思ったのか教えてくれないか」

「そうしよう。実はアイネン卿の事件、僕らはまんまと犯人の思うつぼに嵌《は》まるところだったんだ」

「思うつぼ？」

「あの日アイネン卿が毒殺されたのは、クンツ・シャッファーにしろコンラード卿にしろ、『新たなるヴィーン』事件の復讐《ふくしゅう》が為されたためだと思っただろう？　ウーリヒ閣下《かっか》とアイネン卿の共通点はそこにしかないし。本物の亡霊の仕業《しわざ》っていうのはさすがに馬鹿げているにしても、二年前の事件の関係者が犯人だって誰しもが考えた。事実、宮廷の捜査はその方向で迷走していたようだ。結局大した証拠も見つけられなかったそうだし、このままだとアイネン卿の家人がろくに捜査されずに捕まるに違いなかった」

「それどころか、もし私が君を殺してしまっていたら、一連の事件はすべて私の犯行とみなされたかもしれないな」

シュテファンはすべての現場に居合わせたし、動機もはっきりある。少しくらい辻褄《つじつま》が合わなくても、強引にでも、シュテファンが手を下したとされたかもしれない。

「そうなったら、僕は亡霊になってでも君を守らなきゃいけなかったな」

「私が君を殺したのにか？」

「それでもだよ」

ハインリヒは笑って、隣に座ったシュテファンをやわらかに見やった。

「まあとにかく、『新たなるヴィーン』事件の関係者が犯人と考えると、エリザベトは犯人候補から外れてくる。僕ですらはじめは、彼女が犯人の可能性はほぼないと思っていた。

でも考えているうちに、ふと、なにかがおかしいなと感じたんだ。最初にアイネン卿の屋敷に行ったとき、僕はどこかで彼女の発言に違和感を抱いた記憶があった。必死に考えて、ようやくはっきり思い出した」

「なんだったんだ、その違和感って」

「アイネン卿を訪れた日、僕の姿を見た彼女がなんて言ったか覚えてるか？」

確か、出会い頭《がしら》にエリザベトは言った。『やっぱりあなたが来てくれたのね――』。

「まさか」

と身を乗りだしたシュテファンに、ハインリヒはうなずいてみせた。

「そう、おかしいんだ。アイネン卿らには、ウーリヒ閣下でなく僕らが来るなんて予想外だった。だからアイネン卿は最初僕らを見て、なぜ閣下ではない人間が訪ねてきたのかと問いかけただろう。当然エリザベトにも、本来ならば予想外の訪問だったはず」

「なのに夫人は君が来ると予期していた。つまりすくなくとも、君や私がウーリヒ閣下殺害未遂《みすい》事件に関わっていて、閣下が自分の代わりに派遣する可能性を知っていたと」

「そのとおり。そしてこれは、ウーリヒ閣下のそばにエリザベトの共犯者がいる可能性も示している。まあその点に関してはあとで話そう。とにかく僕は、エリザベトが犯人であるって可能性に至ったんだ」

そしてハインリヒは、エリザベトにはアイネン伯爵の殺人が充分に可能だったと結論づけた。

　オペラの台本を加工した亡霊名義の怪文をグンドラッハへ届け、亡霊の正体がクンツ・シャッファーだと印象づける。亡霊がシャッファーならば、必ずグンドラッハは『新たなるヴィーン』事件に関係した彼女の夫へその事実を知らせるだろう。

　果たしてグンドラッハはアイネン伯爵に手紙をしたため、伯爵は『憤怒《ふんぬ》の亡霊』の次なる標的が自分である可能性を悟った。

　アイネン伯爵は近頃、ひとり寝室に籠《こ》もってワインをあける。使うワイングラスも亡き前妻の遺品と決まっている。そう知るエリザベトは、事前に夫の好むグラスに毒を仕込んでおいた。あとは計画どおり、ブラウシュニッツ伯爵らとの懇談《こんだん》中に鬱々《うつうつ》となった夫がひとり寝室に引き籠もり、翌日冷たくなって発見されるのを待つだけだったが、シュテファンの登場の結果、その死はエリザベトも思いも寄らなかった方向へ演出された。まるで亡霊そのものを見たかのように激しく動揺《どうよう》した伯爵は、すぐさま部屋でワインを口にして死んだ。亡霊に殺されたかのごとく息絶えた。

「そして夫人は混乱に乗じて、K・Sの犯行を示唆《しさ》するカードを寝室に残し、ワイン瓶《びん》の中にも毒を仕込んだ。念には念を、ってことか」

「そんなところだろう。考えてみれば単純な犯行だし、誤魔化《ごまか》しは必須だった。そしてエリザベトにはK・Sとの因縁《いんねん》なんて皆無だからこそ、K・Sを利用したんだ。亡霊の名を騙《かた》りアイネン卿に毒を盛れば、みな亡霊に目が向くから」

「なるほどな……。確かに夫人の発言は違和感があるし、『憤怒の亡霊』がわざわざ私を煽《あお》ってきたのは、本当の動機をうやむやにしたいからじゃないかとは、うっすら私も感じていた。ありえる推論だ」

「君に同意してもらえると安心するな」

とハインリヒは嬉しそうにした。「ただ今君も言ったとおりこれは推論にすぎず、エリザベトを糾弾《きゆうだん》するには証拠が足らなかった」

「もしかして君はそれで、夫人のところに足繁《あししげ》く通っていたのか？」

「実はそうなんだ。でも余計だったな。なにか手がかりを得られればと考えてたんだが、エリザベトとアイネン卿が不仲だったことくらいしかわからなかったし……かえって僕がエリザベトに入れあげているなんて君の疑念を招いてしまったし」

「それは私が馬鹿だったんだ」

シュテファンは羞恥《しゆうち》に顔を赤らめた。

今なら素直に受け取れる。なぜハインリヒが、エリザベトが用意したトルテをシュテファンに食べさせようとしなかったのか。なぜシュテファンのコーヒーの毒味を自ら行ったのか。なぜシュテファンを先に帰したのか。

「君は私を守ってくれようとしたんだろう？　毒殺犯の疑いが濃い人間が出したものを、

私が口にしなくてすむように取り計らってくれた。コーヒーを自ら毒味したのもそう。そこまでしてもらって誤解した自分が恥ずかしいよ」

「君のせいじゃない。すべては僕がなにもかもを黙ったまま、贖罪《しょくざい》のつもりで自己満足に浸って君を守っていたのが悪かったんだし、エリザベトにも付け入る隙《すき》を与えて、結果あっけなく殴《なぐ》られる羽目になってしまったからな。ああ、でもひとつだけ、殴られた甲斐《かい》もあったんだった」

枕元に置いてあったハンカチの包みを手渡される。包まれていたのは、艶《つや》がかった黒っぽい色の布きれだった。

「ドレスの切れ端か？」

「そう。捕まって転がされているときに手に入れたんだ」

手のひらに載るくらいのそれは、一見して上質な布地であったようだ。しかしあちこちが裂けて、泥と、おそらく血でひどく汚れていた。

「エリザベト、廃屋《はいおく》に押しこめられて這《は》いつくばってる僕の様子を眺めに来ていたらしい。僕自身は目隠しをさせられていたせいでなにも見えなかったけれど、僕を嗤《わら》う深夜のティータイムまで開催していたようだ、趣味が悪い。でも調子に乗った報いはあった」

「廃屋の荒れた床にドレスを引っかけたんだな。この布きれは、そのとき破れたもの」

「そのとおり。エリザベトが帰ってから、僕は必死で切れ端を探し回ったよ。後ろ手で縛《しば》られているから、部屋中這い回る羽目になったけど」

「君は本当につらい思いをしたな……」

「そんな顔をしなくていいんだよシュテッフル」

ハインリヒは笑って慰め、冗談でも言うように続けた。

「情けなかったけど、今となってはよくやったと自画自賛している。この布地ほど深い紫の色はそうそうない。間違いなく、エリザベトが気に入っているドレスの切れ端だ。彼女の贔屓《ひいき》にしてる仕立屋に訊けば一発だろう」

「じゃあ決まりだな」

複雑な心境になってしまう。自由を生きようとする彼女の姿は、眩《まぶ》しくもあったのに。

ここまで話したところでハインリヒが疲れた顔をしたので、今度こそベッドに追いやった。ふたりの手には、湯気を立てる紅茶の椀《わん》が収まっている。東洋からやってきた持ち手のない椀でいただくそれは、コーヒーとはまた違った、安堵《あんど》のようなものをもたらしてくれる。

「それで君、ウーリヒ閣下のそばにエリザベトの共犯者がいるって言ってたけど、そっちは誰だか見当はついてるのか？」

「正直はっきりしないんだ。こいつじゃないかというのはあるんだが」

「ブルートだな」

「そうだ。僕を殴ったのもおそらく彼だろう」

ブルートは、不在の間にアイネン伯爵が殺されたことで犯人候補から外れていた。しかしエリザベトと共犯なら話は変わる。

「でもそのふたりが知り合いっていうのは、ちょっと考えづらくもないか？　接点がなさすぎる」

かたや有力貴族の娘で、守旧派の重鎮《じゅうちん》であった元外交官の妻。

かたや革新派の政治家が家宰《かさい》として育てた、地方の職人の息子。

まず会うことも、会話を交わす機会すらない。

「そうなんだ。ふたりが共謀《きょうぼう》する動機どころか、共通するものすら思い当たらない。なんらかの利害が一致しているのか、それとももっと深い関係なのか。逆にふたりの接点さえわかれば、彼らがこんな亡霊騒ぎを起こした動機も――実はひとつ心当たりがあるんだが――、とにかくそれも判明するはずだ。だから確実な証拠を摑《つか》んで、一気にけりをつけたいんだが」

ハインリヒは枕に背を預けつつ、腕組みをしている。

「ふたりの関係か。確かになんだろう。昔なじみとかは？」

「可能性は低いな。ブルートは、ヴィーンから離れたウーリヒ伯爵の領地に、エリザベトはヴィーンに生まれ育った。ここ数年は逆に、エリザベトは外交官の父について君主国の外に住み、ブルートはヴィーンにいた」

「ふたりが知り合ったとすれば、エリザベトが結婚でヴィーンに戻ってからか」

「そうなるだろう」

「じゃあこの街のどこかに、ふたりの会話が生まれた場所があるかもしれないな……」

シュテファンは考えこんだ。もしそんな場所があるとすれば、いったいどこだろう。身分の違い、立場の違い、生まれの違い。そんなものを超えて、ふたりが出会う瞬間は。

もやもやとした断片が頭に浮かぶ。その感覚を逃したくなくて、シュテファンは煙のように逃げていく思考を必死に追った。

ブルート。そしてエリザベト。

――もしかして。

はたと顔をあげる。

「ひとつ思いついたことがあるんだ」

確証はない。それでも調べてみる価値はある。ただ少々、いや、かなり勇気ある提案をしなければならないが。

シュテファンは腹を括《くく》って切りだした。

「笑わないで聞いてくれるか？」

13 蘇る亡霊

グンドラッハに呼ばれて書斎に参じたブルートは、にわかには信じがたい光景に言葉を失った。

困惑顔で執務机に腰掛ける主人の隣に、死んだはずの男が立っていたのである。

「驚いているのか、ブルート。そうだろう、なんせ君は、僕がこめかみに穴をあけて地獄に落ちたと信じていただろうからな」

男——エッペンシュタイナー伯爵ハインリヒ・フランツ・ルードヴィヒは、冷ややかに目を細めた。包帯巻きの自分の頭に、人差し指を突きたてる。

「シュテファンが、僕を撃ったと思っていただろう？」

ブルートは息を呑《の》み、身を固くこわばらせた。しかし次の瞬間には動揺《どうよう》を抑えこみ、さも安堵《あんど》したように大きく胸を撫《な》でおろしてみせる。

「エッペンシュタイナー卿《きょう》、ご無事だったのですね、よかった」

「しらばくれるな。亡霊でも見たような顔をしたくせに」

「申し訳ございません、卿のお姿を突然拝見して、つい驚いてしまったのです。行方《ゆくえ》知れずと聞いておりましたので。ですが安心いたしました。僭越《せんえつ》ながら、私も気が気でなかったのです」

はにかむような笑みは、『生真面目《きまじめ》で有能な家宰《かさい》』が見せる普段の表情そのもので、ここまで黙って話を聞いていたグンドラッハは、お手上げと言わんばかりに両手をあげた。

「とにかく入りなさい、ブルート。私にはまだなにがなにやらだが……エッペンシュタイナー卿は、お前が『憤怒《ふんぬ》の亡霊』で間違いないと言っているのだよ。そうだな、エッペンシュタイナー卿」

「そのとおりです。ブルート、君はアイネン卿の妻エリザベトと共謀して、ウーリヒ閣下《かっか》とアイネン卿に毒を盛った。そしてふたつの事件を『憤怒の亡霊』K・S、およびその関係者の犯行に見せかけた上、拉致《らち》した僕をシュテファンに殺させて、彼にすべての罪をなすりつけようとした」

突然罪を並べたてられたブルートは、額を押さえる主人に困惑の目を向けた。

「閣下、エッペンシュタイナー卿はどうなさってしまったのでしょう。頭に怪我《けが》をなさっているせいで、譫妄《せんもう》の症状を呈されているのかもしれません。ゆっくりお休みになるよう進言いたすべきかと」

グンドラッハは嘆息《たんそく》交じりでハインリヒへ問いただす。

「譫妄なのか？　卿」

「失礼なことを仰る」

若き伯爵は突っぱねると、父譲りの氷を思わせる瞳でブルートを見おろした。「ずいぶんと言ってくれるものだな。慇懃で生真面目なはずの君が」

しかしブルートも負けてはいない。自身を糾弾《きゅうだん》しようとする男をじっとりと睨《にら》みあげる。

「卿こそ、そこまで仰るのなら、私が閣下に毒を盛ったという証拠をお掴みになっているのでしょうね」

「残念ながら持ち合わせていない」

「ならば私は不当に貶《おとし》められている！　謝罪していただきたい、今すぐ」

真っ赤になって詰め寄らんとしたブルートを、グンドラッハは慌てて押し留めた。そしてうんざりした様子で、ハインリヒに向き直る。

「エッペンシュタイナー卿、君は私を差し置いて、君主国の道化《どうけ》にでもなるつもりか？」

「まさか」

「だったらもったいぶらず、きちんと説明してくれ。いったいなにが起きているのだ。シャッファーにしろコンラードにしろ、これは『新たなるヴィーン』事件にまつわる復讐《ふくしゅう》劇《げき》ではなかったのか。それがどうして、我が家宰であるブルートが犯人などという突拍子もない話になる」

「まったく逆だったのですよ、閣下」

「逆？」

「『亡霊』、そして閣下すら、ただの目くらましにすぎなかったのです。真犯人は自分たちから目を逸《そ》らせるため、それだけのためにＫ・Ｓやら『新たなるヴィーン』やら、大層な名前を持ち出したのですよ」

「目くらまし……」

「考えてみてください、閣下。あなたに毒を盛ることが可能な者など数えるほどだ。つまり亡霊などというぞっとする響きに惑わされずに考えれば、当初宮廷が睨んだとおり、閣下の身近な者が犯人である可能性がもっとも高いはずなのです。アイネン卿の場合も同様だ。先入観を廃せば、アイネン卿が死んで誰より利を得るのは、結婚当初の約束を破られ服従を求められているエリザベトのはずだ。だからこそブルートたちは、『憤怒の亡霊』なる大仰《おおぎょう》な名を名乗ったのです。亡霊だ、復讐だ、そう信じこませれば、みながそちらに気を取られ、真実に目を向けないと考えた」

「すべて言いがかりです、閣下！」ブルートは憤《いきどお》りを隠そうともせず叫んだ。「私は侮《ぶ》辱《じょく》されております。私が閣下を害するなどありえません。私ほど閣下をお慕《した》いし、感謝を抱いている者などどこの君主国、いえ、ヨーロッパ中を探しても見つからないことは、閣下が一番ご存じでしょう？」

「それは、確かにそのとおりだ」

自ら選び、目をかけてきた家宰の訴えに、グンドラッハは汗を拭《ぬぐ》った。「ブルートは今まで誠心誠意仕えてきてくれた。そもそも、もし、万が一ブルートが私を内心憎んでいたとしても、私を殺したところで利益などなにひとつない。だからブルートが私を殺すわけがない」

今のブルートがあるのはグンドラッハあってのこと。主人が死んでしまえばたちまち路頭に迷うのも、また周知の事実。

しかし氷の伯爵は動じなかった。

「なにも矛盾しませんよ。ブルートは閣下を心より敬愛していて、かつ毒を盛ったのではないですか」

「矛盾しかなかろう！」

「なぜならブルートには、閣下を殺すつもりなどもとよりなかったのです。ブルートとエリザベトの本当の標的は、アイネン卿ただひとりだったのですよ」

「な……」

さすがに虚を衝《つ》かれたようなグンドラッハに、ハインリヒは粛々《しゆくしゆく》と語る。

「閣下に死なない程度の毒を盛ったのも、隙《すき》を見て鏡の間におどろおどろしい血文字で犯行文を記したのも、本来の動機を隠蔽《いんぺい》し、『憤怒の亡霊』にもっともらしい形を与えるためだったのです。『憤怒の亡霊』なる者が復讐のために閣下に襲いかかったのだと強烈に印象づけておけば、次に起こすアイネン卿殺害も当然、亡霊が復讐を為《な》したのだとみな思いこむ。その妻たるエリザベトへの嫌疑の目も逸れる」

「しかし、しかし、しかし……」

「計画通り、ブルートはやり遂《と》げたわけです。僕に疑われだしたのは誤算だったかもしれませんが、まだそれほど問題でもなかった。ブルートがヴィーンを離れているあいだに、今度はエリザベトが第二の怪文を送りつけた上でアイネン卿を殺せばよかったわけですから。ウーリヒ閣下とアイネン卿には共通して、K・S――クンツ・シャッファーへの後ろ暗い過去がある。あとは人々が勝手にシャッファーの死にまつわる復讐だと考えてくれて、怯《おび》えて、理由を捻《ひね》りだして、そして自分たちへの嫌疑は晴れる。そういう計画だった」

ここまで話が及んで、ようやく自らの家宰の犯行である可能性を受け入れたのだろう。グンドラッハは息も絶え絶えに尋ねた。

「本当なのか、ブルート」

ブルートはきっと眉《まゆ》を吊りあげ大きく口をひらき、反論しようとした。

まさか。言いがかりも甚《はなは》だしい、私をお信じください、と。

事実、ブルートが罪を認めねばならないような状況ではまったくなかった。ハインリヒの糾弾はすべて推論の上に成り立つもので、ひとつの揺らがぬ証拠も出せていない。

なのにブルートは、喉元《のどもと》まで出かかっていたはずの潔白の主張を呑《の》みこんだ。一転して黙りこみ、痺れを切らしたグンドラッハに促されても、じっと沈黙を続けた。

その顔からは、すべての表情が消えていた。小刻みに動き続ける瞳だけが、彼が激しく考えを巡らせているのだと物語っていた。

「ブルート」

やがてグンドラッハが、怯えているように思えるほど小さな声で呼びかけると、その仮面のようなかんばせに、ゆっくりと、穏やかな微笑がのぼっていった。

「申し訳ございません、閣下」

ブルートは冷静に、いつもどおりの生真面目さを微塵《みじん》も揺らがせずにそう言った。

「心から敬愛する閣下を傷つけてしまった罪を一生背負い、すべてを捧げてお仕えしていく所存でしたが、もはや叶わないようです」

それは罪の告白に等しかった。あまりにあっさりとハインリヒの推論を認めた家宰に、グンドラッハは絶句した。

「……なにを言っているのだ。それではまるで、エッペンシュタイナー卿の言うとおりだと告白しているかのようではないか！」

「ええ、卿のご指摘は、おおむね間違っておりません」

「信じがたい、いくらお前でも、私に毒を盛る隙などなかっただろうに！」

「薔薇《ばら》の砂糖漬けに、ほんのわずかに毒を塗ったのですよ」

グンドラッハは目を剝《む》いて、机の端に置かれた、偏愛している菓子の小箱を見つめた。

「私は閣下がいつも、それこそ王宮でも夜会の最中でも、薔薇の砂糖漬けを持ち歩いていらっしゃると存じておりました。閣下がひそかに、口に含んだ砂糖漬けを流しこんだワインで溶かすことを好まれているのも知っていたのです。ですからあの夜、閣下のお支度《したく》の際に、夜会にお持ちになる予定の砂糖漬けを、毒を塗ったものと入れ替えました」

「それで閣下は、ワインに口をつけて倒れたように見えたのか」

腰に差した小剣の柄に手をかけたまま告白を聞いていたハインリヒがつぶやいた。

「閣下がハンカチで口を隠し、人目を憚《はばか》って砂糖漬けを口に入れたから、一部始終を見ていたシュテファンすら気づかなかったと」

呆《あき》れたように息を吐き、グンドラッハに険しい目を向ける。

「倒れられる直前、確かに砂糖漬けを賞味されたのですか、閣下」

「言われてみれば……」グンドラッハはハンカチで額の汗を拭った。「……そうだったような気がする」

「なぜ今まで教えてくださらなかったのです？」ハインリヒの双眸《そうぼう》が、鋭く細まった。

「ワインと一緒に砂糖漬けを含まれたと知っていれば、誰もが砂糖漬けに疑いの目を向けたはずです。そうすれば犯人にも容易《たやす》くたどり着いて、アイネン卿《きょう》が殺される前に事件を解決できた」

「そう怒らないでくれ。私は毒を含んで倒れたのだよ？　その衝撃で、直前の自分のふるまいなんてすっかり忘れてしまっていた。そもそも、ほんのひとかけの砂糖漬けに毒が入っていたとはまさか、思いもしなかったのだ」

それより、とグンドラッハは額に当てていたハンカチを瞼《まぶた》の上に滑らせた。それから顔をあげ、深い悲しみに染まった瞳で家宰《かさい》を見つめた。

「君に裏切られたとはまだ信じられないよ、ブルート。生真面目《きまじめ》なお前ほど、国家の道化《どうけ》たる私を支える家宰に向いている男はいないと思っていたのに、まさかお前までもが――いや、お前のほうが道化だったとは」

「申し訳ございません」

「考えたくもないが、エッペンシュタイナー卿を拉致《らち》したのも君なのか？」

ブルートは、今度は悩みもせずに首肯《しゅこう》した。

「ええ」

「なぜ……」

「危機感を抱いたのでしょう」

と拉致された当の男が答える。「彼らの計画では、この事件は早々にシャッファーの関係者の凶行として処理されるはずだった。しかし我々はブルートを容疑者とみなしていましたし、僕はエリザベトも疑っていた。それで、僕とシュテファンも消してしまおうとした。おそらく最初は僕のこともシャッファーの名を騙《かた》って殺すつもりだったのでしょうが、事件が進むうちに、彼らはもっとよい方法を思いついてしまった」

「よい方法？」

「シュテファンの叔父上《おじうえ》を利用することです」

驚いた様子のグンドラッハに、ハインリヒは厳しく問いかけた。

「閣下《かっか》。あなたはアイネン卿の葬儀のあと、ブラウシュニッツ卿と連絡をとったのではありませんか」

グンドラッハは天井を仰《あお》いでから、思い出したようにうなずいた。

「確かに手紙を送った。アイネン卿の死の直前に起こった出来事が気になったのでね。ほら、アイネン卿はいたく取り乱していたというのに、そのわけを君たちは教えてくれなかっただろう」

「ブラウシュニッツ卿は教えたのですね。アイネン卿は、コンラード・ザイラー卿の甥《おい》であるシュテファンが現れたとたんに恐慌をきたしたのだと」

「そのとおり」

「そしてあなたはこう返信した。『であればもしかしたら、コンラード卿こそがK・Sの正体かもしれない』」

　わずかな間をおき、グンドラッハは肯定した。

「そのとおり。この機会に『新たなるヴィーン』事件の顚末《てんまつ》を調べたところ、コンラードが深く関わっていたと知ってしまってね。まさかとは思ったが、K・Sに当てはまってしまうのも事実。それでブラウシュニッツ卿の意見を聞こうと考えた」

「余計なことをしてくれた！」

　とハインリヒは怒りを露わにした。「ブルートは、その手紙を盗み見たんですよ。そこではじめて、『憤怒《ふんぬ》の亡霊』の正体をシャッファーではなくコンラード卿にすることを思いつき、コンラード卿を騙る手紙をシュテファンに送りつけた。叔父の仇《かたき》を討《う》ちたがっているシュテファンの憎悪を煽《あお》れば、僕を殺させることができる。あとは閣下の殺害未遂《みすい》もアイネン卿殺しも、すべてシュテファンがやったとすればいい。そうだな、ブルート」

　ブルートは口をつぐんだ。肯定の沈黙だった。

「シュテファンまでも陥《おとし》いれるつもりだったのか」

　可愛《かわい》がっている男爵が罪を被《かぶ》らされるところだったと悟り、グンドラッハは頭を抱えた。そしてとうとう、最後まで捨てきれなかった家宰への信頼の念を諦め手放す決意を固めたようだった。

「ブルート、私は残念だよ。本当に残念で、苦しいが……君とエリザベトには、然《しか》るべき罰を受けてもらわねばなるまい」

「仰《おお》せのとおりに」

苦渋《くじゅう》の宣告も、ブルートはあっさりと受けいれた。弁解もせず、主人が教えてくれたとおり、君主国の顧問官《こもんかん》の家宰にふさわしい丁寧《ていねい》な礼で応えるばかりだった。

「ブルート……」

「しかし、その罰は私だけのものです。エリザベトにはなんら罪はありません」

「彼女をかばい立てるのか」

「事実を述べているのです、エッペンシュタイナー卿。あなたやザイラー卿を巻きこんだのは私の一存、彼女はまったく知らなかった。アイネン卿の件もそうです。私が勝手に殺害を決めて、エリザベトの希望などなにも聞かずに殺してしまった」

「しようもないかばい立てをするな。君にはアイネン卿のグラスに毒を塗ることはできなかったはずだ」

「いいえ、できます。グラスに毒を塗ったのは前日、かの家に忍び込んで」

「それでも殺害当日、アイネン卿が飲んでいたワイン瓶《びん》に毒を入れられない。君はあの日、ヴィーンにいなかった。つまりあれはエリザベトが――」

「本当にワイン瓶の毒は、エリザベトが入れたのですか?」

不意を打たれたようなハインリヒに、ブルートはやわらかく笑いかけた。

「あなたはそれをどう証明するのです？　もしかしたら、あなたが入れたかもしれないではありませんか。彼女を陥れようとしてね。あなたは彼女の元婚約者だと聞きましたよ。ひどい振られ方をしたんだとも。恨んでいたのではありませんか？」

「……そうなのか？」

と気まずそうに尋ねるグンドラッハに、ハインリヒは渋々うなずいた。

「あちらから婚約を解消されたのは事実ではあります。だが」

「ハインリヒさま、私はなにも、あなたが彼女を陥れたとか、陥れることが充分に可能だったと声高に主張したいわけではない。ただ、すべて私の犯行だと認めてくだされればいいのですよ」

言外に取引を持ちかけられて、潔癖《けっぺき》な若き伯爵は口の端に力を入れた。

「なぜ君は、そこまでエリザベトを庇う」

「愛しているからです」

なめらかに告白して、ブルートはまた微笑《ほほえ》んだ。ずっと口の中に用意してあったかのようにつらつらと、流れるように語りだす。

「私は彼女を愛している。それこそが、アイネン卿を殺した動機です。道ならぬ恋に落ちてしまった私には、どうしてもアイネン卿が邪魔だった。あの旧弊《きゅうへい》な価値観に凝《こ》り固まった老貴族から、美しい彼女を解放してやりたかった。だから――」

そこまで言ったときだった。

「愛か」

ハインリヒの口から小さく笑いが漏《も》れた。

「ブルート、実に素晴らしい道化ぶりだな。だがもう、芝居は終わりにしないか」

14 対峙

　ヴィーンの街の中心にそびえるシュテファン大聖堂から続く大通り、グラーベンは、今日も人で賑《にぎ》わっていた。壮麗《そうれい》なる彫像や噴水の脇を飾り立てた馬車が駆けていく。横に大きく膨《ふく》らんだコルセットと、たっぷりと布を使った色とりどりのドレスに身を包んだ貴婦人。胸を張って歩く、白い鬘《かつら》と袖口《そでぐち》のレースが眩《まぶ》しい紳士たち。そして忙しく走り回り、活気に溢《あふ》れた市井《しせい》の人々。道を挟んで向かい合う邸宅の一階には明るい色の庇《ひさし》が並び、ヨーロッパ随一《ずいいち》の品ぞろえを誇るさまざまな文物が、道行く人々の目を楽しませている。

　喪服《もふく》の女性がひとり、優雅に馬車から降りたった。

　亡きアイネン伯爵の妻エリザベトである。目的は菓子店《コンディトライ》『クライスラー』だった。数年前、ヴィーンに戻ってきた頃から贔屓《ひいき》にしているこの店は、今日も繁盛《はんじょう》しているようだ。エリザベトは、店主の丁重なお悔《く》やみに礼を言い、いつもどおりショコラーデトルテをひとつ買って、家へ送るようにと言いつけた。

　本当は店内でコーヒーとともに味わいたいところだが、夫が死んだばかりの女がこんなところで気晴らしすれば、すぐにけしからんと誰かが眉《まゆ》をひそめるに違いない。男ならば、妻が死んですぐにカフェ・ハウスに行ったところで、悲しみを紛《まぎ》らわしているだけと同情されるだろうにと考えると馬鹿らしかったが、噂《うわさ》が広がってしまえば、『正しい妻のありかた』に一家言《いっかげん》あるという女王陛下から呼びだされないとも限らないからやめておく。

馬鹿らしいと言えば、今日も店内には女性の姿しかなかった。男が言うに、菓子を出すコンディトライなど女の行く場所なのだという。男ならばカフェ・ハウスで、身分すら気にせずに『真の会話』を楽しむものだという。それが誇るべき文化なのだと。

「本当に馬鹿らしいことね」

エリザベトは小さく嗤《わら》った。煌《きら》びやかで、素晴らしく美しい人々。だがそれは真の姿ではない。誰もが演じているだけで、中身は腐りきっている。たとえ親切にされたとしても、認められたとしても、それが真心だと本気にすれば鼻で笑われる。

だから笑われるまえに笑ってやるのだ。梯子《はしご》を外されるまえに外す。エリザベトはそうして生きてきた自分を、その賢さを、心から愛している。

馬車や騎馬に引かれないよう確認し、足早にグラーベンを横切った。一本北の小路へ入り、薔薇《ばら》を紋章風にデザインした印を掲《かか》げた、緑の庇の小さな書店の扉をあける。ルビッツ書店。『女性向けのつまらぬ本』、つまりは小説ばかりを扱った書店だ。おそらく誰ひとり彼女が店に入ったところは見ていないし、もし見られていても問題はない。事実エリザベトは本を──それが『立派な』本であろうと『つまらぬ』本であろうと──好んでいるし、そもそもだ。どんな理由であれエリザベトを見咎《みとが》める者は、いまや棺《ひつぎ》の中にいる。

書店のうちには未装丁《みそうてい》の紙束が所狭しと並んでいて、客の姿もあった。妻に贈るのだろうか、一見して高価だが、ごてごてと趣味の悪い装丁を施《ほどこ》させた本を受け取る商人。騎士物語を何冊も所望する年かさの貴婦人。エリザベトは彼らに目もくれず、紙の束がずらりと並ぶ店先へ目を向ける。さも新作を見繕《みつくろ》っているかのように振る舞いつつ、紙が日焼けてしまってもはや誰にも見向きされない、アジアを題材にした古い宮廷小説を手に取り、物語の中盤あたりの紙面をゆっくりと持ちあげた。

紙と紙のあいだに、無地の封筒が挟まっている。

封を切れば中から便せんが一枚。

『愛するEへ　万事うまくいっています　喜劇の真の終幕は近いでしょう　あなたのB』

文字に目を走らせたエリザベトは笑みを漏らした。

革新派に陰ながら尽力する伯爵の家宰《かさい》、ブルート。

守旧派の重鎮《じゅうちん》の妻エリザベト。

物語に忍ばせたこの手紙は、ふたりを繋《つな》ぐたったひとつの糸だった。もう長い間、こうして文通し、密会の約束さえも取り交わしてきたのである。

この秘密のやりとりに、店主は目をつむっている。まったく身分不相応な貴婦人をものにしたに違いないブルートを、同じような身分の者として応援しているのか、それとも下手《た》に首を突っこんで面倒ごとに巻きこまれるのが怖いのか、どちらかはわからないが。

『金曜日の午後、オイゲン公の庭であなたを待ちます』

続く文字に目を通すと店の暖炉《だんろ》に便箋《びんせん》をくべ、さらりと踵《きびす》を返し書店を出た。今日はまさに金曜日。待ち合わせの時間まであとわずかだ。

オイゲン公の庭。今は亡き名高き政治家にして将軍、プリンツ・オイゲンの作った離宮のことである。公の死後に姪《めい》のものとなり、女王に売却されたとも聞いているが、広大な美しい庭園は今も公の生前そのままだ。

ブルートとの逢《あ》い引《び》きは、いつもこの庭の一角と決まっていた。

一度家へ戻り、目立たぬ服に着替えると、書き物机《ゼクレテーア》の隠し扉から書簡を取りだし胸に隠した。こうして書簡を持ち歩くのも、これが最後になるだろう。

エリザベトを乗せた馬車は市門をくぐり抜けた。市壁を出たとたんに大きく視界はひらけ、ヴィーン川の向こうに広がる田園風景の中に、大小の宮殿がのびやかに並んでいるのが目に飛びこんでくる。そのうちもっとも壮麗《そうれい》ともいえるオイゲン公の離宮の門は、レンヴェーク通りに入ればすぐである。宮殿の門前に詰めている士官は、三角帽を目深《まぶか》に被《かぶ》ってこちらを一顧《いっこ》だにしない。折り襟《えり》や袖口を赤の定 色《フェーシング》で彩った白地の軍服も、金色の飾り帯も誇らしげだが、所詮《しょせん》はエスターライヒ軍人。止めるべき人間を止められない間抜けに過ぎないのだと笑いが漏れる。

開放されている庭園に、ちらほらと散歩を楽しむ人々の姿がある。しかしエリザベトは彼らに目も留めず、きっちりと刈り込まれた常緑樹の列を足早に抜けていった。枯れた芝生《しばふ》に噴水が霧のようにけぶるひらけた庭園から、林のようになった木立の中へ入りこめば、いつもブルートと待ち合わせているイチイの木の下に人影が垣間《かいま》見《み》える。小走りで駆け寄った。

待っていたのはブルートではなかった。

女――いや、少女だ。

どこぞの貴族の子女だろう。深いブルネットの髪をそのまま高くまとめ、長い首をまっすぐに伸ばし、淡い空色の乗馬ドレスに身を包んだ少女が、強い視線をエリザベトへ向けている。

「あなたの恋人はここにはいないわ」

少女は開口一番言った。

「お嬢さんはいったい誰？」

「あなたの恋人の使いよ」

「使い？　彼はどうしたの？」

「さきほどまでここであなたを待っていたのよ。でも庭園に、知人の姿を見つけてしまったんですって。万が一あなたといるところを見られたら恥ずかしいから、別の場所で待つそうよ。それで私が言《こと》づてを預かって、代わりにここで待っていたの」

どうやらブルートは、見知った人間に密会を知られないよう、急遽《きゆうきよ》この行きずりの少女に適当な理由をでっちあげ言づてを託し、身を隠したようだった。

「あらそうなの。知らない人の言づてを引き受けるなんて、すごく親切なのね」

「困っている人を助けるのが好きなの」

と少女は微笑《ほほえ》んだ。秘密の逢い引きの手伝いをしているとでも思いこんだか。少女らしいお節介《せつかい》だと、エリザベトは笑いだしたくなった。お節介が身を滅ぼすとも知らない、いかにも若い娘の考えそうな親切。

「彼の居場所を知っているの。ややこしい場所だから案内してあげる。一緒に来て」

身を翻《ひるがえ》した少女について歩きだす。少女の浅はかさを笑いつつおとなしくついていったエリザベトだったが、しばらくして、つと首を傾《かし》げた。

――おかしくないかしら。

少女の歩く速さは、ドレスを着た女性のそれではない。妙に速すぎるのだ。そう、まるで女装をした男性が歩いているような――。

「待ちなさい」

気がついた瞬間、隠し持っていた拳銃を少女の後頭部へ突きつけた。

「どういうつもり、シュテファン・フォン・ザイラー」

＊

「……やっぱり、私は女に見えないか」

後頭部に銃口を突きつけられたシュテファンは、両手を持ちあげながらつぶやいた。思った以上に早く変装がばれてしまった。できる限り『女性』らしく着飾ったつもりだったが、男として生きた十年もの歳月が、シュテファンから女性として重要ななにかをことごとく奪ってしまったのだろう。女装姿を一目見てハインリヒは、『綺麗《きれい》だ、ヴィーン中探してもこれほど麗《うるわ》しい女性はいない』などと褒《ほ》めてくれたが、所詮は美辞麗句《びじれいく》にすぎなかったということだ。

だが、そんなことは今はどうでもいい。

変装のおかげで、エリザベトをこの木陰まで引っ張ってこられた。彼女以外についてきた者の気配はないから、供や協力者を連れず、ひとりでやってきたのは明白。

それがわかっただけでも、無駄ではなかった。

「騙《だま》したのね。そもそもブルートは来ていない」

冷たく尖った声が背後から問いかける。伯爵夫人を彩っていた愛らしさは幻のように消え失せ、別人かと思うほどだったが、かえってシュテファンはすっきりとして、同じく本来の自分――つまりはザイラー男爵シュテファンとして言葉を返した。

「ええ。振り向いてもよいですか？　あなたと目を合わせて話がしたい」

「いいわ。すこしだけ猶予《ゆうよ》をあげる」

ありがたい、とシュテファンは木立を背に振り返る。エリザベトは眉間《みけん》にぴたりと銃口を合わせてきたが、不思議と怖くはなかった。すぐには撃たれないはずだ。エリザベトとしても、シュテファンがどこまで把握《はあく》しているのかを知らないままに引き金は引けない。

「どうしてわかったの？　私たちがルビッツ書店で連絡を取っているって」

エリザベトは単刀直入《たんとうちょくにゅう》に問いただす。書店に潜ませていた秘密の手紙をすでにシュテファンが盗み見ているからこそ、この場所に先回りされたとお見通しなのだ。だからシュテファンも、淡々と返した。

「ただの勘ですよ。あなたとブルートには接点がすくなすぎた。だから逆に、普通なら接点にもならない重なりが重要だって気づいたんです。ウーリヒ閣下《かっか》の好物である薔薇の砂糖漬けの箱は、あなたが贔屓《ひいき》にしているショコラーデトルテを作っている菓子店《コンディトライ》クライスラーのもの。そして閣下もあなたも、ルビッツ書店で購入した印である、薔薇を紋章風にした金押しが入った蔵書を家に並べていた。ならばこのどちらかしかない」

予想は完全に当たっていた。

「変装してクライスラーで張っていたら、ブルートが現れたんだ。そして彼はルビッツ書店に、あなた宛《あ》ての秘密の手紙を隠していった」

「……それであなたはさきにブルートの手紙を盗み見たうえで、それを偽の手紙に差し替えて、私をおびき寄せたのね」

「いいえ、差し替えてなどいませんよ。ブルートは今日、本当にあなたとこの場所この時刻に会うつもりだった。今となっては来ることはけっして叶いませんが」

「ということは、あの人はもう捕らえられてしまったのね」

「ええ。ですからあなたが今さら私を撃ったところでどうにもなりません」

「そうみたいね、残念だけど」

エリザベトは微笑んだ。拳銃を突きつけたまま。

「なぜ彼が捕らえられてしまったのかは知らないけど、きっとあの人、なにかへまをしたのね。生真面目《きまじめ》だからこそ、道化《どうけ》を演じきれなかったのかしら。でもねシュテファン、私たちはこうするしかなかった。ブルートとの愛を貫くためには、私たちの関係に気づきつつあった夫を殺すしか——」

「いつまでそんな嘘をつくんです」

「嘘じゃないわ！」

エリザベトは瞳を潤ませ訴えた。あのアイネン伯爵が死んだ日、ハインリヒに縋《すが》りついたときと同じ顔で、小首を傾げて身体《からだ》をしならせる。

だがシュテファンはまったく動じなかった。

「万が一ことが露見した場合は『愛を貫くため』にアイネン卿《きょう》を殺したことにしようと、あらかじめ示し合わせていただけでしょう？　真の動機を隠すために」

「……なにを言っているの？」

銃を突きつける琥珀《こはく》色の瞳がかすかに揺れる。シュテファンは、逃すものかとひたと見つめた。

「わかっているでしょうに。あなたの罪状はアイネン卿殺害だけじゃない。我々はあなたを、君主国ならびに帝国の機密文書を他国へ流出させた、国家反逆罪のかどで訴える」

エリザベトが息を呑《の》み、銃口がシュテファンの額を狙いすますように揺れる。晩秋の風で冷えきっているはずの額が、ついさっきまで炉《ろ》の中にあった焼きごてを突きつけられたように熱くなって、シュテファンもまた、声をあげて後ずさりそうになる。

だがすんでのところで耐えた。両足に力を込めて、勇気を奮《ふる》い起こす。エリザベトは動《どう》揺《よう》している。つまり、シュテファンが糾弾《きゅうだん》したことは紛《まが》いもなく事実なのだ。

「知っていますか？　近頃カフェ・ハウスで流行《はや》っているパンフレットに、こんな記事が載っているんです。『フランスのスパイが宮廷に入りこみ、機密文書を横流ししている』。パンフレットの多くは嘘ばかり書いてあるけれど、これは真実を含んでいる。確かに、絶対に流出してはならない類《たぐ》いの文書がいくつか、フランスに渡っているようなんです」

「そうなの？　はじめて聞いたわ」

「まさか、知っているはずですよ。アイネン卿の書斎から盗み、フランスへ横流ししていたのはエリザベト、あなたなんですから」

アイネン伯爵は、かつては宮廷で重要な地位を占《し》めていた。他国の全権大使を務めたこともある。だから書斎にも、外交に関わる書類や草稿《そうこう》、そして女王やその夫である皇帝直筆の個人的な手紙がしまいこまれていた。エリザベトはそれらを密かに持ちだし、長年の敵国であるフランスへ渡していた。

ブルートの手を介し、巧妙に出所を隠して。

「なんの証拠をもとに言っているの？　私とブルートは恋仲。それ以上でもそれ以下でもない。だいたい私たちに国を裏切る動機なんてないでしょう?」

「いいえ、ありますよ。宮廷は、あなたが恋人を利しているのではと思っているようです。あなたの真の恋人はフランス宮廷の関係者だ。それ自体は真実でしょう?」

「男に入れあげて国を裏切ったって言いたいの？　馬鹿馬鹿しい」

エリザベトは、ぞっとするほど冷ややかに目を細めた。

「その可能性もあるのではという話ですよ。もっとも私自身の考えはすこし違いますが。ちなみにブルートですが、彼の動機はクンツ・シャッファーです」

『新たなるヴィーン』の首領であり、配下の暴走で処刑されたシャッファー。

「シャッファーは一時期、ウーリヒ閣下と親しく付き合っていたんです。そのときにブルートは、彼の生き方に甚《いた》く感銘《かんめい》を受けたんでしょうね。そして国を思い、改革を志《こころざ》していたシャッファーを罪に問い、殺した宮廷に恨みを抱いた」

恩ある主人、グンドラッハへの思いを超えるほどに。

憤怒《ふんぬ》をまとった亡霊として、復讐《ふくしゅう》を果たさんと決意するほどに。

「ある意味ブルートは純粋で、生真面目を貫いた。彼は方法こそ間違っていたけれど、この国をよくしたいと願っていたんだ。あなたは彼と『クライスラー』かルビッツ書店で知り合って、その復讐の思いが深いと偶然知った。そして利用することにした。貴族の女性が直接動けば疑われやすい。手紙だって検閲《けんえつ》されてしまう。でも男であり一介《いっかい》の市民であるブルートを介すれば、どんなこともできた。夫から盗んだ文書の出所だって、一気にあいまいになった」

そしてふたりはときにこの『オイゲン公の庭』で密会した。エリザベトが夫の書斎から盗んだ文書をブルートに預け、それをブルートが、フランスの関係者へ届けた。

「ブルートの部屋を調べたら、その証拠も出てきました。言い逃れはもうできない」

「……ブルートは、ウーリヒ卿のところから文書を盗んでいたんじゃなくて？　私は知らないわ、そんな大それた話。私たちはただの恋人、迷惑だわ」

「流出していた機密は、ほんの数年前、兄の死により相続権者になって政治家になったウーリヒ閣下のもとには絶対に存在しない類いの文書なんですよ」

「そこまで疑うのなら、私の部屋を調べてみたらどう。なにも証拠は出てこない」

エリザベトは銃を構えた手とは逆の指さきを、なめらかに胸元に沿わせる。

その挑戦的な仕草をまったく意に介さず、シュテファンは言葉を続けた。

「でしょうね、あなたがそう言うのなら」

「あらやだ、もう降参？」

「ですが今、あなた自身が証拠を持っているんじゃないですか？　だって今日、あなたは実際に会ってなにかを受け渡す必要があったからこそ、ブルートとわざわざ密会するつもりだったんでしょう？」

またもエリザベトの拳銃を握る手が揺らぎ、シュテファンは確信した。エリザベトは今、重要な文書を身に隠し持っている。

あとすこしだ。震えを隠して畳《たた》みかける。

「自由を愛するあなたが旧態依然とした考え方を持つアイネン卿と結婚したのは、そもそも文書を持ち去るためだったのではないか。そう宮廷は考えています。そして卿を殺した直接の動機は、書斎を荒らしていると気づかれそうになったから。近頃の卿は、あなたを部屋に入れずに引きこもるようになった。裏切りを疑っていたから。そうですよね」

　エリザベトは肯定も否定もしなかった。

　ただ憐《あわ》れんだような、蔑《さげす》んだような笑みを浮かべた。

「男の推理としては上出来なほうね。褒《ほ》めてさしあげるわザイラー卿。それにしても、どうして私がスパイだなんて思ったの？」

「ハインリヒが気づいたんです。あなたたちが恋人であるとは考えにくいとね。問い詰められたブルートは、罪やあなたとの関係をあまりにあっさりと認めた。まるで、なにかから目を逸《そ》らさせたいかのようではないですか？　それから――ハインリヒは、あなたが使用人との恋にすべてをかける女性ではないとも知っていた」

「あら、そう」

「ハインリヒは政治家だった。近頃話題になっている機密流出の件が嘘でもなんでもないと知っていたんだ。それでウーリヒ閣下《かっか》を問いただしたら案《あん》の定《じょう》、実際流出が起きていると言うんです。閣下自身、捜査に携《たずさ》わっていたのですよ。毒を盛られたのにおちおち寝ていられないほど」

「ということは」と、エリザベトは声をあげて笑った。「あなたがハインリヒを殺したっていうのは嘘だったのね。ハインリヒは生きていて、そしてブルートは彼にまんまとしてやられた」

「ええ」

「薄々そうなるんじゃないかと思ってたわ。あなた、とても彼を殺せなそうだったもの。ブルートも回りくどい喜劇を仕込んだりせず、最初からハインリヒを撃ち殺しておけばよかったのに」

あまりの心ない嘲笑《ちょうしょう》に、シュテファンの頬《ほお》はかっと怒りに熱く染まった。

「……なんてことを言うんだ」

「動かないで。撃つわよ」

銃口が額を押さえつける。それでも言わずにはいられない。

「あなたはハインリヒにすこしの愛もないのか？　婚約者だったはずだ！」

「そう、婚約者だった」

エリザベトは微笑《ほほえ》み続けた。「昔はあの人、私に心底惚《ほ》れていたの。本当に可愛《かわい》かったのよ。自信に溢《あふ》れていて、やさしくて、男らしかった。女の私を友人だと言ってくれたし、私の絵を見ても、他の男みたいに『女性がこれほど描けるとは驚いた』とか『女にしておくのはもったいない』なんて言わず、才能を真っ正面から愛してくれた。だから私、嬉しくて、とっておきの夢を打ち明けたのよ。いつか誰かと結婚しても絵を描き続けたい、一生の仕事にしたいって。そしたら彼、約束してくれた」

――わかった。もし僕が父のような立派な政治家になれたら、そのときは僕と結婚してくれ。そして僕らの家で、君の絵を囲むサロンを盛大に催《もよお》そう。

「それを聞いたとたん、彼が大嫌いになったの。私の苦しみなんてなにひとつ理解していなかったし、するつもりもなかったから」

「あなたの苦しみ？」

「ええ。男のあなたには、どんなものなのかなんて一生わからないでしょうね。なんせ私が、惚れた男のために国を裏切ったと推理するくらいだもの」

エリザベトは優雅に微笑む。微笑みの底に昏《くら》い怒りが揺らめいている。その怒りの形は身に覚えがあるもので、だからこそシュテファンは確信をもって言いかえした。

「わかりますよ、エリザベト。あなたは、女性に服従を強《し》いない自由を手に入れているハインリヒでさえも、あなたが内輪のサロンで褒めそやされれば満足すると思いこんでいる事実に落胆《らくたん》したんだ。そしてなにより、あなたの絵が今のままでは貴族の手慰みにすぎず、大成するには多大なる努力を必要とする事実に触れようとしなかった——つまり、あなたを真の意味で友として扱わなかった、そんな彼に絶望した」

馬鹿にしきっていたエリザベトの微笑みが、にわかに強《こわ》ばった。

「あなたはハインリヒに庇護《ひご》されるのなんてまっぴらだった。真なる友情で結ばれた男同士のように、あなたの絵に忌憚《きたん》なき意見をぶつけてほしかった。でもハインリヒは悪意なく、女性にはそうすべきだという気遣いをもって、絵の評価をオブラートに包み、あなたの未来をサロンなる趣味の空間に押しこめた」

本当の意味で友人として扱わなかった。エリザベトにはそもそも、真なる友情に至る門は閉ざされているのだと宣言したようなものだった。

この国この時代では、男にとって女とは、貴族にとって民とは、親にとって子とは、庇護して守るべきものだから。それは心の底から愛しているがゆえの献身ではなく、服従を強いることと表裏一体の憐れみをかけているにすぎないから。

「だからあなたは期待が裏返った激しい嫌悪を抱いて、当てつけのように彼との結婚関係の外に男女の愛を見いだした。でもハインリヒには、そんな夫婦関係は受けいれがたかった。それであなたたちは婚約を解消した」

「……なかなか素敵な推理ね」

とエリザベトはかすかに笑った。男のような笑い方だった。

「そうね。だいたい合っているかもしれない。私、全部が馬鹿らしくなってしまってね。ハインリヒを振ってから絵を描くのもやめたし、結婚なんて誰も勧めてこないくらい派手に遊んでやったの。せいせいしたわ。男なんていう愚かな動物に傅《かしず》き自分を殺すのなんてまっぴら、ひとりで生きていけば、すくなくとも誰かに自由を取りあげられることはないんだって。でも結局、広大な領地に目が眩《くら》んだ肉親に、ハインリヒよりも何倍も最低な老伯爵の妻にされてしまった」

「あなたが選んだ結婚ではなかったんだな」

「当然でしょう。だからせめて利用してやることにしたの」

　エリザベトの声が低まった。折り重なった豪奢《ごうしゃ》な緞帳《どんちょう》の奥に潜む、彼女の真なる怒りが露わになっている気さえした。

　それはやはり覚えがあるもので、シュテファンは核心へ切りこんでいく。

「私自身は、あなたがフランス人の恋人のために罪を犯したとは思っていないんです、エリザベト。あなたの動機はそんなところにない」

「だったら、どこにあるというの」

「あなたは怒っているんだ。女性を檻《おり》に閉じこめつづける社会に、檻の中にいる女性を外から褒めそやし、内心では軽蔑《けいべつ》して、奴隷《どれい》のように扱う男性に。なによりも、檻の中でぬくぬくと暮らし続ける女性自身に」

　エリザベトは大きく胸を膨《ふく》らませた。そのほっそりとした眉《まゆ》が険しく歪む。

「アイネン卿《きよう》と意に染まぬ結婚をして、意思の放棄と服従を迫られたことで、あなたの怒りはますます膨れあがった。あなたは、『女としてはなかなか』と檻の外から評価を与えてくる男に、自由を求めるあなたのふるまいに眉をひそめて陰口を叩く檻の中の女に、それぞれ見切りをつけた。こんな檻なんて壊してしまおうとした」

　檻を形作る社会を、国家を、戦争の暴力の渦《うず》に巻きこんで、まっさらにしてしまおうとした。

そうすれば新しい秩序が築かれる。エリザベトの求める自由を遮《さえぎ》る者はいなくなる。

「それが、あなたが文書を敵国に流した真の動機ではないのですか？」

言い切ったシュテファンを、エリザベトは感動すら滲《にじ》ませ見つめた。瞳を輝かせ、頰を紅潮させて眺めていた。

「どうして男のくせに、そこまで言い当てられるの？　まるであなた――」

しかし、つと疑念を抱いたような、品定めするかのような顔つきに変わり、散々眺め回したかと思うと、心の底からおかしそうに笑いをこぼす。

「いえ、『まるで』じゃない、真実あなたは女なのね。いつもの男爵としてのあなたが嘘で、その可愛らしい娘のなりこそまことと」

突然ひた隠しにしてきた真実を指弾され、シュテファンは大きく息を呑《の》んだ。

「……違う」

「すっかり騙《だま》されていたけれど」気にもせずにエリザベトは声を弾ませる。「でも考えてみれば、あなた十八にしては声が高いし、ちょっと可愛い顔をしすぎている」

「違うと言っている！」

「今さら誤魔化《ごまか》しても無駄よ、シュテファン。私の気持ちを言い当てられるのなんて、同じ怒りを抱えている同志、つまり女だからこそだもの。あなたの中には、私と同じ憤怒《ふんぬ》がある」

「そんなものは――」

「あるでしょう？　だからこそあなたは女のくせに男のなりをして、女である自分を、自由を求める本物のあなたを、檻に閉じこめ続けている」

エリザベトは拳銃を突きつけたまま、歌うようにささやいた。

「びっくりするほど強欲なのね、あなた。そうして偽りの自分を演じて、ハインリヒとの真なる友情を得ようとしておきながら、心の底では女として彼に恋焦がれているんでしょう？　男としての友情と女としての恋、どちらも手に入れたいと願っているんでしょう？　いいえ、本当はそれも違う。あなたは真なる友情すらも女として手に入れたいなんていう、絶対に叶わぬ願いを抱いている」

シュテファンは答えられなかった。違う、女としての自分はもう捨てたんだ。そう言い返したいのに声にならない。一字一句エリザベトの言うとおりだから、なにも言葉が出てこない。これまではただ、檻の中のルイーゼの嘆《なげ》きを無視してきただけなのだ。なかったことにしてきただけ。

「恥ずかしがらないで、ハインリヒのすべてを独占したい気持ちはわかるの。あの人、とても素敵だものね。でも悲しいけれど、いずれあなたはすべてを失うわ。あなたの嘘を知ったら、ハインリヒはあなたをけっして許さない。そうでしょう？　なにより曲がったことが嫌いなひとだから」

それとも、とエリザベトは笑みを深めた。

「健気《けなげ》で可愛らしいあなたの誘惑にころりと落ちて、真なる友情を裏切った『男としてのあなた』を憎みつつ、『女としてのあなた』に溺《おぼ》れるかしら。でもあなたはそれでは満足できない。いつか必ず彼に幻滅して、憎むようになる。私がそうであったように」

言葉の刃が胸に深く突き刺さり、抜くことができない。エリザベトはすべてを見通している。彼女はシュテファンの影。檻から逃げだそうともがいたルイーゼの末路。

「ねえ、どうかしら」

ほっそりとした女性の腕が、美しい女性の声が、絡め取らんと伸びてくる。

「今のあなたがどうやっても得られないものを手に入れられる世界にするために、力を貸してくださらない？」

「……あなたを逃がせというのか？　ハインリヒを、裏切れと」

語勢を強めたシュテファンに、エリザベトはうっとりと微笑《ほほえ》みかける。

「これは裏切りではないのよ、可憐《かれん》で真面目《まじめ》なシュテッフル。あなたが彼を真に手に入れるために必要なことなの」

「真に……」

「ねえ、一緒に檻を壊しにゆきましょう。心の底で女を見くだす男たちに、自分だけは神に選ばれた特別な女だと思っている女王に、私たちこそが世界を変えるのだと知らしめてやるの。そうすればハインリヒも、女であるあなたそのものを受けいれる。感嘆《かんたん》して、ひれ伏して、あなたをあがめ奉《たてまつ》って――」

「断る」

強く遮られて、エリザベトは意外と言わんばかりに眉を持ちあげた。

「どうして？　あなたと私は、同じ未来を望んでいるでしょう？」

「まったく違う」とシュテファンは睨《にら》みかえす。「違うんだと、今はっきりとわかった。私は誰かにひれ伏してほしいわけでも、あがめ奉られたいわけでもないんだ」

今までの腹いせに仕返しを望んでいるわけではない。

「臆病者ね。いったい誰に慮《おもんぱか》っているの？　あなたの叔父《おじ》を殺したこの国に、思うところはないの？」

蔑《さげす》みの視線が迫る。それでもシュテファンはくっきりと言いかえした。

「当然、恨みも憤《いきどお》りもあるに決まっている。こんな馬鹿げた喜劇は終わるべきなんだ」

「だったら――」

「それでもあなたには与《くみ》しない。急激な改革がひずみを生んだのならば、同じことをしても別の誰かが不幸になるだけだ」

「その誰かはあなたじゃない」

「私は、自分さえよければそれでいいあなたとは違う」

「笑わせないで。自分以外の誰かが幸せだったところで、なにを得られるというの」

今にも引き金が引かれそうなくらい、エリザベトの腕には力が入っている。

シュテファンの口の端がわななく。引き返せないことを言おうとしている。すべてを失うかもしれない一言を。

それでも心に曇りはなかった。

「私の選ぶ真なる幸せとは、愛する人々の幸せのさきにこそ存在するものなんだ。私は、彼らの幸福を望んでいる。見も知らぬ誰かの幸福だって、不当に損《そこ》なわれてほしくはない。そして私は、」

シュテファンでありルイーゼであるこの私は。

「――心の底からハインリヒを愛している。だから絶対に、あなたには味方しない」

「……そう」

エリザベトはぽつりとつぶやいた。

それからつまらなそうに顎《あご》を持ちあげて、引き金にかけた指に力を入れようとしたときだった。

「シュテファンから離れろ、エリザベト」

エリザベトのすぐ背後から、切り詰められた低い声が響いた。

とっさに振り返ろうとしたエリザベトは、後頭部に突きつけられた銃口の冷たさに動きをとめる。銃を構えるは、エスターライヒ軍の士官服に身を包み、頭の包帯を隠すように目深《まぶか》に三角帽を被《かぶ》った男。

ハインリヒだった。

「……やだ、いつからいたの」

「はじめからに決まっている。君がこの宮殿の門をくぐっていくのも、シュテファンに話しかけ、銃を突きつけるのも逐一《ちくいち》見守っていた。もちろん君が、己の罪を告白するのもこの耳で聞いた」

はじめ驚愕《きょうがく》に声を失っていたエリザベトは、やがてなにがおかしいのかくすりと笑いを漏《も》らした。

「だったらこのいじらしい少女が、ひそかに抱いている恋心も知ってしまったわけね」

しかしそんな揺さぶりに、ハインリヒは欠片《かけら》も動じはしなかった。

「シュテファンがいつ恋の話などをした？　彼が僕に親愛を抱いてくれているのは、ずっとまえから知っている」

「そうじゃなくて――」

「隙《すき》を衝《つ》こうとしても無駄だ、エリザベト。僕らを殺して逃げようにも、道化閣下《どうけかっか》の手配した本物の軍人からはけっして逃れられない。賢い君ならわかっているだろう。もう終わりだ、潔《いさぎよ》く銃を捨てろ」

ハインリヒの言うとおり、軍人たちがエリザベトを包囲するように寄せてくるのが、木々の向こうにちらちらと見えていた。さすがに逃げきれないと悟ったのか、エリザベトは嘆息した。

「偉そうに。私がこんなふうになったのはあなたのせいよ、ハインリヒ」

だがハインリヒは、「それは違う」と氷よりも冷たく突き放す。

「シュテファンはかなり同情的に君を解釈してくれたが、僕は実際の君を知っている。君はそもそも、自分の才能で身を立てる気なんてすこしもなかっただろう」

「周りが悪いのよ。どれだけ私が懸命に励《はげ》んだところで女なんてしょせん――」

「それを言っていいのは、一度でも懸命に励んだことがある者だけだ。君は生まれ持った才能に甘んじて、努力なんてしなかった。自分を磨《みが》くことよりも、目先の楽しさばかりを追い求めていた。まっとうな意見や助言に耳を貸さず、聞こえのよい美辞麗句《びじれいく》ばかりを喜んだ。だからあのとき、君が絵を一生の仕事にしたいと言ったとき、僕は、本当は、今のままではとても無理だと返したかった。だが女性にそんな厳しい言葉をぶつけることはないだろうと勝手に判断して、それでせめて君が満足できるよう、君の絵を愛《め》でるサロンを作ろうと言ったんだ」

「よかれと思ってと言いたいわけ？　嫌な男ね。自分がどれだけ私を傷つけたのか知りもしないで」

「今は心から思い知っているよ、エリザベト。あのときの僕は傲慢《ごうまん》だった。君を真に大切に思うのならば、あんなふうに誤魔化《ごまか》さず、憐《あわ》れまず、正面から意見するべきだったんだ。いつか償《つぐな》いたかった。君に再会できたならば、君の絵を友人として眺めて、意見して、褒《ほ》め称《たた》えたいとずっと願っていた。残念だ」

エリザベトはくすくすと笑った。肩を揺らし、ついには胸を押さえて高笑いしながら、構えていた銃を地に落とす。

「ほんとつまんない男。大嫌いよ、ハインリヒ。地獄に落ちるがいいわ」

引きつった嘲笑《ちょうしょう》が、オイゲン公の庭園に響きわたった。

15　ふたりの私

笑い続けるエリザベトを捕らえた軍人たちが去っていく。その後ろ姿を遠い目をして見送るハインリヒに、シュテファンはそっと寄り添った。

「大丈夫か」

「……なにがだ」

「傷ついたんじゃないかと思って。気にすることはないよ、彼女は自分の罪の責任を、君に押しつけようとしただけなんだ」

彼女が憎む社会や男たちがしてきたことを、そのままやりかえしただけなのだ。

するとハインリヒはふっと眉尻《まゆじり》をさげて、シュテファンに身体《からだ》を向けた。

「ありがとう、でも心配はいらないよ。僕は彼女をよく知っているから、これは彼女自身が自ら選んだ末路だと納得している。それより、」

と大きく息を吐き、シュテファンの手を両手で握りしめる。

「君が無事でよかった。彼女を油断させてすべてを喋《しゃべ》らせるって君の計画は理解していたけれど、何度飛びだしてしまいそうになったか」

大げさな身振りに、シュテファンは笑った。

「やだな、信頼してくれって言っただろう？　私だって君の隣に立てる立派な男で――」

といつもどおりに応じかけて、ぱたりと口をつぐみ、力なく肩を落とした。

そうだった。ハインリヒはすべてを聞いていたのだった。

エリザベトがシュテファンを女性と看破したことも、同じような忸怩《じくじ》たる思いを共有していることも。もしかしたら、シュテファンすら見ないふりをしつづけているルイーゼの恋情にすら、気がついてしまったかもしれない。

だとしたら、これ以上嘘を重ねたところでなんになる。

本当のことを、伝えなければいけない。

「ハインリヒ、実は、私は」

胸が押しつぶされるようだった。すべてが終わってしまうのが怖い。淡い夢に自ら幕を下ろすのが恐ろしい。騙《だま》されていたと知れば、ハインリヒは間違いなく傷ついて、そして憤《いきどお》るだろう。やはり女性とは過ちを犯すものなのだと、深く心に刻みつけるかもしれない。

そして真なる友情は永遠に消えはてる。

それでもシュテファンは、歯を食いしばって顔をあげた。

乗馬帽をとって胸に握りしめ、瞳を歪めて、ハインリヒに向かい合う。

「ずっと、君を騙していたんだ」

空色の瞳を見つめて、口の端に力を込める。すべてを終わりにするための口火を切る。

騙し続けて隣にいたところで、それは真なる幸せにはほど遠く、むしろ離れてゆくばかりだと、今のシュテファンは誰より知っている。

彼を愛しているからこそ、もう嘘をついてはならないのだ。

「これが私の本当の姿だ。私はずっと自分を偽って、君の真の友人であるふりをしていた。君の厚意を踏みにじり、真心をもてあそんで――」

だがハインリヒは、最後まで言わせようとしなかった。

「シュテファン、そんなことを言う必要なんてないんだよ」

そこには怒りも憤りも、戸惑いすらもなかった。

なぜならば。

「騙していたのは、僕も同じなんだ、ルイーゼ」

切なく細まった淡い色の瞳を、シュテファンは瞬きもせずに、息さえ止めて見つめた。

はじめ、なにを言われたのか理解できなかった。

ルイーゼ。

その名が親友の口から出てくるはずもない。なぜならそれは、檻《おり》の底に閉じこめ続けてきた名。家族とシュテファン自身だけが知るはずの、真なる名。

「どうして君が、それを」

ふらりと後ずさるシュテファンを支えるように、あるいは縋《すが》って許しを乞《こ》うように、ハインリヒは親友の手をいっそう強く握りしめた。

「君のお父上が教えてくださったんだ」

「父が」

「本当は黙っているおつもりだったんだろう。だけど最後の最後になってあの方は、君の秘密を打ち明けられた。君を心から案じていたんだ。君が真に望む幸せを得られるように、そのためにこそ黙っていられなかったんだ」

「そんな……そんな」

「今まで口をつぐみ続けた僕を許してくれ」

頭《こうべ》を垂れた友人の前で、いくつもの感情が膨《ふく》れあがり、はじけて交ざり、シュテファンは言葉を見つけられなかった。ハインリヒが、死の間際の父の願いを余さず受けとってくれたのは理解できる。彼は誰より誠実な男だから。でも。

「なぜずっと黙っていたんだ。どうしてなにも知らないふりをして、私を本物の男と同じように扱ってくれた。さも、私が己の意思で、正しい選択ができる人間かのように……まるで、立派な男かのように」

「そんなの簡単だ。君は自分の意思で正しい選択ができる、立派な女性だったからだよ」

シュテファンの唇はわななないた。それでもまだ受けいれられない。納得できない。

「だけど、女は出しゃばってはならないんだ。男と対等であろうと考えること自体が間違っている。女は常に間違いを犯す、だから導かれ、従わねばならない」

「馬鹿げている。本当は君だって、馬鹿げていると思っているんだろう、ルイーゼ。シュテファン、もし君が時代に屈して君自身を縛《しば》っているのなら、今すぐ僕がそんな鎖など壊してやる」

重なるハインリヒの両手に力がこもる。強い口調には、憤りと懇願《こんがん》が入り乱れている。

「もちろん、はじめは僕も戸惑った。君を導き手たる父親を失った憐れな女性だと考えて、傲慢にも守り導いてやらねばと思っていた。ある程度親しくなったら、無理なんてせずに女性に戻っていいんだと諭《さと》してやるつもりですらいた。でもそんなの、大間違いだと気がついた。君は責任と義務から逃げない大人で、賢く理知的で、なにより一緒にいて楽しい人だった。僕は君を男性として扱っているうちに、君に男性に抱くような真なる友情を求めていることに気がついた。気安く付き合い、迷惑をかけあって、対等に肩を抱ける関係をだ。君が本当に男性だったらいいのになんて、馬鹿げたことすら望みはじめた」

でも、とハインリヒは、なにを言われるよりさきに過去の自分を否定した。

「すぐにそれもまた、僕の真なる願いとはずれていると気がついた。そもそもなぜ女性に真なる友情を抱いてはいけない？　僕はただ君の魂を愛している。君に永遠に変わらない友情を抱いている。そして欲深いことに、君にも同じ思いを返してほしいと願っている。それだけなのに」

だからシュテファン。

「君が愚かな僕を許してくれるというのなら、どうかこれからも、僕の真の友人であってくれないか」

ハインリヒの手がかすかに震えている。ささやくような問いかけが、逃げも隠れもしない真摯《しんし》な眼差《まなざ》しが、願いと決意をまとって心に染みこんでいく。

その愛が、ひとり孤独に立ち続けたシュテファンを照らす。

暗闇でなにもかもを諦めていたルイーゼを照らす。

分かたれていたふたりは、はじめて手を取り合い、同じ言葉を口にする。

そうだ、たとえこの世界のすべての人間が男女の真なる友情を否定したとして、なにを気に病むことがあるのだろう。

ここに彼はいる。そして私はいる。その心を、私は信じることができる。

私の真なる幸せは、今、ここにある。

シュテファンは唇を嚙《か》みしめる。胸の奥から涙の形をした熱が迸《ほとばし》り、瞼《まぶた》の縁から溢《あふ》れていく。頰《ほお》を流れるままに、笑みを返す。

「もちろん、ずっとそばにいるよ、親友」

ハインリヒはいたく幸せそうに微笑むと、ドレスをまとった友を、友愛の証《あかし》のごとくやさしく抱きしめた。

16 残された秘密

ヴィーンの街はすっかり雪で覆《おお》われた。美しく装飾された屋根のない馬橇《ばそり》に乗り、外套《がいとう》の肩を白く染めながら通りを走っていると、同乗したハインリヒの思わせぶりな視線が飛んでくる。

「閣下《かっか》に会いに行くのがいたく楽しみそうじゃないか、シュテファン。さっきコレルリのソナタを合わせているあいだも、気がそぞろになってたし」

「久しぶりにヴァイオリンを弾いたから、うまく音程がとれたか気になっただけだよ」

シュテファンは笑って誤魔化《ごまか》した。

さきほど楽しんだ合奏では、珍しいことにいつもとは逆で、シュテファンがヴァイオリン、ハインリヒがチェンバロを弾いた。ほしいタイミングにほしい音色を沿わせてくれるハインリヒの弾きぶりに感動していたシュテファンだったが、ほんの一瞬、音楽から気が逸《そ》れた瞬間があった。それにハインリヒは目ざとく気がついたらしい。

だがシュテファンの気が逸れた理由は、ハインリヒが考えたようにグンドラッハとの面会を楽しみにしていたからではない。ただチェンバロを弾く友人の軽快に動く指先に、伏せた長い睫《まつげ》に、唇に浮かぶかすかな微笑《ほほえ》みに見とれてしまったからなのだった。

　もちろんそんなことは、おくびにも出さないが。

「じゃあ閣下に言っておこう。シュテファンは閣下と会うのは楽しみではないようですと。それはそうだよな、あの道化《どうけ》ぶりにはいつまでも構っていられない」

「そうも言ってないだろう。確かに今日は、あの事件の決着について聞かせていただくわけだから楽しみというのも語弊《ごへい》があるけれど、閣下にお会いできること自体は嬉しいよ」

「なるほどな」とハインリヒは橇の縁に頬杖《ほおづえ》をついて大きく嘆息《たんそく》した。「僕という親友がありながら、君は道化の閣下にばかり思いを馳《は》せているわけか」

「なに言ってるんだ。君との友情よりも大切なものなんて」

　ない、と訴えようとしたシュテファンは、そこでようやく友人がいたずらめいた笑顔を自分に向けていると気がついた。からかっているだけなのだ。

「……まったく君は、全然変わらないな」

　呆《あき》れ顔をしてみせると、「お褒《ほ》めに与《あずか》り光栄です、男爵」とハインリヒはわざとらしく礼を返す。

「もっとも君も、すこしも変わらないけどな」

「変わったほうがよかったか？　ドレスを着て、みんなに愛嬌《あいきょう》を振りまいて」

「それは君の好きにすればいい。僕はこうしてなんでも言い合える友情を築けてさえいれば幸せだよ、シュテッフル」

猛禽《もうきん》のような鋭い雰囲気《ふんいき》のある双眸《そうぼう》が、笑ったとたんに明るく崩れる。心からの言葉と知って、シュテファンも笑みを返した。

あの日すべてが明るみに出ても、シュテファンは相変わらず男として生きている。君主国のために立派に働いた今ならば、死んだ従兄弟《いとこ》に成り代わっていたことへの重い咎《とが》めなしに女男爵として認めてもらえるかもしれない。だがヴィーンっ子の格好の餌食《えじき》になるのはごめんだったし、父を巻きこみたくもなかった。シュテファンが男のふりをしていた事実が明らかになったとき、『嘘つき』と責められるのはシュテファンより、娘の導き手であるべきとみなされる父だろう。

そしてエリザベトとの出会いが、シュテファンの一切を変えなかったわけでもない。二度と彼女のような女性を生まないために、『貴族男性である』今の自分にこそ果たせる役割は間違いなくあった。まずははじめの一歩として、芸術家を志《こころざ》す女性に堂々たる発表の場を用意しようと決めている。嬉しいことにハインリヒやグンドラッハも賛同してくれているから、遠からず実現するだろう。

そうして一歩一歩進むうち、いつか誰もが、檻《おり》を出てゆく自由を手にできればいい。檻のさきにも確かに道が続いているのだと、心から信じられるようになればいい。

もっとも現状では、とうのシュテファンさえ、胸を張って『ルイーゼ』として生きていけるほど女性である自分を解放できたわけでもなかった。エリザベトが破壊を願った頑健な檻はそこにありつづけている。ルイーゼとして生きるとは、シュテファンとして手にした自由を手放すことに他ならない。それが恐ろしくて仕方ない。

そういうわけで、シュテファン自身の暮らしはいっさいが変わらないままである。唯一揺らいでしまう可能性があったハインリヒとの友情も、もちろん固く続いていた。

この親友は言葉どおり、女であるシュテファンにも真なる友情を抱いてくれている。教え導く存在としてではなく、対等な友人として愛情を注いでくれる。それをシュテファンは会うたびに思い知り、満足して、感謝している。

とはいえ、もとよりハインリヒはシュテファンの秘密を知っていたわけで、変わらず男のふりをして生きているあいだは、なにも変わらないのも当然なのかもしれなかった。

逆に言えば、もしシュテファンがドレスを着て女性として暮らすようになったら、この友情がどうなってしまうかはわからない。ルイーゼを檻から解放してしまえば、シュテファンはよくも悪くも変わっていくし、なによりルイーゼが抱く愛とは友愛だけではない。

ひそかに温め続け、いまや燃えんばかりのこの恋を知ったとき、ハインリヒはどう感じるだろう。友情を裏切ったと嫌悪して、シュテファンの前から去っていくか。たとえ幸運にも受けいれられたとしても、ハインリヒのほうが変わってしまう可能性だってある。結婚前は女神のようにあがめ奉《たてまつ》っていた女性を、妻となったとたん当然自分の意に沿うべきものと見なす男など、掃《は》いて捨てるほどいるのだから。

真なる友情と恋情は両立できるのか、シュテファンには答えが見えなかった。こればかりは、親友にこそ打ち明けられない悩みだった。

——贅沢《ぜいたく》なのは、わかってるんだけどな。

シュテファンはため息のような笑いを漏《も》らす。それを見たハインリヒがまたわざとらしくすねてみせているうちに、橇《そり》はとまった。

「やあエッペンシュタイナー卿《きょう》。よく来てくれたね」

グンドラッハは満面の笑みを唇に乗せて、ふたりを待っていた。

「そしてシュテファン！　今日も雪の精かと見紛《みまが》うほどに可憐《かれん》だな。それでいて、あの勇《ゆう》敢《かん》なコンラードの面影《おもかげ》もしっかりとある。本当に凛々《りり》しくて気高くて、腕の中に閉じこめてしまいたいくらい愛《いと》しいよ」

と、やはり少年少女を相手にするようにシュテファンを抱きしめにかかる。シュテファンはまたしてもどう対応すればいいのかわからず冷や汗をかきかけたが、今日は割って入る者がいた。

「閣下、シュテファンは子ども扱いされたくないのでは？　いい加減、思いを汲《く》まれてはいかがですか」

棘《とげ》のある慇懃《いんぎん》な声に行く手を遮《さえぎ》られ、グンドラッハはわざとらしく肩をすくめた。

「やれやれ、君はシュテファンの従者か？　それとも騎士か」

「ハインリヒは親友です、閣下」とシュテファンは慌てて言った。

「こんな男が親友でいいのか？　もっとよい男はいるだろうに。たとえば私とか」

「叔父《おじ》のご友人である閣下を友人扱いなんてとんでもない」シュテファンは恐縮して、それから親友にちらと目をやった。「それに、私にとってはハインリヒは誰よりよい男です。間違いなく」

　喜色を浮かべたハインリヒを尻目に、グンドラッハは口の端を思いきりさげてみせる。

「だそうだ、おめでとうエッペンシュタイナー卿。あれだけのことがあったのに、君たちの友情はびくともしなかったのだなあ」

「あれだけのことがあったからこそ、我らの真なる友情は、一層固く結ばれたのですよ」

「それは残念。可愛《かわい》いシュテファンは結局君のものか」

「もの？　シュテファンはものではない」

　ハインリヒが心底嫌そうに眉《まゆ》を寄せると、「なにを怒っている、当然だろう」とグンドラッハは声をあげて笑った。

「さて、戯《たわむ》れもこれくらいにして、『憤怒《ふんぬ》の亡霊』事件の顛末《てんまつ》を話して聞かせよう」

小鳥が遊ぶ柄が織りだされた布が張られた豪奢《ごうしゃ》な椅子《いす》に各々《おのおの》が腰掛けると、グンドラッハは政治家としての顔つきになった。

「残念だが、ブルートの命は奪われることになってしまったよ」

「そうですか……」

彼に正規の裁判が行われなかったのは知っている。当事者であるシュテファンたちでさえ、一度王宮に呼ばれたきり音沙汰《おとさた》がなかったのだ。裁判が宮廷で秘密裏《ひみつり》に進んだのであれば、彼らの運命はおのずと明らかだった。

生真面目《きまじめ》で、はにかみやで、炎のような情熱を身のうちに隠していたブルート。シャッファーの復讐《ふくしゆう》を遂《と》げられて満足しているのだろうか。

グンドラッハは薔薇《ばら》の砂糖漬けを口に入れ、椅子にもたれかかった。

「家宰《かさい》が罪を犯したせいで、私もかなり絞《しぼ》られてしまったよ。真面目な、よい男だったのだがね」

目を閉じ、無言で砂糖漬けを味わう姿を前に、シュテファンは言葉もなかった。今回の件では、グンドラッハも深く傷ついたはずだ。ある意味、誰より思いがけず、深い裏切りを受けたのだから。

「しかし、まさか機密文書流出の件が、『憤怒の亡霊』事件と繋《つな》がるとはな」

シュテファンが落ちこんでいるのを悟ったのか、グンドラッハはおどけたように両手を動かした。

「ブルートとエリザベトが機密文書を受け渡していると君たちが言いだしたときは、道化《どうけ》を笑わせにかかる愚か者が現れたのかと啞然《あぜん》としてしまったが」

「……そういえば、エリザベトはどうなりました。彼女もやはり、命をもって罪を償《つぐな》うのでしょうか」

そうでなければよいと思いながらシュテファンは尋ねた。エリザベトが貴族だからではない。ハインリヒが気に病むことになったら、絶対に嫌だからだ。

「いや、彼女は死を免れる。もっとも幽閉《ゆうへい》されて、一生外には出られないだろうがね。女王陛下は、妖婦とその一族の名はけっして君主国の記録に残すなとも厳命された」

貴族にくだされる罰としては順当だとシュテファンは思ったが、ハインリヒは納得がいかないようだった。

「陛下はそれで納得されたのですか？　もっとも嫌悪なさる類《たぐ》いの犯罪でしょうに」

そのとおり、とグンドラッハも両手を合わせる。

「エリザベトが夫殺しのうえ国家に背いたと聞き、女王陛下は激怒されてな、極刑《きょっけい》も辞さないおつもりだったのだ。だが昨今の外交事情を鑑《かんが》みれば、絶対にこの事件をおおごとにしてはいけないという我々の必死な説得の甲斐《かい》あって、死刑ばかりは諦めてくださった」

「昨今の外交事情、ですか？」

「そう、御前会議に出席されるような方々と、我々のようなごく一部の廷臣《ていしん》しか知らない機密中の機密なのだがね」

「なるほど、では深くは聞きません」

と収めようとしたハインリヒの声に重なるように、グンドラッハは信じがたいことを言い放った。

「実は我が国は、積年の宿敵たるフランスと手を組もうと画策しているのだよ」

「……嘘でしょう？」

あまりにも思いがけず、シュテファンは大声をあげてしまった。フランスと君主国は長い間反目してきた。かの国は、ヨーロッパ中の国々をふたつにわけるとすれば、ほぼ間違いなく君主国とは逆側に位置どる敵国だったのだ。

それと、手を結ぶ？

「いつの間に、そんなことに」

驚愕《きょうがく》したのはハインリヒも同じのようだった。思わずこぼれた一言に、グンドラッハはにやりと頬《ほお》に手を添える。

「君が宮廷に出入りしているころには、カウニッツ閣下《かっか》の提言によってすでに方針は決まっていたはずだ。侍従《じじゅう》程度の役職しか持たなかった君には、知るよしもないだろうが」

「ですがエリザベトは、フランスに機密文書を横流ししていたのではないですか。機密を奪われているのに、それでも手を結ぼうとされるのですか?」

シュテファンも尋ねずにはいられなかった。エリザベトは第一の敵国を利することで、君主国を深刻な戦争に引きずりこもうとしていた。それこそが、檻《おり》を壊すことに繋がる道だと考えていたはずだ。

「我らは新たな敵、プロイセンを抑えこまねばならないのだ。であれば今、フランスを刺激するよりは結ぶために全力を尽くさなければならない」

「だからおおごとにはしないと」

ブルートを人知れず処罰し、エリザベトを幽閉し、フランスのふるまいには目をつぶるということか。

「実のところ、我々のフランス懐柔策《かいじゅうさく》はまだうまくいっているとは言いがたい。だからこそ今、フランスを刺激するような真似《まね》はできないのだよ」

——そんな。

シュテファンはつい、とうとうその身体《からだ》さえもが檻に囚われてしまったエリザベトに思いを馳《は》せた。彼女はこの外交政策を知らなかったのだろう。そして今も知らない。知らないまま、檻を打ち壊すという悲願を阻《はば》んだシュテファンに、憎しみと軽蔑《けいべつ》を抱いているのだろうか。

あとすこしだったのにと、惜しく思っているのか。

「しかし、君たちはよくやってくれたな」

黙《あ》りこんだふたりを、グンドラッハは大げさに称揚《しょうよう》した。

「悪しき企《たくら》みを退け、真実にたどり着いた！　君たちの知恵と勇気を、女王陛下並びに皇帝陛下、そして改革を断行されているハウクヴィッツ閣下やバルテンシュタイン閣下も称《たた》えておられる」

「光栄です」

つらつらと国の頂点を飾る人々の名を出されたにもかかわらず、ハインリヒは短く答えるに留めた。気持ちはシュテファンも同じだった。称えられてもすこしも嬉しくない。多くの者が振り回されて命を落とし、去っていった。ハインリヒにコンラードを殺せと命じたのも、もとを辿《たど》れば彼らのはずだ。

「もちろん私からも礼を言うよ。シュテファン、エッペンシュタイナー卿。君たちに助けを求めてよかった。心から感謝する」

こちらは素直に受け取れる。シュテファンははにかんだ。

「お役に立てたなら、それほど嬉しいことはありません」

「ありがとう天使よ！　ぜひまた困りごとがあれば助けてほしい。よろしく頼むよ」

「それは――」

「お断りします」

と間髪容《かんはつい》れずにハインリヒが口を挟んだ。

「いくら暇でも、命を危険に晒《さら》す暇はありませんよ。僕だけならまだしも、シュテファンが巻きこまれたら困ります。なあシュテファン」

「……確かにそうだな」グンドラッハには申し訳ないと思いつつ、シュテファンは同意した。「父の親友であったあなたのお役に立ちたいのはやまやまですが、ハインリヒがあんなつらい目に遭《あ》うのはもう嫌なんです、閣下」

あの恐ろしい瞬間は、二度と経験したくない。だからはじめから断るつもりだったのだ。

「であれば決まりだ。僕らふたりには金輪際《こんりんざい》このような頼み事はしないでいただきたい」

とハインリヒも突っぱねたのだが、それでもグンドラッハは笑みを深めるばかりだった。

「残念ながら、君たちにはもう断る権利はないのだよ」

「……どうしてです」

「ほら、さきほど君主国の外交政策を聞いただろう？　あれは言ったとおり、機密中の機密。うっかり知ってしまった君たちは、もはや我らと運命共同体。放牧するわけにはいかないんだ」

したり顔のグンドラッハに、シュテファンたちはまんまとこの道化《どうけ》閣下に嵌《は》められたのだと悟った。

「うっかり？　僕らをこき使おうと、わざと話したんでしょうに」

「こき使うつもりなんてないから心配しなくてもよいよ。次からはもっと安全な件で頼らせてもらうつもりだ」

「失礼ながら閣下の見積もりはまったく信用できません」

「本当に失礼でいけすかない男だな、君は」

「閣下ほどではありませんよ」

「まあまあハインリヒ、知ってしまったものは仕方ないよ」

シュテファンは諦めて、顔をしかめている親友をなだめた。

「これからも閣下のお役に立てるのなら、それはそれで私は嬉しいし」

「シュテファン、君はどっちの味方なんだ？」

「喧嘩《けんか》はよしたまえ」

とグンドラッハは笑って両手を振る。「君たちの働きに感嘆《かんたん》し、信頼しているゆえの頼みだとわかってくれ。軍隊警察はなくなってしまったし、市の警備隊に貴族社会のことはわからない。陛下が構想されている、新しい警察機構が整えば話は変わるだろうがいつになるか。君たちが手を貸してくれれば、それほど頼りになることはない」

なあ、と注がれる視線は穏やかで、シュテファンは「任せてください」と胸を張って微笑《ほほえ》んだ。

グンドラッハに別れを告げてドロテーア小路《ガッセ》に出ると、またすこし雪が積もったようだった。新雪にこすれてブーツが軽やかな音を立てるのを耳にしながら橇《そり》に乗りこもうと足を踏みだしたとき、ハインリヒが、あ、と声をあげた。

「どうした？」

「ごめん。閣下のところに忘れ物をしてきてしまった」

「忘れ物？」

「ちょっとだけ玄関ホールで待っていてくれ。すぐ行くから」

「……わかった」

と答えたものの、シュテファンは首を傾《かし》げた。外套《がいとう》は羽織《はお》っているし、三角帽も杖《つえ》だって持っている。

いったいハインリヒは、なにを忘れたというのだろう。

17 あなたに幸あらんことを

「おや、エッペンシュタイナー卿《きょう》。いったいどうした？　ここには忘れ物など……」

軽い調子で問いかけようとしたグンドラッハは、現れたハインリヒの険しい表情に口をつぐんだ。薄い色の瞳は、磨《みが》き抜いた剣の切っ先のように鋭い光を放っている。

しかしまずは気がつかなかったような顔をして、にこやかに問いかけてみせた。

「そんなに怖い顔をして。シュテファンと喧嘩でもしたのか？」

少々からかってみようとも、ハインリヒの険しさはかけらも揺らがなかった。

「すべてが終わったからこそ、お尋ねしますが」

グンドラッハを睨《にら》んだまま、構えるように手足の隅まで意識を巡らせて、ゆっくりと距離を詰めてくる。

「なぜ、嘘をついたのです、閣下《かっか》」

「なんの話だ？」

「誤魔化《ごまか》されても無駄です」

「だから、なんの話だ」

あくまでとぼけるグンドラッハに我慢がならないように、ハインリヒは口火を切った。

「あなたのもとに最初の怪文を届けにやってきた『死神風の男』。あれは存在しなかった。怪文が届いたということ自体、あなたのついた嘘だ」

――ほう。

グンドラッハは目を細めた。

「なぜ今更そんな話を？　それに、どうしてそんな突拍子もない妄想《もうそう》に囚われたのだ」

「ブルートの供述に、最初の怪文のことがまったく出てこなかったからですよ」

「たまたま触れなかっただけでは？」

「いいえ、彼は知らなかったはずです。なぜならブルートの夜会での犯行には、怪文なんて逆効果だった。あなたに警戒されて、夜会を延期させられたら効果が半減してしまう」

「今さら調べようもないことを気にしているものだなあ」とグンドラッハはのんびりと返した。「まあここは、君の話を受けいれるとしよう。ブルートは確かに知らなかったのかもしれないね。彼が怪文を渡しにきた死神風の男ではないのは、実際男を目撃した私も知っている。ではエリザベトが変装していたのでは？」

「伯爵夫人が真っ昼間にひとりでそんな芸当は不可能だ」

「彼女が人を使ったんだ」

「考えづらいでしょう。なぜなら『憤怒《ふんぬ》の亡霊』という犯人が称した名は、夜会で鏡に描かれてはじめて現れたものだ。あれだけ彼女は亡霊の仕業《しわざ》に見せかけたがっていたのに、あなたがもらったという怪文にその名称を使わなかったのはなぜですか？　そもそもあなたが見たという男、特徴がまったく浮かんできません。黒い外套に黒い三角帽の男なんてどこにでもいる。つまり、あれはあなたの作り話だった。僕らを『憤怒の亡霊』事件へ引っ張りこむ、それだけのためにもっともらしい怪文を用意したにすぎない」

「なんてことを言う。どうして私がそんな真似《まね》をしなければならない？」

ハインリヒは答えなかった。心外だと言わんばかりに両手を大きくひろげたグンドラッハから目を逸《そ》らさずに続ける。

「もともとあなたは、ブルートがエリザベトと連絡を取り合っていると知っていたのではありませんか？　道ならぬ恋のためだと動機は誤解していたとしても、彼らがアイネン卿を殺そうとしていることも、亡霊の仕業に見せかけるためにあなた自身を利用するつもりであるとすら薄々察していた。なのにあなたは悪《あ》しき計画を止めず、それどころか利用しかえした。ブルートが自分を殺すわけはないと確信していたからこそ」

「妄想だ」

「だったらよいのですが。あなたは、ブルートがことを起こすとすれば、自身の開催する夜会の日に違いないと思っていた。亡霊を印象づけるなら人の多いとき、そしてアイネン卿が目《ま》の当たりにするときが最適だ。それであの怪文を捏造《ねつぞう》して、監視を頼むていで僕らを夜会に呼んだ。結果あなたの予想どおり、ブルートは夜会で計画を決行し、僕らは完全に巻きこまれた」

「……見かけによらず想像力が豊かなのだな、エッペンシュタイナー卿」

「もちろん僕も、これが想像の域を出ない与太話《よたばなし》であるのは承知しています」

しかし、とハインリヒはいっそう厳しくグンドラッハを見つめた。

「他にも疑わしい点はある。まずあなたに盛られた毒が塗られていたのは、あなたがいつも携帯していた薔薇《ばら》の砂糖漬けだった。あなたはワインに口をつける前に、密かにそれを口に入れたと言った」

「そのとおりだが――」

「なぜ、犯人であるブルートが白状するまで言わなかったのです」

「なぜって、忘れていたのだ、この間言ったとおり」

「ありえません。自分が殺されそうになった凶器、本来なら必死に思い出そうとするはずだ。しかも自ら口に入れたものなのに。つまり、あなたは捜査を妨害したんだ。薔薇の砂糖漬けが凶器と判明すれば、犯人はすぐに明らかになってしまう。それではいけなかった。あなたはどうしても、彼らにアイネン卿を殺させておきたかった」

グンドラッハは閉口した。

なんと答えていいのかわからない。

「そうこうしているうちに、ブルートたちの計画どおり、アイネン卿はエリザベトによって殺され、犯人はクンツ・シャッファーの関係者である可能性が濃厚となった。けれどあなたは、さらに事件を混ぜ返した。K・Sはシャッファーでなく、コンラード卿だなんて言いだした。誰もそんなふうには思っていなかったのに」

「誤解も甚《はなは》だしい。コンラードだとは、アイネン卿が言いだしただろうに」

「いいえ。あなたはブラウシュニッツ卿に確認してはじめて知った事実のふりをして、シュテファンにわざわざその可能性を吹きこんだ。しかもあなたは、僕がコンラード卿を手にかけたという情報まで書き記した手紙を、ブラウシュニッツ卿に返した。わざわざ、ブルートの手を介して」

「なにが言いたい」

「僕とシュテファンの件に関しては、ブルートはあなたの手の上で踊らされただけだったと言いたいんです。僕らを厄介《やっかい》に思っていたブルートは、あなたの手紙を盗み見て、コンラード卿と僕とシュテファンの関係を知り驚喜した。K・Sをコンラード卿ということにして、シュテファンを焚《た》きつけた。つまり──」

ハインリヒは憤《いきどお》りとともに告げた。

「つまりあなたが、シュテファンに僕を殺させようとした、真なる『憤怒の亡霊』だ」

しばらくグンドラッハは沈黙していた。目をつむり、深い息を吐きだして、じわり瞼《まぶた》をひらくと低くつぶやいた。

「ハインリヒ・フランツ・ルードヴィヒ。君はそれほど頭が悪くないようだな」

「認めるのですね。僕らを巻きこみ、シュテファンが僕に銃を向けるよう仕向けたと」

グンドラッハはゆっくりと微笑《ほほえ》んだ。

「認めよう」

氷の刃のように張りつめていたハインリヒの表情が歪んだ。今にも激情を叩きつけそうな自分を懸命に抑えている目の前の男に、グンドラッハははじめて好感を持った。

「なぜだ。なぜあなたは、そんな馬鹿げた真似をした」

それは、とグンドラッハは道化《どうけ》としての表情を捨て去って、深い声で答えた。もう、話してしまってもよいと感じた。

「さきほど君は私を、『真なる憤怒の亡霊』と呼んだだろう？　そのとおり、復讐《ふくしゅう》だよ。コンラードのための復讐だ」

ハインリヒの瞳が傷ついたように揺れる。いい気味だ、とどこかで思う自分がいる。

「確かに私はブルートの裏切りも、彼らがアイネン卿を殺すつもりなのも知っていた。そして沈黙していた。なぜかと言えばね、ハインリヒ・フランツ・ルードヴィヒ、私がアイネン卿を死ぬべき男だと考えていたからだよ。あの男はコンラードだけに罪を負わせ、まんまと生き延びた。それどころか若い妻を得てのうのうと暮らしていた。不貞《ふてい》を働かれたとしても欠片《かけら》も同情しなかったし、シャッファーの亡霊を騙《かた》るブルートたちに殺されるのは、ふさわしい罰だと思っていた」

コンラードは親友だった、とグンドラッハは視線を持ちあげ、かなたの過去に思いを馳《は》せた。

「あのやさしい方には、カフェ・ハウスで出会ったときからずいぶん世話になったんだ。軍人にでもなって勝手に身を立てるようにと言われていたにもかかわらず、兄の死によって突如一族の代表に据えられて宮廷に押しこまれた私にとって、彼は同じような経歴を持ち、気持ちを分かち合える仲間だった。彼は穏やかで理性に溢《あふ》れる人柄を持ちながら、こうあるべきという世間に染まらぬ反骨心を抱く点では我が同志でもあった。身の振り方に苦悩していた私が宮廷の道化として生きる道を見いだしたのは彼の助けあってのことだし、私はね、シュテファンの秘密さえも知っていたよ。コンラードが君の父のもとでスパイめいた仕事を行うようになってからは、我々は政治上の理由で遠ざかっていたが、私はそれでも、彼を生涯《しょうがい》の親友と信じていた」

「だから、親友を殺した僕を殺そうとしたのですか」

「実際に引き金を引いたはずの君だって、復讐したいひとりだった。まあ、アイネン卿殺しとは違い、それほどうまくいくとも思っていなかったが。仕方ない、私も立場がある。

自ら手を汚せない。だから――」

「だからシュテファンに、僕を殺させようと？」

ハインリヒは激昂《げっこう》した。

「意味がわからない。シュテファンはあなたの親友の娘だろう？　なのにもうすこしで殺人犯になるところだったんだ。あなたのせいで！」

「もちろん、彼女がどんな罪を犯そうと、あらゆる手を用いて守るつもりだった」

「白々しい！」

「正直に言えば」

とグンドラッハは、怒りに震えるハインリヒの前で肩をすくめた。「私はシュテファンが気に入らなかった。すこしはひどい目に遭《あ》うべきと思っていた」

「なぜ」

「仕事で地方に出向いていた私がようやくヴィーンに戻って、コンラードの遺児を保護しようとしたときには、彼女はもうハインリヒ・フランツ・ルードヴィヒのものになっていたからだよ。あろうことか、本来父の敵であるはずの君のね」

「僕のもの？　どういう意味で言っているのかわからない」

「わかっているだろうに」

戸惑いを隠せないハインリヒを眺めて、グンドラッハはかすかに口元を緩《ゆる》めた。

「私は君が、彼女を籠絡《ろうらく》したと思いこんでいたんだ。まったく、趣味の悪い男だと思った。自分が撃った男の娘をいいようにするなんてね。殺してやりたかったよ」

「違う、待ってくれ。僕は確かに彼女に秘密を黙っていた。でもそうして彼女を自分のものにしようとしたわけじゃない。シュテファンはシュテファン自身のものだ。僕はただ、彼女を助けたかっただけで、だから……もしあなたが、僕が近くにいるからなんて、そんな理由でシュテファンを恨むようなら、僕は今すぐ彼女の前から姿を消す」

「やめてくれ」

グンドラッハは、若き伯爵の必死の訴えにひそかに笑ってしまった。ついさっきまでは、まさに彼の父と同じく氷の刃のようだったのに。

「私がなにもわかっていなかったんだ。シュテファンから聞いているよ。君はコンラードを生かそうとしたんだろう？　それに君自身についても、少々誤解をしていたようだ」

ハインリヒはルイーゼを丸めこんだに違いないと思っていた。しかし違う。この男は真実、シュテファンの友なのだ。彼女をひとりの人間として尊重し、愛情をかけてきた。

そして彼は自分の抱く想いにも、ルイーゼのひそかな想いにすらも気がついているだろうに、おくびにも出さないでいる。真なる友情が永遠であると、相反するかのように感じられる友情と恋がいつかは交じり合い、やがて唯一無二の愛としてふたりの上に輝くのだと、そう彼女が心から信じられるようになるまで黙って耐え忍ぶつもりなのだ。

グンドラッハには、それが意外でおかしかった。

「君はそんな、いかにも恋の手練《てだ》れのような見目をしておいて、なかなか純情で、自ら苦しい道を選ぶ男なのだな」

なんと言ったらいいかわからなくなっているハインリヒの前に、頭《こうべ》を垂れる。

「いつまでも彼女のそばにいてやってくれ。それが私の馬鹿げた復讐劇より何倍も、コンラートの遺志を生かすだろう」

「閣下《かっか》……」

「それから、君の指摘はおおむね事実だ。今更謝っても仕方ないが、深く謝罪する。私の罪は、宮廷にでもどこでも告げてくれ。粛々《しゅくしゅく》と罰を受けよう」

「誰にも言うつもりは、ありません」

とハインリヒはゆっくりとかぶりを振った。

「僕にはあなたを糾弾《きゅうだん》する権利も、確かな証拠すらもない。シュテファンに明かすこともしないでしょう。彼女にこれ以上悲しい思いをさせたくない。だからもし閣下が、自らのなされたことを悔《く》やまれているのなら……どうかシュテファンを、陰ながら守ってくださいませんか。自らを偽っている以上、彼女はきっと窮地《きゅうち》に陥《おちい》るときがある。手を差し伸べてあげてください。あなたには、道化に徹して手に入れた権力がある。僕が守れないような場面でも、あなたなら彼女を守ることができる」

「……わかった。誓おう。私は一生、親友の娘を守ってゆくよ」

だが、とグンドラッハは口の端を釣りあげた。シュテファンがなにより大切。ハインリヒはそんな、感動的な精神の持ち主ではあるが。

「真なる友人にして想い人を頼むなんて、他の男に平気で言えるほど弱気でいいのか？　そんな弱音をいつまでも吐いているのなら、私が彼女を奪ってしまうが」

「なんの冗談を」

「私は本気だよ？　ハインリヒ・フランツ・ルードヴィヒ。まえに言っただろう、恋と友情は移ろいやすい。君がうかうかしているのなら、彼女は私がいただこう」

大げさに手袋を投げる真似《まね》をしてやると、ハインリヒは眉間《みけん》に深く皺《しわ》を寄せる。

「あなたにだけは、死んでも手を出させません」

そうか、とグンドラッハは声をあげて笑った。

＊

ずいぶん経ってから、ハインリヒは戻ってきた。

「遅かったな。忘れ物はあった？」

「うん、手袋を片方、忘れていたみたいだよ。そのまま忘れてきてもよかったな」

「いや君、最初から両手とも嵌《は》めていたじゃないか」

呆《あき》れ顔で見つめれば、ハインリヒは眉《まゆ》をちょっと持ちあげ笑ってみせる。

「さすが君、鋭いな。実のところは閣下と和解してきたんだ。お互い誤解やらなんやらがあったけど、とりあえずは水に流して、協力関係を築きましょうって」

「なるほどな、それはよかった」

シュテファンは心から胸を撫《な》でおろした。父の親友と自分の親友が反目しているように見えることには、それなりに心を痛めていたのだ。だがふたりとも一見して受ける印象とは異なり、誠実で友情に厚い人物なのだとシュテファンは知っている。お互いどうにか気がついてほしいと思っていたのだが、ようやく願いが叶ったらしい。

――また私は、真なる幸せに一歩近づいたようです、父さん。

上機嫌で微笑《ほほえ》んでいると、ハインリヒがおもむろに見つめてきた。

「どうした？」

「愛してるよ、シュテファンル」

「え」

「この世界の誰より広く、深く、君を愛している」

あまりに突然で目を白黒させているうちに、ハインリヒはいつもどおりの人なつこい笑みを浮かべた。

「僕の思いを積極的に口に出すことにしたんだ。僕も本当は一刻も早く報われたいし、あの閣下に大きい顔をされるのは嫌だからな」

「報われる？　閣下と和解したんじゃないのか？」

「もちろんしたよ。にしても喉《のど》が渇《かわ》いたな。家に籠《こ》もるのもなんだし、久々にカフェ・ハウスに行かないか？」

「もちろんいいけど」

「じゃあ決まりだ。すぐだから歩いていこう。いいだろう？」

わかった、とシュテファンは笑った。

「でもそのまえに一言言わせてくれ」

「なんだ？」

シュテファンは親友を眩《まぶ》しく見あげた。満面の笑みを浮かべて告げた。

「愛しているよ。この世界の誰よりも、広く、深く、君を愛している」

あなたが幸せでありますように。

シュテファンであり、ルイーゼである『私』はそう祈っている。

そしてもし叶うのであれば、いつかはこの愛が余すところなくあなたへ届きますように。

ハインリヒの瞳が甘やかに揺れた。波うって、輝いて、そして彼はからかうように口にする。

「なるほど、報いてくれたってわけだな」

「君の真心にはいくらだって報いるよ。親友だからな」

言ったとたん、シュテファンははるかな地平に光を見た。服従でもなく、従順なる献身でもなく、それでいて互いの心に寄り添い、報おうとする真心のさきに、真なる幸せは燦《さん》然《ぜん》と輝いている。

シュテファンを待っている。

「よし、じゃあ行こうか！　ちょうど小腹が空《す》いてきたしな」

「なんだ、トルテを食べる気満満だな。だったら『薔薇《ばら》とコーヒー』に行くしかないか」

「え、違う店に行くつもりだったか？　ごめん、私」

「まさか」とハインリヒは笑ってシュテファンを促した。「はじめから『薔薇とコーヒー』に行くつもりに決まってる。君が幸せそうにトルテを頬張《ほおば》っているのをちょうど眺めたい気分だったしな。せっかくだし、今日あるのを全種類、頼んでみようか」

「私はそこまで食い意地張ってないぞ」

「大丈夫、僕も一緒に食べるから」

白く染まったヴィーンに、笑いあうふたりの声が軽やかに響き渡った。

主要参考文献

『ドイツ十八世紀の文化と社会』マックス・フォン・ベーン著　飯塚信雄他訳（三修社）
『マリア・テレジアとハプスブルク帝国』岩﨑周一著（創元社）
『不思議なウィーン』河野純一著（平凡社）
『ウィーンの都市と建築』川向正人著（丸善出版）
『ウィーンとヴェルサイユ』J・ダインダム著　大津留厚・小山啓子・石井大輔訳（刀水書房）
『啓蒙都市ウィーン』山之内克子著（山川出版社）
Wien Geschichte Wiki
https://www.geschichtewiki.wien.gv.at/Wien_Geschichte_Wiki
などを参考に、物語としてアレンジしています。

あとがき

この物語は、二〇一六年のノベル大賞最終候補作に大幅な加筆修正を加えたものです。当時は描ききれなかったサスペンスとしての緊張感、そしてシュテファンを巡る切実な事情を、現在のベストを尽くして書きこめたのではないかと思っています。

十年ほど前に書いた投稿作と比べると、手前味噌で恐縮ですが読み味も面白さも格段にあがっていて、この十年わたしも結構頑張ったんだな、それなりに成長できているんだなと嬉しくなります。

というわけで小説としてかなりブラッシュアップした本作ですが、ストーリーラインそのものはほぼ変わらず、当時から続くわたしの『好き』が詰まっています。

なによりメインキャラクターは、いつかは表に出してあげたいと願い続けてきた大切なふたりです。とうとうこうしてわたしの手を離れ、宵《よい》マチさんの素晴らしいイラストをまとってみなさんのお手元に渡る日が来て、どこか寂しくもあり、感慨《かんがい》深くもあります。

十年温めた、思い入れの深い一作です。

楽しんでいただけるとさいわいです。

二〇二五年一月　奥乃桜子

※この作品はフィクションです。実在の人物・団体・事件などにはいっさい関係ありません。

集英社オレンジ文庫をお買い上げいただき、ありがとうございます。
ご意見・ご感想をお待ちしております。

● あて先
〒101-8050　東京都千代田区一ツ橋2-5-10
集英社オレンジ文庫編集部 気付
奥乃桜子先生

集英社
オレンジ文庫

探偵貴族は亡霊と踊る

2025年3月23日　第1刷発行

著　者　奥乃桜子
発行者　今井孝昭
発行所　株式会社集英社
〒101-8050東京都千代田区一ツ橋2-5-10
電話【編集部】03-3230-6352
【読者係】03-3230-6080
【販売部】03-3230-6393（書店専用）
印刷所　TOPPAN株式会社

造本には十分注意しておりますが、印刷・製本など製造上の不備がありましたら、お手数ですが小社「読者係」までご連絡ください。古書店、フリマアプリ、オークションサイト等で入手されたものは対応いたしかねますのでご了承ください。なお、本書の一部あるいは全部を無断で複写・複製することは、法律で認められた場合を除き、著作権の侵害となります。また、業者など、読者本人以外による本書のデジタル化は、いかなる場合でも一切認められませんのでご注意ください。

©SAKURAKO OKUNO 2025　Printed in Japan
ISBN 978-4-08-680608-4 C0193

集英社オレンジ文庫

奥乃桜子
それってパクリじゃないですか？
（シリーズ）

①～新米知的財産部員のお仕事～
中堅飲料メーカーの開発部から知的財産部へ異動になった亜季。
厳しい上司に指導されながら、商標乗っ取りや
パロディ商品訴訟など幅広い分野に挑んでいく。

②～新米知的財産部員のお仕事～
知財部員として一人前になったと北脇に認めてもらうべく
奮闘する亜季。だが人気商品の立体商標や社内政治など、
さらに大きな壁が立ちはだかって…？

③～新米知的財産部員のお仕事～
理想の上司と部下になれたと亜季が喜んだのも束の間、
北脇が突然厳格に!?　動揺を隠せない亜季だが、
ある企業から法外な価格の特許買取の打診が来て…？

④～新米知的財産部員のお仕事～
情報漏洩の疑いをかけられた亜季は、北脇の協力で
信頼を取り戻した。ついに特許侵害の疑いに対峙するが、
相手もなかなか手ごわくて…？

好評発売中
【電子書籍版も配信中　詳しくはこちら→http://ebooks.shueisha.co.jp/orange/】

集英社オレンジ文庫

奥乃桜子

上毛化学工業メロン課

憧れの研究員・南が率いる研究所に
異動になったはるの。だがそこは
問題社員を集めた「追い出し部屋」!!
やる気のない社員たちを説得して
「来年度までにメロンを収穫できないと
全員クビ」の通告に奮起するが…?

好評発売中

【電子書籍版も配信中　詳しくはこちら→http://ebooks.shueisha.co.jp/orange/】

集英社オレンジ文庫

奥乃桜子
神招きの庭
シリーズ

①神招きの庭
神を招きもてなす斎庭で親友が怪死した。綾芽は事件の真相を追い王弟・二藍の女官となる…。

②五色《ごしき》の矢は嵐つらぬく
心を操る神力を持つが故、孤独な二藍に寄り添う綾芽。そんな折、ある神が大凶作を予言する。

③花を鎮める夢のさき
疫病を鎮める祭礼が失敗し祭主が疫病ごと結界内に閉じ込められた。綾芽は救出に向かうが!?

④断ち切るは厄災の糸
能力を後世に残すため、綾芽は二藍と別れるよう命じられる。惑う二人に大地震の神が迫る!!

⑤綾なす道は天を指す
死んだはずの二藍が生きていた。虚言の罪で囚われた綾芽は真実を確かめるため、脱獄を試みる。

⑥庭のつねづね
巨大兎を追い、蝶を誘い、お忍びでお出かけも…？　斎庭での束の間のひと時を綴った番外編。

⑦遠きふたつに月ひとつ
二藍を助けるため旅立った綾芽。一方の二藍は『的』である自分の宿命と静かに対峙していた…。

⑧雨断つ岸をつなぐ夢
二藍を危険に晒した綾芽は自責の念に駆られ、傍を離れた。その折、偶然にも義妹と再会し!?

⑨ものを申して花は咲く
シリーズ完結
ついに滅国の危機を迎えた兜坂国。だが消滅の寸前に二藍が遺した策に綾芽たちは希望を託す。

好評発売中
【電子書籍版も配信中　詳しくはこちら→http://ebooks.shueisha.co.jp/orange/】

集英社オレンジ文庫

仲村つばき

ホワイトチャペル連続殺人

代筆屋アビゲイル・オルコットの事件記録

貧富の差なく仕事を請け負う代筆屋を営む
令嬢アビゲイルが、受難体質の御曹司と共に
切り裂きジャック事件を追う!?

好評発売中
【電子書籍版も配信中　詳しくはこちら→http://ebooks.shueisha.co.jp/orange/】

集英社オレンジ文庫

彩本和希

後宮の迷い姫
消えた寵姫と謎の幽鬼

皇帝に寵愛されていた妃が失踪した。
迷路のような後宮でおきた怪事件の
真実は、歴史の闇に繋がって…。

好評発売中

【電子書籍版も配信中　詳しくはこちら→http://ebooks.shueisha.co.jp/orange/】

集英社オレンジ文庫

樹 れん

2024年ノベル大賞準大賞受賞作

シュガーレス・キッチン

—みなと荘101号室の食卓—

味覚障害で甘さを感じることができず、
人間関係も疎んじていた大学生の茜。
アパートの管理人と孫の男子高校生・
千裕と交流するうち、心に変化が表れて…。

好評発売中

【電子書籍版も配信中　詳しくはこちら→http://ebooks.shueisha.co.jp/orange/】

コバルト文庫　オレンジ文庫

「ノベル大賞」
募集中！

主催　(株)集英社／公益財団法人　一ツ橋文芸教育振興会

小説の書き手を目指す方を、募集します！

幅広く楽しめるエンターテインメント作品であれば、どんなジャンルでもＯＫ！

恋愛、青春、お仕事、ファンタジー、コメディ、ミステリ、ホラー、ＳＦ、etc……。

あなたが「面白い！」と思える作品をぶつけてください！

この賞で才能を開花させ、ベストセラー作家の仲間入りを目指してみませんか!?

大賞入選作
賞金300万円

準大賞入選作
賞金100万円

佳作入選作
賞金50万円

【応募原稿枚数】

1枚あたり40文字×32行で、80〜130枚まで

【しめきり】

毎年1月10日

【応募資格】

性別・年齢・プロアマ問わず

【入選発表】

オレンジ文庫公式サイトなど。入選後は文庫刊行確約!

(その際には、集英社の規定に基づき、印税をお支払いいたします)

※応募に関する詳しい要項および応募は
公式サイト（orangebunko.shueisha.co.jp）をご覧ください。

2025年1月10日締め切り分よりweb応募のみとなりました。